CANDACE BUSHNELL

BIONDE A PEZZI

Traduzione di ALESSANDRA FREGOLENT
Revisione di ANNALUCIA LOMUNNO

PIEMME
POCKET

Titolo originale dell'opera: *Four Blondes*
© 2000 by Candace Bushnell

Disegni di: *Fabiano Fiorin*

© 2006 - Edizioni Piemme Economica

© 2004 - EDIZIONI PIEMME S.p.a.
    15033 Casale Monferrato (AL) - Via Galeotto del Carretto, 10
    Tel. 0142/3361 - Fax 0142/74223
    www.edizpiemme.it

Stampa: Mondadori Printing S.p.A. - Stabilimento NSM - Cles (TN)

Per Anne Shearman Fell,
la migliore delle amiche
e delle bionde

UN'ESTATE DA FAVOLA

I

Da dieci anni Janey Wilcox trascorre ogni estate negli Hamptons. Non affitta mai una casa e non paga nulla, eccetto qualche biglietto dell'autobus. All'inizio degli anni Novanta è stata una modella abbastanza quotata, si è conquistata una certa fama e perfino qualche parte in film d'azione (nel ruolo di sex symbol). Dopo non ha più recitato, ma la sua blanda celebrità si è consolidata, e lei non ha tardato a capire come trarne vantaggio. Continuando a fare la bella vita...

Così, ogni anno, verso maggio si dedica alla scelta di una casa per l'estate. O meglio, alla scelta di un uomo proprietario di una favolosa dimora estiva. Lei non ha denaro, ma ha scoperto che questo è un dettaglio del tutto irrilevante, quando si hanno contatti con uomini ricchi. Il segreto per accaparrarseli, un segreto che, incredibilmente, sfugge a moltissime donne, è che la loro conquista risulta estremamente facile se non ti fai illusioni matrimoniali. Nessun uomo ricco a New York rifiuterebbe un pompino fatto a regola d'arte e la piacevole compagnia di una donna che non pretende legami. Non che tali uomini siano appetibili come mariti. Ogni uomo ricco si è sempre rivelato una delusione, un drogato o un pervertito, e lei ha sempre visto con sollievo la fine della relazione.

In cambio, ha ottenuto una casa e l'uso dell'automobile della vittima di turno. Le sue preferite sono le auto sportive, ma non troppo. Niente Porsche o Ferrari, per intenderci: in questi casi la vittima è ossessionata dalla propria macchina e non permette a nessuno, meno che mai a una donna, di guidarla.

Come Peter, il celebre avvocato dei vip. Sexy come un modello di biancheria intima.

Si incrociano a una mezza dozzina di feste e decidono di uscire insieme. Lui le dà appuntamento davanti alla propria casa, nel West Village, perché durante la giornata è troppo occupato per prenotare un ristorante. Quando lei citofona, la lascia in strada per un quarto d'ora. Ma Janey non se la prende. Dopo cena, Peter la invita nel suo appartamento, con il pretesto di portare a passeggio il cane, Gumdrop. In cucina lei occhieggia una fotografia appesa al frigorifero che lo immortala in costume, sulla spiaggia. Gli addominali sembrano il ventre di una tartaruga.

Janey decide di fare sesso con lui quella notte stessa.

A una settimana dal Memorial Day, mentre armeggia rumorosamente per preparare il cappuccino, Peter le chiede se vuole trascorrere il week-end nella sua casa al mare.

«Sei una ragazza speciale» le fa, versando il cappuccino in due tazze smaltate. Indossa dei boxer bianchi con una fila di bottoncini davanti.

«Lo so» risponde lei.

«No, dico sul serio. Per aver fatto l'amore con me la prima sera.»

«È meglio togliersi subito il pensiero.»

«Le donne non capiscono che quelli come me non hanno tempo per i preamboli.» Finito il cappuccino, lava accuratamente la tazza. «È una bella scocciatura, cazzo. Fai un favore alle tue amiche, di' loro di lasciar perdere i giochetti da bambine. Se una non ci sta al primo appuntamento, sai cosa faccio?»

«No.»

Le punta un dito contro: «Non la richiamo più. Che vada a farsi fottere».

«È proprio quello che non fai. *Non* la fotti.»

Lui sorride, si alza e le appoggia una mano sul seno. «Se questo fine settimana le cose funzionano, magari potremmo passare insieme tutta l'estate. Ci siamo capiti?» Parlando, continua a schiacciarle una tetta.

Lei emette un gridolino.

«Protesi, eh? Mi piacciono. Tutte le donne dovrebbero averle. Tutte dovrebbero avere l'aspetto che hai tu. Ti telefono io.»

Ma è giovedì, mezzogiorno, e lui non ha ancora chiamato. Janey comincia a nutrire qualche dubbio. Forse ha frainteso. Forse è un millantatore. Però è improbabile, hanno troppe conoscenze comuni. Ma chi può dire di conoscere davvero qualcuno a New York? Telefona a Lynelle, l'amica che le ha combinato l'appuntamento. «Oh, mi fa tanto piacere che ve la intendiate» dice Lynelle.

«Ma non ha ancora chiamato. Ed è già mezzogiorno e mezzo.»

«Chiamerà, tranquilla. È un tipo straordinario. Scherziamo sempre sul fatto che se non fossi sposata con

11

Richard, mi avrebbe sposata lui. Mi chiama la sua non-futura-ex-moglie. Non è divertente?»

«Divertentissimo.»

«Non preoccuparti. Sei esattamente il suo tipo. È solo che Peter ha i suoi tempi.»

All'una e mezza spaccate, Janey lo chiama in ufficio. Ma è in riunione. Richiama altre due volte e alle due e mezza la segretaria le dice che è uscito e che per quel giorno non rientra. Lo richiama ripetutamente a casa. C'è sempre la segreteria. Finalmente, alle tre e mezza, lui richiama. «Sei un po' ansiosa, si direbbe; mi risultano undici telefonate da parte tua.»

Vanno agli Hamptons sulla sua nuova Porsche Turbo. Gumdrop, il cagnolino infiocchettato con un nastro azzurro, le si accomoda in grembo e le lecca continuamente la faccia. Per tutto il tragitto, Peter simula di tenere in mano una pistola e di sparare agli altri automobilisti. Definisce chiunque lo superi un "fottutissimo polacco". Janey si sforza di sembrare divertita.

A Southampton si fermano per fare benzina. Janey ha sempre amato le stazioni di rifornimento: gli inservienti in uniforme le danno la sensazione di trovarsi davvero fuori dalla metropoli. C'è una fila di auto in attesa. Peter si allontana per andare al cesso, lasciando il motore acceso. Dopo un paio di minuti, il clacson dell'auto di dietro si fa sentire e lei si catapulta sul sedile di guida nell'istante in cui Peter esce dal bagno, agitando le braccia e strillando: «Fottutissima polacca, non toccare la mia auto!».

«Cosa?!» fa lei, guardandosi intorno incredula.

Con uno strattone lui apre la porta. «Nessuno guida la mia fottuta auto, a parte il sottoscritto. Chiaro? Nessuno tocca la mia fottuta auto a parte il sottoscritto. È la mia fottutissima auto.»

Con grazia estrema, Janey esce dalla macchina. Indossa jeans aderenti e un paio di sandali che la rendono più alta di lui di oltre due centimetri e i lunghi capelli color platino le scendono lisci sulle spalle. Quei capelli sono il suo tesoro più prezioso. Costringono la gente a guardarla due volte. Si toglie gli occhiali, ben sapendo che tutti la riconoscono: Janey Wilcox, la modella! «Ascoltami Buster» gli dice guardandolo dritto in faccia. «È meglio che cambi tono. A meno che tu non voglia leggere di un piccolo incidente sui giornali di lunedì mattina.»

«Ehi, dove stai andando?»

«Dove credi che vada?»

Risale in auto e Peter si scusa. Le strofina una mano sulla gamba. «Ho un brutto carattere, piccola. Esplodo. Non posso farci niente. Probabilmente perché mia madre da bambino mi picchiava.»

«Non preoccuparti» lo rassicura Janey sistemandosi gli occhiali da sole.

Ripartono rombando. «Sei bollente, piccola. Davvero bollente. Avresti dovuto vedere tutti quegli uomini che ti guardavano.»

«Gli uomini mi guardano sempre.»

«Sarà un'estate fantastica.»

La casa di Peter è in tutto e per tutto conforme alle promesse di Lynelle. Una fattoria ristrutturata che sorge su un prato curatissimo, grande più di un ettaro, con sei stanze da letto, arredata con ricercatezza. Appena arrivati, Peter afferra il cellulare e comincia a urlare al giardiniere qualcosa a proposito dei suoi meli. Janey lo ignora. Si spoglia e si incammina nuda verso la piscina. Sa che lui la sta guardando attraverso le porte a vetri. Quando riemerge dall'acqua, lui sporge fuori la testa. «Ehi, piccola, la piscina è riscaldata? Se non lo è, il giardiniere mi sente.»

«È riscaldata. Credo che sia ora di decidere a quali feste vogliamo andare questo week-end...»

Con la metà di maggio si avvicina il trentunesimo compleanno di Janey (è nata il primo giugno, e si definisce una "creatura dell'estate"). Per tre volte in una settimana trascorre la serata al Moomba, un nightclub. La prima sera, per una festa in onore del rapper Toilet Paper. In posa al centro della sala, con una gamba all'aria, si lascia fotografare. Poi qualcuno la scorta a un tavolo appartato dove siede Joel Webb, il collezionista d'arte. Pensa che sia un uomo affascinante, malgrado si dica che si è rifatto il naso, che ha una protesi alle guance, che si è sottoposto a liposuzione e che indossa scarpe con i tacchi rinforzati perché è alto meno di un metro e sessanta. Ma non è questo il problema. Il problema è la sua casa. Da tre anni si sta facendo costruire una villa a East Hampton e nel frattempo ha preso in affitto quella che Janey considera una baracca, un cottage malandato con tre stanze da letto.

«Mi serve una ragazza. Combinami un appuntamento con una delle tue amiche, che ne dici?»

«Come procede la casa?»

«L'impresa ha assicurato che sarà pronta per il quattro luglio. Dai, so che puoi trovare qualcuna che faccia al caso mio.»

«Credevo che avessi già una ragazza.»

«Solo a mezzo servizio. Rompiamo durante l'inverno, ma quando l'estate finisce mi sento così solo che me la riprendo.»

Due sere dopo, Janey si presenta al Moomba in compagnia di Alan Mundy, a detta di tutti l'attore comico più in voga a Hollywood. L'ha conosciuto anni fa, sul set di un film; lui aveva una particina, un cameriere che soffriva per amore. In un certo senso sono diventati amici e sono per così dire rimasti in contatto... giusto una telefonata all'anno. Ma adesso Janey va dicendo in giro che lui è il suo amico del cuore. Alan ha appena rotto con la fidanzata e probabilmente si sente solo. «Janey, Janey, voglio vedere tutti i posti più fighi. Voglio conquistare la città, metterla a ferro e fuoco...»

«A patto che poi non ci tocchi pagare i danni!»

«Dio, mi sei mancata, Janey.»

Va a prenderla con una Rolls Royce. I suoi capelli sono tinti di rosso e ha una ricrescita nera di due centimetri e mezzo. «Che fai adesso, bimba? Reciti ancora?»

«Ho recitato ogni giorno della mia vita.»

All'interno del club, Alan beve tre Martini di fila. Janey gli è seduta vicinissima, gli sussurra nell'orecchio e ridacchia parecchio. Non ha alcun reale interesse nei confronti di Alan, che è solo un poveraccio, perfetto per l'autolavaggio, esattamente quello che faceva prima di diventare famoso. Ma nessuno deve saperlo. Farsi vedere con Alan le giova, specialmente se riesce a dare l'impressione di fare coppia con lui.

Alan, ubriaco, si infila gli stecchini dei Martini tra i capelli. «Che cosa vuoi, Janey?» le chiede. «Cosa vuoi dalla vita?»

«Voglio trascorrere un'estate da favola.»

Poi si alza per andare in bagno e passa accanto a Redmon Richardly, uno scrittore "maledetto" originario del Sud. «Janey» la saluta. «Sono felicissimo di vederti.»

«Davvero? Non sei mai stato felice di vedermi prima d'ora.»

«Sono sempre felice di vederti. Sei un'amica» fa Redmon. Al suo tavolo c'è un altro uomo. Capelli corti e scuri. Abbronzato. Magro. Troppo sexy. Proprio come piacciono a lei. «Ti presento Janey, l'unica modella intelligente sulla faccia del pianeta» dice Redmon all'amico.

Lui sorride. «Intelligente e modella. Che cosa c'è di meglio?»

«Stupida e modella. Alla maggior parte degli uomini piacciono così.» Sorride anche lei, consapevole dello splendore dei propri denti.

«Zack Manners. Janey Wilcox» continua Redmon. «Zack è appena arrivato dall'Inghilterra. Sta cercando una casa negli Hamptons. Forse puoi aiutarlo a trovarne una.»

«Solo se poi potrò abitarci.»

«Proposta interessante» dice Zack.

Janey sale verso il bagno col cuore in tumulto. Zack Manners... il potentissimo produttore musicale inglese! È in attesa del proprio turno quando Redmon Richardly la raggiunge e si mette in fila dietro di lei. «Lo voglio» dice Janey.

«Tu e un milione di altre donne in tutto il mondo.»

«Non m'importa. Lo voglio.»

«Non puoi averlo.»

«E chi te lo dice?» Janey batte un piede.

Redmon la circonda con le braccia come se stesse per baciarla. Riesce a fare cose del genere come se niente fosse. «Vieni a casa mia stanotte.»

«Perché?»

«Perché sarebbe divertente.»

«Il divertimento non m'interessa.»

«Molla quel tipo con cui sei arrivata e vieni a casa con me. Cosa te ne fai di un simile sfigato? Non mi interessa se è famoso. Rimane uno sfigato.»

«Beh, essere in compagnia di una *nullità* del genere fa sì che gli uomini come te si interessino a me.»

«Oh, andiamo.»

«Voglio trascorrere un'estate da favola. Con Zack.»

Janey e Alan se ne vanno mezz'ora più tardi, dopo che Alan ha rovesciato altri due Martini. Uscendo, passano accanto al tavolo di Redmon. Janey fa casualmente scivolare una mano nella tasca posteriore dei jeans di Alan. Poi sbircia Zack.

«Chiamami» dice Redmon a voce alta.

II

Janey Wilcox ha già sentito parlare di Harold Vane, il miliardario, nel bagno di un club. È stato due anni fa. E anche se poi si è dimostrato noiosetto, con la sua pelata lucida e le sue scarpe ancora più lucide (le fa lustrare dai camerieri fino allo sfinimento), Harold ha rappresentato una delle sue estati migliori.

Harold possiede un palazzo in Gin Lane, a Southampton, con una lunga distesa verde davanti e sul retro un prato che declina verso le dune e la spiaggia. Ogni sabato e ogni domenica dà un pranzo formale, preparato da un cuoco di nome Skaaden che fa anche i cocktail e serve gli ospiti da grandi piatti d'argento. Per accedere alla proprietà si oltrepassa un cancello di ferro con la lettera "H" su un battente e la lettera "V" sull'altro.

Harold ha guardie del corpo, armate di pistola, travestite da giardinieri.

«Non hai paura che un giorno o l'altro uno di questi uomini si renda conto delle tue vere motivazioni?» le domanda Allison.

«Cosa vuoi dire?» chiede Janey, pensando ai giardinieri.

«Che li usi. Li adeschi per approfittare delle loro case.»

«Io sono una femminista. È una questione di ridistribuzione della ricchezza.» Sono adagiate sulle sdraio al bordo della piscina, e Skaaden continua a portare loro bicchieri di tè ghiacciato.

«A proposito, dov'è Harold?» chiede Allison. Ha gli occhi grigi sporgenti e non sarà mai bella. Allison è una sorta di amica professionista per i ricchi e famosi; domani chiamerà mezzo mondo per raccontare del pranzo a casa di Harold Vane. Continuerà a frequentarlo. Lo inviterà a bere qualcosa, gli metterà una mano sul braccio e gli sussurrerà spiritosaggini all'orecchio per compiacerlo.

«Harold è al cesso.» Janey ha una vocina dolce, infantile. Nonostante la faccia e il fisico da sballo, sa che la sua vera arma segreta è quella voce, che le permette di dire qualsiasi sciocchezza impunemente. «Prima di uscire, trascorre un'ora barricato là dentro; nel week-end un'ora la mattina e un'ora la sera. La settimana scorsa abbiamo praticamente perso una festa perché non voleva uscire da lì.»

«Cosa fa per tutto quel tempo?»

Janey alza le spalle. «Non lo so. La cacca. Legge. Anche se non riesco a capire come una persona possa impiegarci un'ora. Continuo a dirgli che deve farsi controllare l'intestino.»

«Probabilmente sono gli unici momenti in cui può isolarsi da tutto.»

«Oh, no. Ha un telefono e il computer anche là. Ma dimentica che te l'ho raccontato, okay?» Non è difficile immaginare Allison che a una delle solite cene intrattiene i commensali parlando di Harold: un miliardario che se ne sta un'ora al cesso parlando al telefono e inviando e-mail. Questa storia la fa sentire in colpa. Dopo tutto, Harold non le ha mai detto né fatto niente di anche lontanamente sgradevole e, a dire il vero, sente quasi di esserne un po' innamorata.

Lui ha questo di sorprendente. All'inizio non è riuscita a fare sesso con lui, ma dopo che l'ha fatto, il secondo sabato dopo il Memorial Day, si è pentita delle proprie esitazioni. A letto Harold è autoritario. Le dice cosa fare e quale posizione assumere (le ha rasato completamente il pube e le ha ordinato di prendere il sole nuda), e ha un pene enorme.

Quando le altre donne le si avvicinano per chiederle se è proprio vero che lo frequenta (questo accade soprattutto nelle toilette dei vari ristoranti alla moda degli Hamptons), Janey svita il tappo del rossetto e si confessa: il pene di Harold è così grande che ogni volta le sembra quasi impossibile riuscire a contenere quell'affare.

Poi si passa il rossetto sulle labbra socchiuse. Forse parlare del pene di Harold è un tantino di cattivo gusto, ma d'altro canto, Janey sente che gli sta facendo un favore. Quando romperà con lei, gli sarà più facile trovare altre amanti.

Non che se ne preoccupi. Harold è una specie di Babbo Natale. Le sue ex lo chiamano costantemente e lui dispensa consigli e invia a tutte regalini, cellulari, computer, perfino assegni per l'asilo nido. Durante il primo fine settimana negli Hamptons, trascina Janey fino al garage. «Voglio che quest'estate tu sia indipendente» dichiara. «Non ho dubbi che tu sia una ragazza che vuole la sua indipendenza.»

20

«Hai ragione» dice lei.

«In caso contrario, a quest'ora saresti sposata.» Apre la porta laterale e scende tre gradini. Lei lo segue e quando arriva in fondo lui l'afferra e incolla le proprie labbra alle sue, ficcandole la lingua in bocca. Presa alla sprovvista, Janey agita le braccia come un insetto trafitto da uno spillo. Ma il bacio non è male.

«Un assaggio per far partire il tuo motore» le dice. Poi la spinge gentilmente da parte e accende la luce. «Scegli quella che preferisci.» Ci sono una Range Rover e due Mercedes, una 550 coupè e una SL decappottabile. «Dovrai rispettare un'unica regola. Non puoi cambiare idea a metà estate. Non voglio che tu venga da me lamentandoti che vuoi guidare la Rover se adesso scegli la Mercedes.»

«E se non me ne piacesse nessuna? E se preferissi una Maserati?»

«Non ho intenzione di viziarti troppo. Finiresti per odiarmi, perché non troveresti mai più nessuno disposto a trattarti allo stesso modo.»

«Probabilmente è vero» gli dice, accarezzandogli il naso con l'indice.

«Perché non lo sposi?» è il ritornello di Allison per tutta l'estate.

«Oh no, non potrei mai. Non potrei mai sposare un uomo senza esserne pazzamente innamorata.»

«Per innamorarmi di lui mi basterebbero due secondi» sospira Allison.

«Già» commenta Janey, senza preoccuparsi di aggiungere che Allison non possiede nulla che possa attrarre un uomo come Harold.

Harold prende Janey un po' troppo sul serio. «Usa

l'intelligenza. Fai qualcosa della tua vita. Lascia che ti aiuti.»

Lei dice che ha sempre desiderato fare qualcosa d'importante, come diventare una giornalista o scrivere un romanzo. Così, una domenica Harold invita per il brunch una sua vecchia amica, un'importante caporedattrice.

Harold serve sempre il cappuccino in tazze enormi e la tipa lo sorbisce lenta, giacca bianca e blu a racemi e tazzona in bilico sulle ginocchia.

«Janey vuole scrivere» le fa Harold.

«Povera me» esclama, prima di portare la tazza alle labbra. «Sarebbe meglio che le belle ragazze si accontentassero di farsi ammirare.»

«Andiamo, Maeve» strizza l'occhio Harold. «Anche tu una volta eri una bella ragazza... Prima di diventare intelligente.»

«E prima che tu diventassi ricco. Che cosa desidera fare esattamente, cara?»

«Voglio il suo lavoro» dice Janey con la sua voce flautata che suona inoffensiva.

Dopo la rottura con Harold, alla fine di settembre, Janey piange per la strada. La rottura ha luogo nell'appartamento di Harold, a Park Avenue, dove hanno stabilito d'incontrarsi per l'aperitivo prima di uscire a cena. Harold l'aspetta in biblioteca. Sta sorseggiando uno scotch e fissa il suo amatissimo Renoir. «Ciao pazzerella» le dice. La prende per mano e la fa accomodare sul divano di seta rossa. «Un imprevisto. Questa sera non posso venire a cena.»

«Capisco» dice Janey, presagendo quello che sta per accadere.

«È stato meraviglioso trascorrere l'estate insieme a te. Ma...»

«È finita.»

«Non è colpa tua. Sono io. Non voglio sposarmi, ed è giusto che tu sappia che c'è un'altra donna che desidero.»

«Basta così, ti prego.» Si alza. «Avevo intenzione di rompere con te questa sera. Non è divertente?»

Quando Harold la scorta alla porta, vede Skaaden ritto nell'ingresso con il suo soprabito appeso all'avambraccio. Non solo Harold ha pianificato la rottura, ma l'ha discussa preventivamente con Skaaden. Mentre Skaaden l'aiuta a rivestirsi, immagina quello che Harold può avergli detto: «La signorina arriverà per l'aperitivo, ma se ne andrà poco dopo. Potrebbe essere sconvolta. Tieniti pronto con il cappotto».

Riesce ad arrivare fino al primo angolo, poi si piega sopra un bidone della spazzatura e frigna. "Forza" dice una voce nella sua testa. "È successo già un milione di volte. Dovresti esserci abituata."

"Ma fa sempre male" risponde un'altra voce.

"Solo un po'. Harold è basso e brutto, e in ogni caso non lo avresti mai sposato. Come se non bastasse, passava un'ora al giorno sul cesso."

"Io lo amavo."

"Non lo amavi. Sei sconvolta perché ti avrebbe portata a cena da Bouley e hai voglia di *foie gras*."

Davanti al palazzo di Harold arriva un taxi, ne esce una bionda allampanata, con una valigia di pelle da quattro soldi. La sua sostituta. Il taxi è libero, Janey sporge il braccio e lo prende.

Poi Harold le spedisce una busta. Contiene un biglietto con scritto «Chiamami, qualunque cosa tu abbia bisogno», attaccato a un buono da cinquemila dollari per Gucci.

L'estate dopo, quando sta con Peter, Janey incontra Harold a una festa a East Hampton, in una casa in riva al mare. L'estate è solo a metà, ma lei ha sviluppato un insolito e allarmante odio nei confronti di Peter. Sulla spiaggia, lui parla al cellulare con i suoi clienti oppure critica i corpi delle altre donne. Il suo bersaglio preferito sono quelle sopra i quaranta che hanno avuto figli. «Guardala» esclama. «Guarda la pancia. Uno straccio. Perché non sta a casa?»

«Oh, Peter!»

«Oh Peter che cosa? Fa parte della natura maschile essere attratti dalle ragazze giovani e belle. È istintivo. Un uomo vuole andare a letto con il maggior numero possibile di strafighe. È la legge della riproduzione.»

Tornando dalla spiaggia a bordo della Porsche, dichiara: «Sono un po' pazzo, Janey» come se ne andasse fiero. «Credi che dovrei andare in analisi?»

«Credo che sarebbe completamente inutile» risponde lei. Lui ride, prendendolo per un complimento, e quando arrivano a qualche festa, ha una mano sulla sua coscia. Poi camminano abbracciati, calpestando l'erba di un prato o la ghiaia di un viale, ridendo, sorridendo agli altri invitati. Tutti gli addetti alle pubbliche relazioni li conoscono, quindi non hanno bisogno di dire il proprio nome all'ingresso. E i fotografi li sommergono di flash. L'estate è splendida e calda e, almeno in quei momenti, perfetta.

Il lunedì, Harold la chiama.

«Sono preoccupato per te, Janey. Sei una cara ragazza. Non dovresti stare con un individuo come Peter.»

«Perché no?»

«È un mascalzone.»

«Oh, Harold. Tu credi che ogni uomo sia un mascalzone.»

«Dico sul serio, Janey. Voglio darti un consiglio. Forse non spetta a me, ma te lo do comunque. Smettila di agitarti e sposati. Non sei il genere di ragazza che aspira a fare carriera, quindi sposa un uomo di cui sei innamorata e fai dei bambini.»

«Ma io voglio combinare qualcosa, Harold.»

«Cosa?»

«Non lo so.»

«Segui il mio consiglio, Janey. Sei ancora giovane, sei bella. È il momento di trovare un tipo adatto.»

«Chi?»

«Un bravo ragazzo. Bello. Non so. Ti fisso un appuntamento col mio architetto. Ha trentatré anni e vuole sposarsi.»

«No, grazie» fa Janey con una risatina.

La storia con Peter va di male in peggio. In parte dipende dal sesso. Peter non vuole essere toccato e riesce a mala pena a sfiorarla. Fanno sesso una volta ogni tre settimane. «Per caso non sarai mica gay?» gli chiede Janey. Prende l'abitudine di tormentarlo. «Voglio trovare un uomo giovane e forte col quale fare l'amore. Gli uomini oltre i quaranta non sono all'altezza, è risaputo.» Una mattina Janey brucia il pane tostato e lo butta via; lui si avventa in cucina, toglie le fette bruciacchiate dalla spazzatura, le raschia e cerca di fargliele ingoiare. Lei le dà a Gumdrop, che le vomita immediatamente. Ormai fantastica di ammazzare Peter. Forse potrebbe fulminarlo, lanciandogli in piscina la ricarica del cellulare.

Ma poi si riconciliano sempre in vista di un party da non perdere. E alla fine l'estate passa in un lampo.

Di nuovo al Moomba. Janey è da sola al bar e sorseggia un Martini. Il barman è giovane. Dice: «Mi ricordo di te in un film. M'imbarazza confessarlo, ma mi masturbavo davanti alla tua fotografia».

«Bravo. Quindi immagino di non doverti la mancia.»

«Offro io» fa lui indicando il Martini. Appoggia i gomiti al bancone. «Cosa fai adesso?»

«Aspetto un amico» fa lei, e si volta dall'altra parte. Desidera Zack Manners. Ha scoperto di possedere un potere misterioso: se desidera intensamente qualcosa, il desiderio si avvera. Ma entra Redmon Richardly, il romanziere. Le fa un cenno con la testa, e fa il giro del locale per vedere chi c'è. Infine torna da lei.

«Dov'è Zack?» gli chiede.

«Come diavolo faccio a saperlo?»

«Spero che passi di qui.»

«Lascia perdere Zack. Io sono quanto di meglio ti possa capitare stasera.»

«Voglio Zack.»

«Zack è un tipo eccentrico» dice Redmon. Ordina uno scotch.

«Anche tu.»

«No, intendo dire che non è normale. Abbiamo trascorso molto tempo insieme a Londra. Conosco ragazze che sono state a letto con lui. Nessuno vorrebbe essere coinvolto in quella merda. In Europa il sesso è una cosa assurda. È disgustoso. Non è... americano.»

A quel punto, manco a dirlo, appare Zack. «Zack!» esclama Redmon. «Stavamo proprio parlando di te.»

È in compagnia di altre persone. «Venite al nostro tavolo» li invita.

Il gruppo di Zack si sistema e Janey li raggiunge infilando una sedia accanto a quella di Zack. «Ancora tu! Che ci fai sempre in giro?»

Janey si limita a sorridere e a sorseggiare il suo drink. Non ha bisogno di parlare. Alla fine il suo sguardo colpisce sempre il bersaglio. Si gira verso l'uomo che siede alla sua sinistra. È un inglese minuscolo, ansioso di fare conversazione.

«Andrai negli Hamptons, quest'estate?» gli chiede.

«No, ma ne sono affascinato. In Inghilterra non abbiamo niente del genere. Tutti quei divi del cinema che sfidano il traffico.»

«Io ci vado ogni estate. È bellissimo.»

«Ci sarai anche quest'anno?»

«Oh certo. Sarà un'estate da favola.»

Zack si sporge verso di lei. «Di nuovo la storia dell'estate da favola? È un'ossessione, per caso?»

«È probabile» fa Janey. Posa il bicchiere. «Devo andare. Telefonami.»

«Non telefono alle ragazze. Mi metto in contatto, io.»

Due giorni dopo, Zack le invia una busta. Contiene un breve messaggio su carta intestata: «*Janey, ti piacerebbe se ci incontrassimo per bere qualcosa? Per favore, chiama la mia segretaria, ti dirà quando e dove. Saluti, Zack*».

III

Sull'autobus che la porta negli Hamptons, Janey ha voglia di alzarsi in piedi e gridare: «Sono Janey Wilcox, la modella, e trascorrerò il fine settimana con Zack Manners, il discografico miliardario. Quindi andate a farvi fottere, tutti quanti!» soltanto per sentirsi meglio.

È seduta in fondo, porta un berretto da baseball, gli occhiali da sole, i capelli raccolti a coda di cavallo e cerca di leggere *Il tè nel deserto*. Ma un pensiero molesto s'insinua nella sua mente e continua a pungolarla: Zack Manners non le offre alcuna certezza. Non è, come lei ama dire, completamente "a posto".

L'invito è stato vago: ha detto alla segretaria d'informare Janey che si sarebbero incontrati «verso le sei» al Palm, East Hampton, quel giovedì. Non è sicura che l'invito sia estendibile all'intero fine settimana e l'incertezza la rende nervosa.

La sera prima è andata al Moomba: diversi uomini si sono presentati al suo tavolo, ma sono stati tutti respinti. Lei ha dichiarato sfacciatamente che sì, stava una meraviglia, perché aveva finalmente trovato un uomo brillante, divertente e sexy. Come a dire: Zack è tutte queste cose e voi decisamente no.

Ma i tipi non si sono dati per vinti. Le si sono letteralmente appiccicati addosso.

Janey ha di recente sviluppato una teoria secondo la quale tanto peggio tratti gli uomini, tanto più loro ti vogliono. Peter, il Peter di tre estati prima, le si è avvicinato e con fare disinvolto le si è seduto accanto lasciando penzolare le braccia. «Sei cambiata, Janey. Sembri così sicura di te...»

«Non sono la ragazza di due anni fa, Peter» ha risposto, sorridendo beffarda. «Oggi non potrei mai sopportare le tue cazzate.»

«Quali cazzate?»

«Il fine settimana del Labor Day, mentre tornavamo dagli Hamptons sotto la pioggia. Ricordi? Mi facesti scendere in periferia, tra la Trentaseiesima e la Third Avenue, e fui costretta a prendere un taxi.»

«Fra noi era finita» si giustifica Peter. «E abitavi dall'altra parte della città. Perché accompagnare una ragazza dall'altra parte della città, se in cambio non ottieni nulla, nemmeno una scopata?»

Janey arriva al Palm alle sei e un quarto e si aspetta di trovare Zack al bar. Ma non c'è. Due ragazzi le offrono un drink. Mezz'ora dopo, fuori c'è un po' di baccano. Una Ferrari verde 250 GT modello Ellena risale lungo il viale d'accesso. Guida a destra. Ne scende Zack. Indossa vecchie scarpe da tennis e cammina con le mani sprofondate nelle tasche dei pantaloni color cachi. Janey comincia a parlare animatamente con i due ragazzi. Zack arriva alle sue spalle e le sussurra: «Ciao».

Lei sobbalza appena. «Oh, ciao.» Guarda l'orologio. «Ti sgriderei per il ritardo... se non fosse per la Ferrari.»

«La mia auto è senza paragoni.» Zack si sistema sullo sgabello accanto e le prende la mano. «Se vuoi stare con me, Janey, guardati bene dallo sgridarmi. A meno che non sia io a chiedertelo.»

«Sembra promettente.»

«Lo è, se giochi bene le tue carte. Hai un lato oscuro, Janey? Mi pari il tipo di ragazza con un lato oscuro.»

Janey ride, e anche Zack. Si scosta i capelli dalle spalle e lui si accende una sigaretta. Senza filtro. Da vicino, non è così sexy come lo ricordava. Ha brutti denti, tipicamente inglesi, in una gamma che va dal giallastro al grigio. Le dita macchiate di nicotina, le unghie sporche.

Ma c'è l'automobile. E tutti quei soldi. E un'intera estate, e forse anche di più. «Prendiamo le cose con calma, d'accordo?» dice.

«Ciò significa che vuoi vedere la mia casa prima di decidere se farti scopare?» si informa Zack.

«Ma va'. Sei tu che m'interessi. Tutti dicono che sei affascinante.»

«Sono pazzi. La casa ti piacerà. È perfetta.» Si alza e la tira giù dallo sgabello. Le cinge la vita con un braccio e la conduce alla porta. È più alto di lei, per fortuna. «Ho la casa che fa per te» le dice.

«È ovvio» replica Janey. Gli crede, nessun dubbio. Anche se è abbastanza insolito che un perfetto estraneo affitti una casa negli Hamptons nella vaga speranza di portarti a letto. Fa un cenno col capo al parcheggiatore che spalanca la portiera dell'automobile, poi scivola sul sedile anteriore. L'auto è in perfette condizioni. Si toglie il berretto da baseball e scuote i capelli, ride. «È bellissima» dichiara, sentendosi generosa. Zack accende il motore ed esce dal viale. «Immagino che a questo punto io dovrei replicare: "No, *tu* sei bellissima, Janey".» La guarda. «Ti sembra di essere in un film?»

«Sì.»

«Sei un'ingenua. Non credi che sia pericoloso, alla tua età?»

«Forse non lo sono. Forse è solo una commedia.»

«Forse tutto è una commedia, ma il punto è, come andrà a finire per te?»

Svolta in Further Lane. «Ho detto all'agente immobiliare che volevo una casa nella strada migliore della migliore località degli Hamptons.» Condisce la parola "migliore" con un leggero grugnito e Janey pensa che è assolutamente adorabile. Svoltano in un nuovo viale coperto di ghiaia. «Questa casa la conosco» fa Janey. «È una delle mie preferite!»

«Davvero?»

«Un mio amico l'affittò cinque anni fa. È la casa ideale per l'estate. Piscina, campi da tennis...»

«Indossavi le mutandine quando giocavi a tennis con il tuo amico?»

«Oh Zack, per favore.»

«Io t'immagino così. Vestita di bianco, senza mutandine...»

La casa è piuttosto lontana dalla strada principale ed è fronteggiata da una vasto prato predisposto per il croquet. Una dimora classica, rivestita di legno, costruita negli anni Venti per una ricca famiglia piena di bambini e servitù. Zack parcheggia davanti all'ingresso principale. «Vieni, vieni mia cara, resterai a bocca aperta» dice, balzando fuori dall'auto e prendendole una mano. C'è un'ampia veranda e un balcone che corre lungo tutto il secondo piano. Janey varca la porta d'ingresso. «Non c'è male» dice guardandosi intorno.

Zack rovista in un sacchetto di carta. «Provviste» dice, tirando fuori una bottiglia di vodka e una di acqua tonica.

Janey ridacchia. È un po' nervosa.

Zack va in cucina e torna con due cocktail. «Cin cin» dice, levando il bicchiere. «Salute» Janey lo imita. «A un'estate grandiosa.»

Zack si mette dietro di lei, le cinge la vita e la stringe a sé. «Cosa c'è dietro a questo ritornello dell'estate grandiosa?»

Janey si gira e si divincola dalla sua presa. «Assolutamente niente.»

«Deve esserci qualcosa. Non ho mai conosciuto nessuno così ossessionato dall'estate. Un tempo trascorrevo le mie lavorando in fabbrica.»

«Accipicchia» commenta Janey soavemente.

Lui le punta contro un dito. «Devi rispondere alle mie domande. Altrimenti non mi diverto. In questo momento voglio che mi parli di te. Degli uomini che hai avuto in passato.»

«Cosa?»

«Sarà divertente. Ti piace la coca?»

«Coca-Cola?»

«Cocaina» precisa Zack, condiscendente. Poi aggiunge: «Non sei molto brillante, vero? L'ho capito la prima volta che ti ho incontrata, ma poi mi sono detto che forse sbagliavo». Si mette su un divano, alza gli occhi verso di lei e sorride. «Dopotutto non c'è bisogno di essere intelligenti in certe situazioni. Basta un po' di senso dell'avventura.»

«Io non faccio uso di droghe» risponde Janey freddamente.

«Che peccato. Avrei giurato il contrario.» Stende una riga di polvere bianca sul piano del tavolo, arrotola un biglietto da visita e sniffa. Getta la testa all'indietro e inala profondamente. Janey lo fissa e lui sostiene il suo sguardo. «Smettila di recitare la parte della brava ragazza americana.»

«Chi ti dice che non lo sia?»

«Oh, piantala.» Le tocca i capelli. «Non ti ho invitata qui perché tu diventassi la mia fidanzatina.»

«Allora perché mi hai invitata?»

«Non l'ho fatto. Ti sei invitata da sola, ricordi?»

«Fottiti» fa Janey dolcemente.

«Vieni qui. Siediti. Piccola, sei trasparente come la maglietta che indossi. Tutti sanno qual è il tuo gioco. Sei disponibile per l'estate, a condizione che il candidato sia abbastanza ricco. Mi piacerebbe sapere perché.»

«Perché voglio trascorrere un'estate da favola» grida Janey. «Cosa c'è di male?»

Zack sniffa ancora.

«Confessa Janey, non c'è niente di cui ti freghi veramente.»

«Esatto.» Alza le spalle. «Anche quando il sesso è grandioso, non significa nulla. Perché il tipo prima o poi se ne andrà. Quindi, batto gli uomini sul loro stesso terreno. Li uso. Sono una femminista, Zack» conclude, sentendosi in un certo senso sollevata.

«Quanti anni hai?»

«Ventotto.» Mente senza accorgersene. Ha abbassato la propria età per ragioni professionali così a lungo che ormai ci crede anche lei.

«Sembri più vecchia. Usi gli uomini, in compenso tu sei completamente inutile. Credi che le tue idee siano rivoluzionarie, ma non lo sono. Sono solo noiose e immature.»

«E le tue?»

«Io sono un *self-made man*. Tutto quello che ho me lo sono guadagnato.» Si accende una sigaretta. «Ma lungo la strada mi sono accorto di una cosa strana. Ho perso le emozioni. Ho dovuto fregare un sacco di gente per ottenere quello che volevo, che credevo di volere.» Sorride. Cristo, che denti orribili... «In fondo, tu e io siamo simili.»

«Io ho i miei buoni motivi per fare quello che faccio.»

«Non c'è dubbio. Ma probabilmente sono alquanto volgari.»

«Io non sono volgare» sibila Janey.

«Vieni di sopra. Sbrigati!» Le afferra una mano. Sale le scale due gradini alla volta. La spinge nella stanza da letto. «È tutta la settimana che aspetto questo momento.» Si leva maglia e pantaloni. Sotto, porta mutande vecchie e sbrindellate. Si gira e se le toglie. Il sedere è cosparso di foruncoli. «Sculacciami, mamma!» urla.

«Non sono tua madre!»

«Sculacciami, mamma! Per favore!»

Janey non sa cosa fare, così comincia a strillare. Indietreggia fino alla portafinestra. Esce sul balcone, si precipita alla ringhiera e la scavalca, finendo sul tetto sottostante. Lo attraversa a carponi e salta a terra.

Per un paio di minuti, rimane distesa al suolo. Poi sente dei passi lungo le scale e il rumore della porta d'ingresso che si apre. Zack, ancora nudo e con una sigaretta tra le labbra, le si avvicina. «Alzati, stupida. Non sei ferita.»

«Vai a farti fottere.»

«Ti invito a lasciare la mia proprietà il più presto possibile» intima Zack, poi rientra a sniffare ancora un po'.

Zoppicante, Janey lo segue. Gli passa davanti, ma lui non la guarda. Va in cucina per telefonare. "Ti prego, fa che sia in casa" pensa febbrilmente.

«Grazie a Dio.» Comincia a singhiozzare. «Sono io. È accaduta una cosa terribile. Ero con quell'inglese... è impazzito. Sono spaventata. Sì. Sì.» Piagnucolando, scandisce l'indirizzo. Poi esce sul portico ad aspettare.

Venti minuti dopo, una Range Rover avanza a tutto gas lungo Further Lane. L'autista ignora il viale di accesso e guida attraverso il prato, travolgendo l'attrezzatura da croquet. Si ferma di fronte alla casa. «Ecco il tuo maggiordomo.» È Harold.

Zack esce da casa con un asciugamano intorno ai fianchi. «Hai mandato tutto a puttane, hai sprecato un'occasione. Avremmo potuto trascorrere tutta l'estate insieme.»

«Stai lontano da lei» dice Harold.

Zack non lo degna di uno sguardo e segue Janey che zoppica verso l'auto. «Torna dal tuo piccolo ebreo. Torna nella sua tana, dove ti senti al sicuro.»

Harold fa un passo in avanti. «Ascoltami, coglione. Vacci piano. Qui siamo in America. Non puoi parlare così a una signora.»

«Ah sì?» Zack si sganascia. Aspira una boccata dalla sigaretta che ha in mano. «Io dico quel cazzo che mi pare.»

«Quando i miei avvocati avranno finito con te, non avrai più neanche gli occhi per piangere» scandisce Harold con calma. Sale sull'auto e chiude la portiera con fragore.

«Certo, certo» urla Zack. «Poveri, patetici yankee. Il vostro più grande divertimento sono gli avvocati.» Sistema l'asciugamano che gli scivola dalla vita e torna in casa.

Harold fa retromarcia sul prato. «Cristo, Janey.»

Janey si copre gli occhi con le mani. «Harold, non ce la faccio a reggere una predica in questo momento, d'accordo?»

«Non voglio farti una predica, piccola. Voglio solo accertarmi che tu stia bene. Non ti ha...»

«No.»

«Chi è quel verme?»

«Zack Manners. Il produttore discografico inglese.»

«Maledetti inglesi. Perché non se ne tornano a casa loro? Non preoccuparti,» la consola accarezzandole una mano «farò in modo che venga dichiarato persona non gradita sulla costa orientale. Non riuscirà nemmeno a prenotare una camera d'albergo.»

«Sei meraviglioso, Harold. Davvero.»

«Lo so.»

«Volevo solo trascorrere un'estate da favola» dice Janey un'ora più tardi, stesa sul letto in una camera privata dell'ospedale di Southampton. «Come quando avevo sedici anni.»

«*Shhhh*» la zittisce l'infermiera. «Tutti vorrebbero avere di nuovo sedici anni. Conti fino a cento al contrario e dorma.»

36

Sedici anni. Quell'estate Janey aveva subito una metamorfosi. Era sempre stata il brutto anatroccolo in una famiglia di cigni. Suo padre, alto quasi un metro e novanta, due spalle da giocatore di rugby, faceva il medico condotto. Voleva che diventasse infermiera e che trovasse un marito rispettabile. Sua madre era una perfetta francese. Janey era la secondogenita, incastrata tra un maschio e una femmina irreprensibili. Mentre il resto della famiglia mangiava arrosto con crema di champignon, sua madre le serviva mezzo cespo d'insalata. «Se non perdi peso, non troverai un uomo e allora ti toccherà lavorare. Non c'è niente di meno attraente di una donna che lavora» sentenziava.

«Io voglio fare il veterinario» diceva Janey.

Ogni estate, immancabilmente trascorsa al country club, era un'agonia. Sua madre, magra e abbronzata nel costume di Pucci, passava le giornate a bere tè ghiacciato e a flirtare con i bagnini e con gli amici del figlio. Suo fratello e sua sorella, entrambi nella squadra di nuoto, erano due campioni nati. Janey, con la pancia e le cosce abbondanti, languiva nell'ombra. A quattordici anni, con l'arrivo delle mestruazioni, sua madre le aveva dato un consiglio: «Devi stare molto attenta con i ragazzi, Janey. Ai maschi piace approfittare delle ragazze meno carine, perché sanno che sono... come dire, alla disperata ricerca di attenzioni, ecco».

Ma a sedici anni Janey era più alta di dieci centimetri. Quell'estate, al suo ingresso al country club, nessuno l'aveva riconosciuta. Aveva cominciato a indossare i costumi da bagno di sua madre, a rubarle i rossetti, a fumare dietro al parcheggio del club. I ragazzi facevano a gara per corteggiarla. Sua madre l'aveva beccata a baciarsi con uno sotto il tavolo da picnic. Le aveva dato un ceffone e lei aveva capito di aver vinto. «Te la farò vedere» l'aveva sfidata. «Farò meglio di te.»

Il sabato dopo l'incidente con Zack, Janey si fa vedere sulla spiaggia di Sagaponic in compagnia di Redmon Richardly. Ha il piede ingessato e Redmon l'aiuta a camminare sulla sabbia. La fa stendere su un telo e poi va a nuotare. Allison arriva di corsa. «È vero?» s'informa trafelata.

«Che cosa?» chiede Janey. Cambia posizione per esibire meglio il suo magnifico corpo. «Ti riferisci al fatto che io e Redmon stiamo insieme?»

«No. A quella brutta faccenda...»

«Non dire niente a Redmon. Soprattutto, non pronunciare il nome di Zack!»

La sera prima, Janey e Redmon, tornando dagli Hamptons, si sono fermati al Twenty-Seven. Zack era lì. Si è diretto verso Redmon e gli ha detto. «Ogni minuto nasce un idiota. Non è così che dite voi yankee?». Poi Redmon gli ha mollato un pugno sul naso. Allora ha cominciato a spargersi la voce che Zack è innamorato perso di Janey, ma che lei l'ha lasciato per Redmon, e per questo motivo Zack è fuori di testa.

Una lieve alterazione della realtà che Janey non ha alcuna intenzione di rettificare.

IV

L'anno successivo Janey prende una decisione importante: vuole una casa tutta per sé. Ha la netta sensazione che l'indipendenza possa conferirle un'*allure* irresi-
stibile. E per questo è pronta a rinunciare a tutto: alla
piscina, al giardiniere, al cuoco, all'auto, addirittura alla
lavatrice...

Anche se il pensiero di una vita senza comfort le dà i
brividi, sarà pur sempre preferibile a quello che ha sop-
portato l'estate scorsa con Redmon e Zack. Una frase pronunciata da Zack continua a risuonarle nella
testa come un motivetto molesto: «Sei disponibile per
l'estate. A condizione che il candidato sia abbastanza
ricco». Un conto è andare a letto con uomini ricchi, un
altro è passare per una puttana. Un giorno (forse presto), sposerà un miliardario. Un miliardario di cui sarà
pazzamente innamorata. Ma funzionerà? Chi accetterebbe di convolare a nozze con una puttana?

Così, verso febbraio, giunto il momento di pensare a
una casa per l'estate, Janey comincia a spargere la voce.

«Sto cercando una casa tutta per me» dice, rivolgendosi ai miliardari che le capita d'incontrare nei ristoranti o alle feste. «Ho deciso che è ora di crescere.» Quelli

ridono e fanno commenti spiritosi del tipo: «Non crescere troppo» ma non abboccano. Janey spera che qualcuno metta a sua disposizione, gratis, una sistemazione, ma l'unica a offrirle qualcosa è Allison.

«Potresti dividere la casa con me» propone piena di sollecitudine. Sono appena arrivate al ricevimento in onore di un vecchio stilista europeo ansioso di rilanciare il proprio marchio a New York.

«Non è questo il punto» sottolinea Janey, spostandosi in avanti per permettere ai fotografi d'immortalarla, mentre Allison si fa da parte; fortunatamente è abbastanza furba da capire che la sua presenza in una foto la renderebbe impubblicabile.

«Non so ancora che genere di estate voglio passare» spiega. «Potrei decidere di passare tutto il tempo a leggere libri.»

Con assoluta mancanza di tatto, Allison finge che il cocktail le sia andato di traverso. «Libri? Tu? Janey Wilcox?»

«Io li leggo i libri, Allison. Magari potresti provarci anche tu.»

Allison cambia tattica. «Oh, scherzavo» dice, risentita. «Vuoi dividere casa con Aleeka Norton, vero?»

«Non ho alcuna intenzione di dividere la casa con Aleeka.» Aleeka Norton è una modella di colore che Janey considera un'amica, anche se la vede solo un paio di volte l'anno. Aleeka ha l'età di Janey, sta scrivendo un romanzo e quando le chiedono cosa faccia nella vita, risponde invariabilmente: «Sono una scrittrice». Con questo sistema, Aleeka sembra essersi guadagnata molto più rispetto da parte degli uomini. Joel Webb, il collezionista d'arte, le ha prestato la sua casa per l'estate per permetterle di lavorare con tranquillità. E non ha nemmeno preteso di farci sesso.

«Allison» cinguetta Janey muovendosi tra la folla. «Non l'hai notato anche tu? Quando arrivi a trent'anni, la gente comincia a giudicarti, soprattutto gli uomini. È importante dare l'impressione di fare qualcosa, anche se non è vero.»

«Ma Redmon è diverso.»

Janey la guarda. Povera Allison. Ha una cotta per Redmon. Si è letta tutti i suoi libri e ci ha ricamato sopra; crede che Redmon assomigli ai protagonisti dei suoi romanzi: sensibile, sottovalutato, in attesa dell'amore di una brava ragazza...

«Redmon vive nel mondo dei sogni.»

«È stato carino con te. Molto carino.»

Janey sorride. Sorseggia un Martini. «È solo un perdente.»

L'estate con Redmon è stata una delle peggiori.

«Beh, almeno Redmon è migliore di Zack. Questo devi ammetterlo» insiste Allison.

Janey beve un altro sorso mantenendo un'espressione impassibile. Zack! Ogni volta che sente quel nome, prova l'impulso di urlare. Ma non è il caso che Allison lo sappia.

«Zack Manners» mormora. Sorride e saluta qualcuno all'altro capo della stanza. «Erano mesi che non ci pensavo.»

Ancora quella maledetta estate...

Dopo l'episodio del pugno sul naso, Zack aveva reagito! Si era messo con una modella russa dal nome impronunciabile. Tutti sapevano che quella "modella" era in realtà una puttana. Consolante. Ma poi Janey lo aveva incontrato in un club e aveva rovinato tutto. Era un po' ubriaca e gli aveva detto: «Vedo che sei qui con la tua puttana».

Zack aveva riso. «Già. Ma lei è onesta, lo ammette. Perché tu no?» Janey aveva fatto un passo indietro e aveva alzato una mano come per schiaffeggiarlo, ma era incespicata ed era caduta. Zack aveva riso di nuovo e si era acceso una sigaretta. «Perché continui a buttarti via, piccola?»

Da quel momento, l'estate era andata di male in peggio.

È sempre per colpa di Zack. Lei e Redmon si trovano a una festa a Flying Point Road e mentre camminano sulla sabbia vedono Zack seduto sui gradini di una villa.

È la quinta volta che vanno a una festa e lo beccano. «Basta» dice Redmon tornando a casa. «Non voglio più partecipare a nessuna festa. Sono piene di teste di cazzo come Zack Manners. Gli Hamptons,» conclude drammaticamente «sono finiti.» E giura di chiudersi in casa.

Programma decisamente insopportabile: la casa di Redmon è una baracca lercia.

La cosa più assurda, è che Redmon non se ne rende minimamente conto. «Credo che questa casa sia all'altezza delle più belle *magioni* degli Hamptons» afferma un pomeriggio in cui Allison passa da loro per una chiacchierata. «Sicuramente è bella come quella dei Westacotts, non credi?» insiste.

«È così affascinante» gorgheggia Allison. «È quasi impossibile trovare una casa antica come questa che non sia stata completamente rovinata a furia di ristrutturazioni.»

Janey è sbalordita. Quella baracca non può misurare più di quaranta metri quadrati (più o meno la superficie di una camera padronale) e il tetto sembra sul punto di crollare. Nel bagno c'è una finestra rotta che Redmon ha rabberciato con una pagina del «New York Times» dell'agosto 1995. La cucina trabocca di elettrodomestici rotti (la prima volta che ha aperto il frigorifero, Janey ha urlato), i mobili sono spaiati e scomodi: il divano, per esempio, è un affare piatto di legno che ha tutta l'aria di provenire da un fondo di magazzino. Il bagno è talmente minuscolo che non c'è spazio per gli asciugamani: quando tornano dalla spiaggia, devono stenderli sui cespugli perché si asciughino.

«Davvero, Redmon» dice Janey. «Penso che avresti potuto fare meglio.»

«Meglio? Io amo questa casa. La prendo in affitto da quindici anni. La considero la mia vera casa. Cos'ha che non va?»

«Sei matto?»

«Redmon è fantastico» commenta Allison quando lui rientra e loro due restano sedute nel piccolo prato sul retro, accanto a un tavolino pieghevole.

Janey si copre gli occhi con la mano. «Ti prego. Non fa altro che lamentarsi di come gli Hamptons siano pieni di teste di cazzo mentre lui vorrebbe avere una vita vera tra gente vera. Gli ripeto che se qui non gli va bene, dovrebbe trasferirsi a Des Moines.»

È quello il problema di Redmon. Ha delle vedute assolutamente fuori moda. Una sera, mentre cucina la pasta (le sue specialità sono pasta primavera e salmone affumicato, tipicamente anni Ottanta) le dice: «Janey, sapevi che sono milionario?».

Lei sfoglia distrattamente una rivista di moda. «Che bella cosa» osserva.

«Diavolo,» fa lui, scolando la pasta nel lavandino, «non mi pare una cosa da poco. Quanti scrittori milionari conosci?»

«A dire il vero conosco un sacco di gente che è miliardaria.»

«Sì, ma sono tutti... *uomini d'affari*.» Il suo tono implica che gli uomini d'affari valgano meno degli scarafaggi.

«E allora?»

«E allora chi se ne frega di quanto denaro fai, se non hai un'anima?»

Il giorno dopo, sulla spiaggia, Redmon tira di nuovo in ballo la propria situazione finanziaria.

«Penso che fra circa un anno avrò due milioni di dollari. Potrò smettere di lavorare. Con due milioni di dollari potrò comprarmi un appartamento da settecentocinquantamila dollari a Manhattan.»

Janey, che si sta cospargendo di lozione solare, non riesce a trattenersi e sbuffa: «A Manhattan non si trova niente sotto il *milione* di dollari».

«Che diavolo dici?»

«Okay, forse un piccolissimo bilocale. Senza portineria.»

«E allora?» dice Redmon tracannando birra. «Cosa diavolo ci sarebbe di male?»

«Niente, se essere povero non ti disturba.»

Per il resto del pomeriggio, le risponde a monosillabi ogni volta che lei cerca di fare conversazione. Poi, rientrati nella catapecchia di Redmon, mentre preparano i *nachos*, sbatte lo sportello del forno. «Povero un cazzo! Presto avrò due milioni di dollari!»

"Che pena mi fai" pensa Janey, ma rimane zitta.

«Voglio dire, Cristo santo, Janey. Qual è il tuo problema? Due milioni di dollari non sono abbastanza per te?»

«Oh Redmon, non si tratta di questo.»

«E allora di cosa?» le chiede scaraventandole addosso i *nachos*. «Non mi pare che tu navighi nell'oro. Che cos'è che vuoi? Non lavori, non devi occuparti di un marito e non hai bambini... Perfino Helen Westacott si occupa dei suoi figli, indipendentemente da quello che pensa la gente...»

Janey si mette un tovagliolo di carta in grembo. Redmon ha ragione. Che cosa vuole? Perché nulla le va a genio? Morde un *nacho* e si scotta la bocca col formaggio. Gli occhi le si riempiono di lacrime.

«Accidenti, Janey. Non intendevo ferirti. Mi dispiace di averti sgridata. Vieni qui, lascia che ti abbracci.»

«Sto bene» dice lei asciugandosi le lacrime. Piange perché non vuole passare il resto della sua vita in quella baracca. Ma non vuole che lui lo capisca.

«Ehi. Ho un'idea. Perché non andiamo dai Westacott a bere qualcosa? Sono sicuro che sono ancora in piedi. Sono appena le dieci.»

«Come vuoi.»

L'estate è appena cominciata.

Bill ed Helen Westacott sono i migliori amici di Redmon. Lui insiste per andarli a trovare praticamente ogni fine settimana, e proprio per questo, pensa Janey, è lui il vero colpevole di ciò che alla fine, inevitabilmente, è accaduto. Lei ha fatto del suo meglio per impedirlo. Si è rifiutata di vederli. Ma alla fine è stata costretta a cedere.

Bill Westacott è uno sceneggiatore famoso e negli ultimi sette anni ha scritto cinque film di grande successo. Diversamente da Redmon, è davvero uno scrittore ricco. Vive con sua moglie Helen e i due figli in una fattoria sulla Route 27. Hanno cavalli e servitù, piscina e campo da tennis. Tutto l'occorrente per un'estate da favola. C'è un unico problema: i Westacott stessi.

Bill Westacott è arrogante, malvagio e immaturo, mentre Helen Westacott è... c'è solo una parola adatta a descriverla: pazza.

Redmon non informa in anticipo Janey della pazzia di Helen. Invece, nella sua tipica, sciocca maniera, le sciorina le magnifiche qualità dei suoi amici: Helen proviene da una famiglia "bene" di Washington e suo padre è stato senatore; la madre di Bill è un'attrice e ha sposato un famoso attore; Bill ha studiato ad Harvard; Helen ha vinto un premio letterario per il suo primo romanzo, scritto all'età di venticinque anni. Sono una delle coppie più sensazionali sulla faccia della terra.

Quando si avvicinano alla casa dei Westacott nella Dodge Charger noleggiata da Redmon, il primo shock è la visione di Bill Westacott, in piedi sul vialetto di ghiaia accuratamente rastrellato, con un sigaro tra le labbra e le braccia conserte.

Redmon abbassa il finestrino. «Salve, Bi...» balbetta, ma prima che riesca a concludere la frase, Bill si accosta all'auto e ci ficca la testa dentro. È un uomo imponente, bello, con una massa di riccioli biondi. «Cazzo, amico. Sono felice che tu sia qui. Almeno credo. Non so ancora se sia un bene o un male.»

«Qual è il problema?» chiede Redmon.

«La Gorgone è in uno dei suoi periodi neri.»

Janey scende dall'auto. Indossa un top elasticizzato, costato circa cinquecento dollari, che le lascia scoperto l'ombelico, niente reggiseno, e pantacapri arancione aderenti. «Salve,» dice tendendo la mano «io sono Janey.»

Bill reagisce girandosi dall'altra parte, come se cercasse un luogo in cui nascondersi. «Maledizione, Redmon, così non va bene.»

«Salve» ripete Janey.

Bill fa un passo indietro. «Lo so chi sei, okay? Sei una donna pericolosa.»

«Cosa c'è che non va in me?»

«Cosa c'è che non va?» le fa eco Bill. «Per cominciare, sei una donna. Il che sta a significare che sei costituzionalmente isterica, frivola e fuori di testa. Devo continuare?»

«Sei drogato?» chiede Janey.

Redmon ride e l'abbraccia. «È la sua maniera per dirti che gli piaci. Le belle donne lo terrorizzano.»

«Be', Bill,» accenna Janey, incapace di trattenersi «il tuo modo di dimostrarlo è quantomeno insolito.»

«Non fare la spiritosa con me» la minaccia Bill puntandole contro il sigaro. «So a cosa miri. Conosco tutti i tuoi trucchi. Lavoro a Hollywood, ricordi?»

«Janey non è esattamente un'attrice» spiega Redmon, prendendole una mano.

Janey gli si appoggia leggermente addosso. «Sono una... *personalità*.»

Entrano in casa. «Ehi, Helen» sbraita Bill. «Vieni a conoscere la... *personalità* di Redmon.»

Helen Westacott è piccola, bruna, magrissima, con lineamenti sottili e regolari; *un tempo deve essere stata molto bella*. «Oh» sospira in tono abbattuto guardando Janey. «Oh.» Va da Redmon, lo bacia e poi gli dà un buffetto sul torace. «Oh, Redmon. Quando troverai una brava ragazza e ti sposerai? Niente di personale contro di te. Non ti conosco nemmeno, e mio marito mi dice sempre che non dovrei dire cose sgradevoli alle persone che non conosco, ma sai una cosa? Lo faccio lo stesso. E tu non hai l'aria della brava ragazza. Sembri una mantide pronta a papparsi l'amico di mio marito.»

Silenzio. Janey guarda il salotto, che in effetti è molto bello, con ampi divani bianchi e tappeti orientali, vetrate che danno su un patio oltre il quale si scorgono i cavalli al pascolo. "Un vero peccato" pensa. "Perché sono sempre persone del genere ad avere case così belle?"

«Dai, Helen» dice Redmon, come se si rivolgesse a una bambina confusa. «Janey è a posto.»

«No che non lo è» ribatte Helen caparbiamente.

«Ehi, Hel» cerca di rabbonirla Bill tirando una boccata al sigaro. «Cosa te ne importa di chi si scopa Redmon?»

Inizialmente Janey pensa che potrebbe abituarsi a Helen (non è colpa sua se è pazza), ma non riesce proprio a cavarsela con Bill.

Bill sembra nutrire un inesplicabile e profondo odio verso di lei. O per lo meno verso le donne come lei. Ogni volta che s'incontrano, invariabilmente lui dà il via a una disputa basata sul nulla. «Quelle come te credono di sapere più di quello che sanno. Tormentate gli

48

uomini, li esasperate, usate il vostro corpo per ottenere quello che volete. Poi li accusate di avervi usate.»

«Scusa, ma noi ci siamo mai incontrati prima?»

«È probabile. Ma tu non te ne ricorderesti, no?» Janey si gira dall'altra parte, beve un po' di vino rosso e guarda Redmon al di sopra del bicchiere. Redmon ammicca, come a dire che è divertentissimo e che tutti se la stanno spassando un mondo.

Poi accade l'inevitabile.

È luglio inoltrato. Bill una sera la segue in bagno. Janey lo sente e infatti non chiude la porta a chiave. Si sbriga a fare pipì, sta in piedi davanti allo specchio del lavandino, intenta a ripassarsi il rossetto, quando vede la maniglia girare. Bill sguscia dentro e richiude rapidamente la porta.

«Ciao» lo saluta con noncuranza.

«Janey, mi stai facendo impazzire.»

Lei avvita il rossetto e sorride. «Mio Dio, Bill. Sei sempre così tragico. Credo che tu abbia scritto troppe sceneggiature.»

«Al diavolo le sceneggiature.» Fa un passo verso di lei. «So che Redmon è innamorato di te, maledizione, ma lo sono anch'io.»

«Credevo che mi odiassi.»

«Ti odio. Ti odio perché mi sono innamorato di te nell'istante in cui ti ho vista. E tu stai con Redmon. Cosa fai con uno come lui?»

Gli uomini sono così sleali!

Si passa le dita fra i capelli. «Cristo santo, Janey. Dimmi solo cosa vuoi. Potrei farti avere una parte in un film...»

«Oh, Bill. Non essere ridicolo.»

Le si accosta e le mette le braccia intorno al collo. La bacia, un bacio profondo. Lei ricambia il bacio e gli mette una mano sul sesso. Non ha le dimensioni sperate, ma non è male. Lui cerca di abbassarle i pantaloni, ma sono troppo aderenti.

«Fermati. E se entrasse qualcuno?»

«E allora?» replica lui sarcastico.

«Esci» gli ordina, spingendolo fuori.

Si ripassa di nuovo il rossetto e torna a tavola. «Tutto okay?» chiede Redmon.

«Oh, sì, tutto bene.»

Poi Janey comincia a far sesso con Bill a ogni occasione. Nel fienile. Nei bagni dei ristoranti. Perfino nel letto di Redmon durante il giorno, quando lui è fuori per la spesa. Al suo ritorno, armato di sacchetti di plastica, li trova seduti in salotto. È terribile, e lei lo sa, ma in fondo, accidenti, non è colpa sua. Perché Bill è già sposato? È il suo uomo ideale. Perché quelli come lui finiscono sempre nelle grinfie di qualche pazza come Helen? Il mondo va alla rovescia. E quella casa... In una casa come quella, Janey sarebbe finalmente felice.

«Redmon,» chiede con finta innocenza mentre comprano insalata e fragole alla bancarella in fondo alla strada «sei certo che Bill non intenda divorziare da Helen?»

«Sono sicuro che vorrebbe. Ma non può.»

«Perché no?»

«Perché lei è pazza. Non si può ottenere il divorzio da una donna pazza.» Redmon prende una pesca e la tasta. «Cristo, Janey. Non hai mai sentito parlare di Zelda Fitzgerald? Francis Scott Fitzgerald? Bill ed Helen sono come loro. Devono rimanere insieme per forza.»

Ma poi Redmon scopre tutto, naturalmente. Benché forse non sarebbe successo, se Bill non gliel'avesse detto.

È la metà di agosto. Un fine settimana. Redmon la fissa. Non sono andati dai Westacott.

«Cosa c'è che non va?» gli chiede.

«Perché non me lo dici tu?»

«Non vuoi andare dai Westacott?»

«E tu?»

«Fa lo stesso.»

E più tardi: «E se li invitassimo a venire qui?» tenta Janey.

«Ci tieni proprio a vederli, eh?»

«Potrebbe essere divertente, visto che sei di cattivo umore.»

«Non sono di cattivo umore.»

«Come non detto.»

«Inoltre non credo che a Helen farebbe piacere.»

«È venuta qui altre volte.»

«Non è questo che intendevo.»

Senza fare commenti, lei cambia discorso: «Cucinerai la pasta per cena?».

La domenica mattina, scoppia una discussione.

«Cazzo!» urla Redmon dalla cucina.

Janey esce di corsa dal bagno. «Cosa c'è adesso?»

«Guarda che disordine» strilla; in mano ha un rotolo di carta assorbente.

«E allora?»

«E allora non pulisci mai?»

«Redmon» replica freddamente. «Sai come sono fatta. Io non pulisco.»

«Giusto. Come ho potuto essere così stupido? Sei un

tipo moderno. Non cucini, non pulisci, non hai una famiglia e non *lavori*. Ti aspetti che qualche riccone si prenda cura di te perché sei una... una... *donna*! E tutto ti è *dovuto*» conclude, scagliandole contro una spugna insaponata.

«Accidenti, Redmon» fa Janey impassibile. «Sembri Bill Westacott.»

«Ah davvero? Beh, forse c'è un *motivo*. Dato che te lo sei *scopato*.»

«Non è vero» fa Janey, offesa.

«Non è quello che sostiene lui.»

«Te l'ha detto solo perché è geloso. Voleva, ma io l'ho respinto.»

«Cristo. Ho sempre saputo che non dovevo lasciarmi coinvolgere da una che non sa nemmeno leggere un giornale.»

«Io so leggere i giornali» replica Janey. «Non lo faccio per scelta. I giornali sono noiosi, va bene? Come te e i tuoi amici.»

Redmon tace. Janey tamburella le dita sul piano della cucina. «Cos'altro ha detto Bill?»

«Che sei una puttana.» Alza la testa e la guarda. «Che sei disperata e sempre al verde... che sei a caccia di un marito ricco... che non ti affezioni a nessuno.»

Per un istante Janey rimane in silenzio. Poi esclama: «Bastardo! Come osi! Hai un bel coraggio a propinarmi queste stronzate. Non sei innamorato di me e io non lo sono di te. Quindi smettila di fare il bambino».

«Qui ti sbagli. Io mi *ero* innamorato di te!»

L'accompagna fino alla fermata dell'autobus a Bridgehampton. Durante il tragitto non parlano. Janey scende dall'auto portandosi da sola la valigia. Redmon riparte. Janey scruta la strada per vedere se l'autobus sta arrivando. Nulla. Si siede su una panchina, sotto il sole. Vorrebbe telefonare a Bill, ma sa che non è una buona idea.

Probabilmente si è comportata malissimo, ma è davvero tutta colpa sua? Gli uomini non capiscono certe cose. Per loro va benissimo fottere a destra e a manca, nel nome della biologia ("Devo spargere il mio seme"); ma quando una donna si comporta allo stesso modo, inorridiscono. Non conoscono *la parità dei sessi*? Da un lato c'è Redmon, che ha pochi soldi e una minuscola catapecchia, e dall'altro Bill, ricco, famoso e con una casa enorme.

Cosa credeva Redmon? Che lei si sarebbe sprecata con uno come lui? Perché avrebbe dovuto, quando poteva ottenere di più? È *biologia* pura.

Squilla il cellulare. È Redmon. «Ascolta» esordisce. «Volevo solo che tu lo sapessi. Helen è stata qui. È isterica. Bill l'ha detto anche a lei. Quello che tu non vuoi capire è che Bill è un bambino. Non può vivere senza Helen, malgrado lei sia pazza. L'ha aiutato quando era agli inizi della carriera.»

«E con questo?»

«E con questo hai sconvolto la vita di tre persone. Senza motivo. Per non parlare dei figli. Bill è venuto qui per portare Helen all'ospedale.»

«Sono certa che Bill ha un sacco di storie. Non è colpa mia se non riesce a tenere i pantaloni abbottonati.»

«Ma io sono un loro amico. Sono io che ti ho portato a casa loro e pensavo che anche tu mi fossi amica. Cosa credevi che sarebbe successo, Janey? Che Bill avrebbe lasciato sua moglie per te?»

«Ammettilo Redmon. Stai cercando di dirmi che io non valgo abbastanza?»

«Esattamente.»

«Allora credo che non ci sia motivo di continuare questa conversazione.»

«Pensa solo a una cosa. Come credi che andrai a finire? Cosa credi che succederà se continui a distruggere la vita degli altri?»

«E la *mia* vita, Redmon? Perché gli stronzi come te e Bill non pensano mai a come mi sento *io*?» Interrompe la comunicazione.

Mancano due settimane alla fine dell'estate, ma Janey non torna negli Hamptons. Rimane nel suo soffocante appartamento per il resto di agosto, rifugiandosi per un paio d'ore al giorno nell'aria condizionata della palestra. Mentre fa gli esercizi, la sua mente è attraversata da un pensiero fisso: "Ve la farò vedere. Ve la farò vedere io!".

V

«Janey!» esclama Joel Webb.

«Ciao!» cinguetta Janey. Agita un braccio in segno di saluto e lo raggiunge, facendosi largo tra la folla. Un po' di Martini esce dal bicchiere. Lecca l'orlo.

«Sono secoli che non ci vediamo» dice Joel.

Si trovano alla festa per il lancio di un sito Internet, in uno dei tanti locali fumosi e surriscaldati. È febbraio, ma tutti sudano. Janey si china leggermente, per permettere a Joel di baciarle una guancia.

«Chi è tutta questa gente?» le chiede.

«Non ne ho idea» risponde Janey scoppiando a ridere. «Sembra che nessuno dei vecchi amici esca più di casa.»

«Qui dovresti riuscire a trovare la preda che fa al caso tuo. Non sono tutti miliardari questi di Internet?»

«Sono noiosi» strilla Janey per sovrastare il rumore della folla. «Inoltre quest'estate avrò una casa tutta mia.»

«È una delle mie ultime serate libere. Sto per avere un bambino. O meglio, la mia ragazza sta per avere un bambino.»

«È meraviglioso.»

«Per niente. Stavo cercando di rompere con lei. Erano anni che ci provavo. E poi è rimasta incinta. Comunque non voglio sposarla. Gliel'ho detto: "Vivrò con te, pagherò i conti, ma la responsabilità è tua".»

«Davvero carino...»

Lui non coglie il sarcasmo della sua risposta. «Già, credo anch'io. Ehi,» continua «perché non mi hai mai parlato della tua formidabile sorella?»

«Di cosa stai parlando?»

«Di tua sorella, Patty. Avresti potuto presentarmela ed evitarmi tutti questi guai.»

«Credo che abbia già un fidanzato» dice Janey. E se ne va.

Patty! Ovunque vada, saltano fuori Patty e il suo Digger. Per anni, quasi non ha pensato a Patty. Poi improvvisamente è ricomparsa. A dire il vero, abita a New York da cinque anni, ma Janey non si è minimamente curata di lei. La vede solo nelle ricorrenze familiari, e anche allora è come se vivessero in due città diverse.

Janey non avrebbe mai scommesso su Patty: la cocca di casa non è mai stata una gran bellezza, ma misteriosamente è riuscita a fare qualcosa d'importante. Più giovane di cinque anni, si è trasferita a New York subito dopo il college e ha iniziato a lavorare per la radio come assistente o qualcosa del genere. E in quel ruolo, immaginava Janey, si sarebbe seppellita.

Invece Patty è sbocciata all'improvviso. Adesso è produttrice per una rete di tendenza (la rivista «New York» ha parlato di lei in un pezzo sui giovani talenti emergenti), è dimagrita e ha un vero fidanzato: un personaggio pallido, dall'aspetto malaticcio, chiamato Digger, che a detta di tutti è il nuovo Mick Jagger.

Ormai Patty e Digger sono dappertutto. Non appena mette piede in un locale c'è una pierre che annuncia: «Oh Janey, c'è tua sorella!». Quindi le fa strada su per una scaletta, scosta una tenda di velluto... ed ecco Patty e Digger, stravaccati su un divanetto, che fumano sigarette sfoggiando occhiali da sole e vestiti all'ultima moda nell'East Village, tipo... pantaloni di stagnola. «Tua sorella è un mito» mormora eccitata la pierre.

«Ciao» fa Patty, esalando una boccata di fumo.

«Ciao» risponde Janey. Nel suo saluto c'è una nota di malcelata ostilità. Non che Patty non le piaccia, semplicemente loro due non hanno mai avuto niente da dirsi. Se ne stanno sedute, evitando di guardarsi, finché Janey tira fuori un: «Come sta la mamma?».

«La solita rompicoglioni» si lamenta Patty, lieta di avere un argomento comune. «Continua a chiamarmi una volta la settimana per chiedermi quando mi sposo.»

«Con me ha rinunciato» dice Janey. In realtà sua madre le telefona raramente. Non le importa di lei e perciò non la stressa.

Ora che la sorellina è sulla bocca di tutti, per la prima volta Janey si sente vecchia. Dopo tutto, Patty ha ventisette anni. La sua pelle è più fresca, ma non è solo l'aspetto a renderla più giovane. Ha una freschezza interiore. Il suo mondo è sempre nuovo, e lei è entusiasta di tutto. «Indovina» le dice una sera, quasi rovesciando il bicchiere per l'eccitazione. «Sarò fotografata per un servizio di moda su "Vogue"! E mi hanno chiesto – a me – di comparire in un documentario sulla scena *downtown* di New York. Non è fantastico?»

Balle! Janey sa che sono soltanto balle. Ma non ha il

coraggio di dirglielo. E increspa le labbra come una vecchia signora. Ma se sua sorella racconta balle, allora perché ha la sensazione di trovarsi su un altro pianeta?

Per mesi, evita di pronunciare il nome di Patty, sperando che per miracolo esca di scena. Ma non accade. Allora si sfoga con Harold.

«Non riesco a capacitarmi di come sia accaduto.» Spera che il tono della sua voce dissimuli la sua indignazione. «Non voglio essere meschina, Harold» – benché sia proprio quello che intende essere – «ma nessuno ha degnato Patty di uno sguardo quando ha compiuto sedici anni. Era un'adolescente insignificante.»

«Forse non voleva competere con te.» Si trovano a una cena di gala per l'apertura della stagione del balletto. La serata è dedicata a un *Sogno in una notte di mezzo inverno* e il pavimento è costellato di lustrini e neve finta.

«Non *avrebbe potuto* competere con me.» Si sporge e accarezza il centrotavola, un abete in miniatura spruzzato di bianco e cosparso di rose rosa.

«Credo che tu soffra di un attacco di banale, comunissima gelosia. Ti sembra che lei stia combinando qualcosa e tu no. Se solo ti decidessi a *impegnarti*...»

«Ma mi sono impegnata, Harold, moltissimo...»

«Immobili. Diventa un'agente immobiliare. Prendi questo biglietto da visita.»

Janey strabuzza gli occhi. Negli ultimi sei mesi lei e Harold sono diventati grandi amici, il che è meraviglioso, perché lui la porta a cene eleganti, le dà il denaro per pagare l'affitto e non chiede niente in cambio. Dopo le sue disavventure con Zack, Redmon e Bill, ha deciso di aiutarla a intraprendere una carriera. Ma le sue proposte sono terribilmente ordinarie, del tipo: assistente legale, segretaria, tutor... tutte idee che Janey tollera a stento.

Questa è la settimana delle agenzie immobiliari.

«Non potremmo parlare di Patty?» insiste. «Mi sento come se lei stesse complottando per prendere il mio posto.»

«Non è Patty il tuo problema. Devi trovarti un'attività gratificante. Patty se la caverà benissimo.»

«Ne sono certa» mormora Janey. «Comunque non potrei mai fare l'agente immobiliare.» Sorseggia il suo champagne e si guarda intorno. Occupano uno dei tavoli migliori.

«Perché no? È il lavoro perfetto per te» incalza Harold impugnando la forchetta. «Chi non comprerebbe casa da te? Potresti lavorare negli Hamptons. Conosci tutte le case che vale la pena conoscere in quella zona.»

«Di sicuro ci ho abitato abbastanza a lungo...»

«Devi solo applicarti un poco. Seguirai un corso di formazione. Offro io.»

Intorno a loro c'è un turbinio di gente. Qualcuno si ferma a salutare, qualcun altro scatta delle fotografie.

«Oh Harold, come potrei diventare un'agente immobiliare?» dice con impazienza, aprendo il tovagliolo. Sfoggia un'acconciatura a ricciolini che ricadono discosto dal viso, il seno straborda da un bustino color avorio. La sua pelle è di un candore abbagliante... sembra una principessa. Di sicuro è una delle donne più belle, se non la più bella di tutte.

«Janey» riprende Harold senza scoraggiarsi. «Guarda in faccia la realtà. Vivi in un monolocale pidocchioso nell'East Side. Non hai nemmeno la portineria. Sei al verde. Non t'interessa frequentare qualcuno che si dimostri sensibile nei tuoi confronti?»

«Per sensibile intendi noioso?»

«Intendo un ragazzo normale, che rimanga a casa a guardare la partita la domenica. Che ti ami davvero.»

«Non potrei mai amare uno così. Non capisci?»

«Hai mai amato qualcuno veramente?»

«Se vuoi saperlo, sì.»

«Chi?»

«Un tizio. Quand'ero più giovane, a ventitré anni.»

«Appunto. Un tizio. Mi sembra eloquente.»

Janey sposta l'insalata qua e là nel piatto e non dice niente. È ridicolo definire Charlie "un tizio" perché è stato ben altro, ma non servirebbe spiegarlo ad Harold.

Lo aveva incontrato durante un servizio di moda: lei aveva ventitré anni e lui ventuno (faceva il modello per gioco, per fare rabbia al padre), ed era stato amore a prima vista. Charlie era il rampollo di una ricca famiglia di petrolieri di Denver; si vociferava che avesse ereditato sessanta milioni di dollari. Ma non era il denaro a renderlo attraente. Una volta aveva comprato un paio di rollerblade e aveva pattinato lungo la Fifth Avenue in smoking. A San Valentino l'aveva portata in giro sul retro di un furgoncino pieno di rose. Per il suo compleanno le aveva regalato un carlino di nome Popeye. La chiamava Willie (un diminutivo di Wilcox) ed era l'unico uomo a ritenerla divertente.

Avevano abitato insieme per un anno e mezzo, poi lui aveva comprato un ranch da duemila ettari nel Montana. Voleva sposarla e vivere laggiù allevando bestiame. Voleva fare il cowboy. Janey aveva pensato a uno dei suoi soliti scherzi. Ma lui parlava sul serio.

«Non posso trasferirmi nel Montana e vivere in un ranch» aveva esclamato lei. La sua carriera iniziava a decollare. Aveva appena ottenuto una parte in un film.

Non poteva trasferirsi, sarebbe stata la fine. Un vero spreco.

All'inizio lui le telefonava sul set. «Mi sono alzato alle quattro, ho pranzato alle nove!» strillava eccitato. «Abbiamo radunato quattrocento capi di bestiame...» Ma poi aveva sposato una vecchia compagna di scuola.

«Sorridi Janey» dice un fotografo. Accondiscendente, Janey reclina il capo sulla spalla di Harold. «Perché tu non ti sposi?» gli chiede.

Harold scuote la testa. «Sai che non voglio sposarmi fino a quando non avrò sessant'anni.»

«Per allora, sarai quasi morto!»

«Quando mio padre ha sposato mia madre, lui aveva sessant'anni e lei venticinque. Insieme sono stati felicissimi.»

Janey annuisce. Ha già sentito quella storia, ma Harold omette un particolare: suo padre è morto a sessant'anni e lui, un ragazzino timido e spaurito, è stato allevato dalla madre e da due zie in un cupo appartamento di Fifth Avenue. Il risultato: Harold soffre di stitichezza, passa un'ora al giorno al cesso e va a trovare la madre ogni domenica. È assurdo. Se gli uomini come Harold avessero un briciolo di buon senso, le donne come Janey non avrebbero problemi.

«Potremmo essere sposati e avere già dei bambini» gli dice. «Ci hai mai pensato?»

«Bambini! Ma se porto ancora i calzoni corti! Piuttosto, pensa a quello che ti ho detto, okay?»

Janey annuisce.

«Non sarò in grado di prestarti denaro per sempre.»

«No, naturalmente» conviene Janey. Prende la forchetta e si concentra sull'aragosta. Le persone ricche si comportano sempre così, si sa. Ti aiutano per un po' e poi, indipendentemente dai soldi che hanno, tagliano i fondi. Non vogliono essere *usate*.

E poi è la volta dell'incidente Swish Daily.

Janey è nel suo showroom per le prove della sfilata. Lui entra improvvisamente, la vede ed esclama: «Oh, cara! Cosa è successo ai tuoi fianchi?».

La sarta, una donna scialba sulla cinquantina, la guarda e scrolla le spalle. Janey cerca di ridere, ma nell'ultimo anno è aumentata di circa quattro chili e per quanto ci abbia provato non è riuscita a perderli.

«A cosa ti riferisci?» Si gira verso lo specchio per nascondere il proprio disagio, invano. Swish si precipita verso di lei, s'inginocchia e le posa le mani sui cuscinetti.

«Sarà un pro-ble-ma» dichiara.

In quell'istante arriva Aleeka Norton. Scaraventa una borsetta Louis Vuitton sul pavimento e grida: «Ehi, Swish, lascia in pace i fianchi di Janey. È una donna, per l'amor del cielo. È questo il problema di voi omosessuali. Non conoscete le donne.»

«Ciao, tesoro» replica Swish. «Spero che non sia ingrassata anche tu.»

«Chiudi il becco Swish» dice Aleeka. «Perché non ti decidi a farti una donna, tanto per cambiare? Poi potrai parlare di fianchi.»

Swish ridacchia e le prove continuano come se nulla fosse successo, ma Janey è spaventata. Da bambina è stata bassa e rotondetta e ha sentito parlare di ragazze che, arrivate alla trentina, hanno improvvisamente messo su peso senza più riuscire a smaltirlo, anche se non hanno mai avuto bambini. Poco dopo va a cercare Swish e lo trova nel suo ufficio, dove finge di esaminare campioni di stoffe.

«Non sono da buttar via, vero?» gli chiede. Di solito non è così franca; d'altronde di solito non ha bisogno di esserlo.

«Oh, mia cara» dice Swish rattristato. «Naturalmente no. Ma il tuo tipo di figura... così anni Novanta, le tette finte...»

«Potrei togliere le protesi.»

«Ma puoi togliere anche tutto il resto?» Posa i campioni di stoffe e la guarda dritto negli occhi. «Sai come vanno le cose, Janey. Hai visto le nuove ragazze. Hanno cosce come stuzzicadenti. Gisele è una trentotto. Ed è alta un metro e ottanta.»

«Mi adeguerò.»

«Ascoltami.» Swish lascia la scrivania e le prende le mani fra le sue. «Ci conosciamo da molto tempo. Eri nella mia prima sfilata. Ti ricordi?»

Janey fa un cenno di assenso. «Faceva talmente caldo... eravamo in ritardo. Li abbiamo fatti aspettare per un'ora e mezzo. Ma alla fine erano tutti entusiasti...»

«Impazzirono letteralmente. E il bello è che nessuno di noi sapeva esattamente quel che stava facendo.» Le lascia andare le mani e si accende una sigaretta, girandosi verso una vetrata che guarda su Prince Street. Un autobus si è appena fermato e sta scaricando turisti.

«Sai, per certi versi rimpiango quei tempi. Ci aspettavamo sempre qualcosa. Era come a Natale, non è vero,

Janey?» Butta fuori il fumo della sigaretta. «Allora non avevamo idea di come potesse essere sgradevole certa gente.»

«È vero.»

«Mi chiedo spesso se siano i tempi a essere cambiati o se siamo noi che invecchiamo. Cosa ne pensi?»

«Non penso.»

Swish comincia a spostare gli oggetti sulla scrivania. Janey passa nervosamente da un piede all'altro. «Non sei sorpassata, Janey. Nessuno di noi potrà mai esserlo, a meno che non lo decida lui stesso. Ma segui il mio consiglio. Lo dò a tutte le ragazze. Vai a Londra.»

«A Londra?»

«Londra» ribadisce Swish. «Troverai un marito.»

«Ecco, a dire il vero...»

Swish alza una mano. «Ma non uno qualunque... un gentiluomo inglese, tipo un lord, un duca... Rupert e io ci siamo andati in ottobre ed è stato fantastico.»

Janey fa un altro cenno col capo.

«Lady... Janey. Avrai una dimora nobiliare, un titolo, denaro, cani da caccia...» Squilla il telefono, ma Swish non risponde. «Oh, cara, i cani da caccia sono fantastici, non trovi? Segui il mio consiglio. Potrei confezionarti un corredo meraviglioso. Potrei ispirarmi a te per la mia intera collezione autunnale. Il "corredo da sposa di Lady Janey". Cosa ne dici?»

«Sarebbe fantastico. Ma non conosco nessuno in Inghilterra.»

«Cara, non hai bisogno di conoscere qualcuno.» Sorride, perso nelle sue fantasticherie. «Una ragazza bella come te? Le inglesi sono orribili. Non c'è competizione. Ti basterà arrivare a Londra per spopolare.»

Janey sorride a denti stretti. "Come mai," pensa "tutti danno per scontato che se sei bella le cose ti piovono dal cielo?" Le è stata promessa una vita perfetta perché è bella e perché ha le tette grandi, ma dov'è? Dov'è questa vita fantastica?

E adesso dovrebbe trasferirsi in un altro paese? «Non credo proprio» dice.

«Potresti andarci quest'estate. Ho sentito dire che la stagione estiva a Londra è formidabile. Ascot e via dicendo. Ti disegnerò un cappello.»

«D'estate vado sempre negli Hamptons.»

«Gli Hamptons. Non dirai sul serio, spero? Tesoro, gli Hamptons sono definitivamente *out*.»

«Quest'anno cerco una casa tutta per me.» Janey bacia Swish sulla guancia, esce dalla porta e scende col montacarichi. È già aprile. È grassa. E non ha ancora una casa per l'estate.

Quando è in strada, dà un pugno al muro per la frustrazione.

Un'unghia le si rompe fino alla radice, e per il dolore si ficca il dito in bocca. Una coppia di turisti si sta avvicinando. «È una modella?» le chiede uno di loro. Sono stranieri, forse danesi.

«Sì.»

«Le dispiace se le facciamo una fotografia?»

«Non me ne può fregare di meno.»

Due giorni dopo, conosce Comstock Dibble.

Le prime parole che le rivolge sono: «A scuola mi prendevano in giro. A te cosa facevano?».

«Una volta mi hanno rubato la bicicletta» è la sua risposta.

Lui sta fumando. Inspira e le tende la mano, il sigaro stretto tra i denti. «Comstock Dibble» si presenta.

«L'uomo che salverà il cinema» commenta Janey.

«Hai letto quella merda, eh?»

«Chi non lo ha fatto? Eri sulla copertina del "Times Magazine"!»

Si trovano al centro della sala vip del nightclub Float, alla prima di *Watches*, l'ultimo film di Comstock. Il locale è affollato, rumoroso e pieno di fumo. Lui sposta il sigaro da una parte all'altra della bocca.

«Mi piaci» dice. «Voglio conoscerti meglio. Che ne pensi?»

Janey si piega in avanti e appoggia la testa sulla sua spalla. «Sì» sussurra.

Il giorno dopo, un fattorino le consegna una bicicletta nuova fiammante.

Janey si affretta a strappare la busta e a leggere il biglietto. Dice:

«Cara Janey,
se qualcuno cercherà di rubarti questa bicicletta, digli che dovrà fare i conti con me.
Saluti affettuosi,

                             Comstock Dibble».

VI

Un altro ponte del Memorial Day. I prati e gli alberi sono di un verde intenso e ricordano a Janey tutte le estati trascorse negli Hamptons. "Non manca molto alla partenza" pensa felice. Il cottage che ha affittato è solo una vecchia rimessa ristrutturata, ma stavolta è tutto suo. Ha una minuscola cucina, un salotto con armadi a muro zeppi di cristalleria, e due camere mansardate piene di fotografie, trapunte e cuscini imbottiti di piume. È affascinante. «Un vero colpo di fortuna» le dice l'agente immobiliare.

«Già» risponde Janey mentre le squilla il cellulare.

«È o non è magnifica?» chiede una voce maschile.

«Magnifica.» Janey ridacchia.

«Te l'avevo detto, no?»

«Sì.»

«Non ti ho detto che sarebbe successo?»

«È successo.»

«Chi può trasformare i tuoi sogni in realtà?»

«Oh, Comstock.»

«Ci vediamo più tardi. Sarai a casa? O pensi di uscire per abbordare il mio sostituto?»

«Mai.»

«Non ti sento più!» dice lui e riattacca.

Janey sorride e spegne il cellulare. È minuscolo, lilla, un modello recentissimo, il più piccolo disponibile. Gliel'ha regalato Comstock due settimane prima (paga anche la bolletta, che arriva direttamente al suo ufficio), insieme a un portatile Macintosh e a un assegno di ventimila dollari per l'affitto del cottage.

In realtà, l'affitto ammonta a quindicimila, ma Janey ha pensato bene di tenere per sé questa informazione. Dopo tutto, gli altri cinquemila le servono per spese varie e per il noleggio di un'auto. Inoltre, per Comstock non fa differenza. È l'uomo più generoso che conosca.

«Sono innamorata» confida ad Allison.

«Oh, Janey. Come *puoi* essere innamorata di Comstock Dibble? Come fai ad andarci a letto?»

«Questa volta è una cosa seria» fa Janey. «Potrei perfino sposarlo.»

«Hai pensato ai figli?» dice Allison sconfortata. «E se gli assomigliassero?»

«Non essere così antiquata.»

Però deve ammetterlo. All'inizio i suoi sentimenti verso Comstock l'hanno sorpresa. Non avrebbe mai immaginato di innamorarsi di un uomo come Comstock Dibble (o meglio, di un uomo con l'aspetto di Comstock Dibble). Ma adesso è diverso. La prima sera, lui l'accompagna a casa su una Mercedes con autista e poi si autoinvita per il «bicchiere della staffa.» A lei piace quell'espressione vecchio stile e anche il modo in cui lui le prende dolcemente la mano in ascensore. Comstock indossa un cappotto di tweed grigio.

«Devo appoggiarlo o mi chiederai di andarmene subito?» le ha chiesto.

«Non voglio che tu te ne vada! Sei appena entrato.»

«Janey...» La prende per mano e la conduce verso un grande specchio con la cornice dorata appeso a una parete del minuscolo salotto. «Guardati. E guarda me. Tu sei bellissima, e io sono un uomo molto, molto brutto. Per tutta la vita ho dovuto fare i conti con questo... questo aspetto.»

È la pura verità. È brutto. Ma la sua bruttezza ha una sorta di aura leggendaria (per lo meno agli occhi di Janey) che la trasforma in un pregio.

Il suo viso e il suo corpo sono costellati di cicatrici e i suoi capelli rossi sono radi e crespi. L'unico dettaglio gradevole è il naso, piccolo, ma la bocca è larga e c'è troppo spazio tra gli incisivi.

Eppure, bastano dieci minuti trascorsi in compagnia di Comstock perché ci si scordi del suo aspetto.

Ed è proprio questo che lei racconta ad Allison. «Io non la penso così, Janey» ribatte l'amica scuotendo la testa. «Non potrei resistere a letto con Comstock neanche per un minuto...»

«Allison,» ripete Janey conciliante «è un uomo fantastico. È riuscito a farcela malgrado tutte le difficoltà.»

«Oh sì, lo so. Ho letto anch'io quell'articolo sul "New York Times". Inclusa la parte in cui lo descrivevano come uno sfruttatore e un truffatore, accusato di molestie sessuali e arrestato per possesso di cocaina.»

«Era tutto un complotto della polizia. Il suo film sulla banda di bambini che uccidono gli sbirri li ha fatti un po' innervosire.»

«Era un film orribile.»

A Janey non importa. Per lei (e per molte altre persone), Comstock è un genio. Dicono che sia il produttore più importante di tutta l'industria cinematografica. Gli attori lo venerano. I giornalisti mondani lo corteggiano a tutte le feste. Personaggi importantissimi di Hollywood lo temono. È ricco e si è guadagnato ogni centesimo da solo.

Quella sera, Janey ride e lo spinge verso il divano. «Oh, Comstock. Ti rendi conto che noi due siamo identici? Come gemelli. Anch'io per tutta la vita ho dovuto fare i conti con il mio aspetto. A causa sua la gente mi crede stupida.» Gira la testa in modo che lui possa vedere quant'è bella di profilo. «Comincio a credere che abbiano ragione. Forse sono davvero... stupida. Voglio dire, se non lo fossi, la mia vita avrebbe preso una piega migliore.»

«Tu non sei stupida.»

«Non lo so.»

«È solo che non hai avuto le opportunità giuste.» Mette una mano tra le sue. «Ti aiuterò io, Janey. Non faccio altro che aiutare la gente. Se tu potessi fare qualsiasi cosa, realizzare il tuo sogno nel cassetto, cosa faresti?»

«Non lo so» riflette Janey. «Credo che quello che ho sempre voluto fare sia... scrivere. Aleeka sta scrivendo un romanzo.»

«Perché vuoi scrivere?» le chiede con interesse.

«Mi sembra che... avrei così tanto da tirare fuori... Tante di quelle cose che nessuno conosce. Sai, io osservo la gente di continuo. Loro non lo sanno, ma è quello che faccio.»

«Dimentica i romanzi. Devi scrivere una sceneggiatura.»

È facile finire a letto con lui.

Per il primo mese Janey fatica a reprimere la tentazione di telefonare alle sue amiche per annunciare: «Ciao, sono Janey Wilcox. Quest'estate ho una casa tutta per me e sto scrivendo una sceneggiatura». E in effetti, quando qualcuno la chiama durante la giornata, nel piccolo cottage di Bridgehampton con lo steccato e le rose rampicanti, spesso non resiste e risponde: «Ti dispiace se ti richiamo? Sono proprio nel mezzo di una scena».

Comstock afferma che lei ha «intuizioni» straordinarie e che il film sarà un successo. Perché lui può lanciare qualsiasi cosa e garantire, perché no, anche un Oscar.

«Posso fare tutto, Janey. Non dimenticare che io vengo dal New Jersey e che mio padre era un idraulico.» È steso nel suo letto, nudo, e fuma un sigaro. Non è un uomo muscoloso e ha due (alquanto sconcertanti) gambette secche secche, ma ha il torace ampio e la voce profonda e suadente. Una voce che Janey potrebbe ascoltare per ore senza stancarsi. «Essere un produttore cinematografico di successo è meglio che essere il presidente degli Stati Uniti» dichiara, rigirandosi tra le labbra la punta del sigaro. «Eserciti un'influenza maggiore sulla vita della gente e poi, puoi scommetterci, ti diverti molto, ma molto di più.» Le strizza l'occhio e la sbircia maliziosamente.

«Che uomo perverso!» squittisce Janey, gettandoglisi addosso.

Lui le afferra i polsi e la rovescia sul letto. «Chi è più perverso fra noi due?» Il sigaro cade sul pavimento mentre lui la sculaccia.

Janey ama quelle serate in cui lui si presenta verso

71

mezzanotte, dopo una cena di lavoro. Di solito lei va a qualche stupida festa e lui le manda un messaggio: «Gallinella, gallinella. Qui è il lupo cattivo, molto arrabbiato, che butterà giù la tua porta con un soffio! La porta posteriore! Ci vediamo più tardi?». Allora Janey trova una scusa per precipitarsi a casa e accoglierlo in biancheria intima...

«Sono o non sono l'uomo più fortunato del mondo intero?»

«Non sai niente di favole,» protesta Janey «la gallinella non c'entra. Il lupo butta giù la porta dei tre porcellini!»

Finiscono a letto, ma non senza aver prima parlato per un paio d'ore. Si siedono al tavolino di vetro, sniffando piccole dosi e bevendo vodka. Non è da Janey sniffare coca, ma da quando ha incontrato Comstock, ha scoperto parti di se stessa di cui ha sempre ignorato l'esistenza. Lui le spalanca nuovi orizzonti. Sulla vita. Sul sesso. Sulle possibilità concrete che sono racchiuse in lei.

Tutto questo le fa girare la testa.

Le parla di ciò che produce. Le chiede continuamente la sua opinione su questo o quel film.

«Mi piaci perché non ti ritieni troppo intelligente o troppo importante per parlare con le persone qualsiasi» gli dice. «Tu sei l'unico che mi capisce, che non mi critica per quello che penso o che faccio.»

«È importante per la gente sentirsi libera, anche quando non lo è» chiosa lui.

Poi si piega sopra di lei e le mette una mano sotto la maglietta, pizzicandole i capezzoli fino a farla gemere dal piacere.

La guarda, respirando sempre più affannato.

E poi la penetra da dietro.

«Fottiti, fottiti, fottiti» dice.

Fortunatamente non ce l'ha grosso, così non le fa troppo male.

Perfino sua sorella rimane stupita.

«Perché non mi hai detto che conoscevi Comstock Dibble?» strilla al telefono una mattina all'inizio dell'estate.

«Perché non me l'hai chiesto.» Cade una pioggia sottile, e la terra nelle aiuole diventa più scura.

«Cristo, Janey. Devi presentarmelo.»

Janey non può fare a meno di infierire un po'. «Perché?» chiede.

«Perché sono una produttrice! Perché voglio fare un film!»

Janey cammina per la sua piccola casa, sposta i cuscini del divano. «Ma credevo che tu fossi una produttrice *televisiva*. Cioè... A quanto mi risulta, sono due settori completamente diversi.»

«Maledizione, Janey. Dovresti sapere che voglio diventare produttrice cinematografica da quando avevo otto anni!» urla Patty.

Janey sorride, immaginando Patty che digrigna i denti per la rabbia.

«Davvero?»

«Cristo, Janey. Ormai sono cinque anni che mi faccio un culo così. Spero di conoscere Comstock Dibble da *sempre*...» la implora. «Se tu gli dicessi che sono tua *sorella*...»

Janey entra nel minuscolo bagno e si guarda allo

specchio. «Non è un problema presentarvi, ma a dire la verità... lui sta già aiutando me.»

«Davvero?»

«Sto scrivendo una sceneggiatura per lui.»

Silenzio.

«Non sei l'unica intelligente della famiglia» sbotta Janey indispettita.

«È magnifico.» Patty si rivolge a qualcuno che è nella stanza con lei. «Digger, Janey sta scrivendo una sceneggiatura per Comstock Dibble.»

Digger prende il telefono. «Janey? È grandioso.»

«Grazie» dice Janey orgogliosa.

«Ehi, perché non vieni da noi a cena?»

«Sono negli Hamptons» spiega.

«Anche noi. Abbiamo preso una casa qui. Come si chiama il posto?» grida a Patty.

«Sagaponic» grida lei di rimando.

«Sagaponic. Merda, è impossibile ricordarsi tutti questi nomi indiani.»

Janey sobbalza. Sagaponic è la zona che preferisce negli Hamptons. Come ha fatto Patty a trovare casa lì?

«Vieni sabato. Ci saranno i ragazzi del mio gruppo. Ah, e se stai lavorando a questa cosa con Comstock, dovresti pensare a Patty come produttrice. Mi raccomando, porta anche lui, sabato.»

«Ci proverò.» Dovrebbe essere seccata, invece è compiaciuta.

Janey scrive venticinque pagine, poi trenta, poi trentatré. Scrive la mattina e nel pomeriggio. Verso l'una, prende la bicicletta e pedala fino alla spiaggia. Sa di offrire un discreto spettacolo mentre sfreccia sotto gli alberi con i capelli al vento. Un pomeriggio incontra Bill Westacott. È in mezzo alla spiaggia e sembra preoccupato, ma probabilmente è il suo atteggiamento abituale. Cerca di evitarlo, ma lui la vede.

«Janey!» la chiama. Lei si ferma e si volta. Dio, è davvero bello. Ha un completo bianco, con la giacca allacciata intorno alla vita e senza dubbio si tiene in forma.

«Ciao» lo saluta.

Lui fa qualche passo con un'aria impacciata. «Ti avrei dovuta chiamare dopo l'estate scorsa. Ma non avevo il tuo numero e non volevo chiederlo a Redmon. Mi sono rivolto al servizio informazioni ma il tuo nome non è nell'elenco.»

«Come sta Redmon?»

«Mi parla a mala pena, ma è tutto okay. Ci è già successo in passato. Questioni di donne. Gli passerà.» Si avvicina e Janey percepisce la reciproca attrazione.

«Come sta tua moglie?» gli chiede, scrollando i capelli dietro le spalle.

«Sono quindici fottutissimi anni che lei non riesce a farsela passare. E credo che non succederà mai. Potrei diventare un fottuto monaco e non le passerebbe.»

«È terribile.»

«Janey...»

«Sì?»

«Io... io non ho mai smesso di pensare a te, lo sai.»

«Oh, Bill» sorride. «Io ho smesso completamente di pensare a te.» Fa per girarsi e andarsene, ma lui le afferra un braccio.

«Non fare così, Janey. Io ti parlo dei miei sentimenti e tu li calpesti. Perché voi donne siete tanto crudeli? Fate di tutto perché ci innamoriamo di voi e quando succede ci prendete a calci e non la smettete più di colpire.»

«Bill» dice Janey pazientemente. «Non ti sto prendendo a calci. Sei sposato. Ricordi? E in più, tua moglie è pazza.»

«Non torturarmi. Dove abiti?»

«Ho una casa. A Bridgehampton.»

«Voglio vederti. A casa tua.»

«Non essere ridicolo» lo respinge Janey ridendo. «Non puoi venire. Ho un fidanzato.»

«Chi?»

«Uno famoso.»

«Ti odio, Janey.»

Alla fine decidono di vedersi al bar di Bridgehampton. Quando lei arriva, lui è già lì, in attesa. È fresco di doccia, indossa una camicia beige e pantaloni cachi. Merda, è proprio bello. Sta parlando con il barista. Janey si sistema sullo sgabello accanto.

«Ciao.» Le dà un bacio fulmineo sulla bocca. Si accende una sigaretta e la presenta al barista.

«Cosa fai?» le chiede il tipo.

«Sono una scrittrice.»

«*Puah!* Una scrittrice!» Bill tossisce e il drink gli va di traverso.

«Sì, una scrittrice.» Janey si gira verso di lui con piglio minaccioso. «Sto scrivendo una sceneggiatura.»

«Per chi?»

Janey sorride. Si gode il momento. «Oh, per Comstock Dibble.»

Bill sembra sollevato. «Comstock Dibble? Commissiona sceneggiature a cani e porci.»

«Non è vero.»

76

«È vero. Ho sentito che una volta l'ha chiesto al suo portinaio. Ma non ha funzionato. Non funziona mai con i dilettanti.»

«Sei solo geloso.» Le piace il modo in cui Bill la fa sentire come una scolaretta. «Probabilmente tu pensavi che io fossi solo un'oca con due belle tette. Ho scritto trentatré pagine!»

«Ti paga?»

«Cosa credi?»

«Scommetto che siete anche amanti» fa Bill maliziosamente, dandole una gomitata nelle costole.

«Non è il mio amante.»

«Davvero?»

«Beh... Mettiamola così. Se non fosse il mio amante, saremmo fidanzati.»

«No, non lo sareste.»

«Perché no?»

«Perché è sposato.»

«Non è vero!»

«Sì che è vero!»

«Non è sposato. Lo saprei.»

«Ehi, Jake» chiede Bill al barista. «È vero o no che Comstock Dibble è sposato?»

«Non lo so.»

«L'hai mai visto qui con qualcuna?»

«Solo con quella donna dell'alta società. Lady... Quella con la faccia da cavalla.»

«Contento?» dice Janey.

«È sposato. Con la cavalla dell'alta società. La tiene in stalla e la porta fuori solo in occasioni speciali, alle gare di trotto con altre cavalle aristocratiche. E il premio è... un milione di dollari in beneficenza. Ah, ah.»

«Oh, Bill...»

L'accompagna a casa e la bacia sotto il portico. «Vattene» gli ordina dopo un istante.

«Janey...» implora lui tempestandole il viso di baci. «Perché non possiamo amarci di nuovo? Se puoi andare a letto con Comstock Dibble, di sicuro puoi farlo con me.»

«Chi ti dice che io vada a letto con Comstock Dibble?»

«È così brutto.»

«Se vuoi saperlo, è l'uomo più sexy che io abbia mai conosciuto.»

«Donne: non le capirò mai.»

«Addio, Bill.»

«Voglio rivederti...» piagnucola.

Con l'indice lo colpisce sul petto. «Solo se mi aiuti con la mia sceneggiatura.»

«Di cosa parla?»

Girandosi per entrare in casa, dice: «Secondo te di cosa dovrebbe parlare?».

«Non saprei.»

«Di me!»

Chiude la porta e si butta sul divano. Ride. Alza il telefono e lascia un messaggio sexy a Comstock.

L'estate si preannuncia magnifica.

VII

Il fine settimana del quattro luglio Patty annuncia il suo matrimonio con Digger. I giornali danno ampio risalto alla notizia. A Parsonage Lane, dove si trova la casa di Patty, Janey sta in cucina, scorre le cronache mondane e si sforza di non essere gelosa. Patty e Digger sono stati immediatamente proclamati la «coppia del millennio». Sono belli, creativi, di successo e ricchi. Non vengono da un ambiente convenzionale. E hanno meno di trent'anni.

«Guarda qui,» fa Janey, indicando il «New York Times» che riserva una doppia pagina a Patty e Digger «si direbbe che non abbiano mai visto nessuno sposarsi prima...»

«È pazzesco, vero?» dice Patty. «Specialmente se consideri che il mio fidanzato è un tale imbranato!» Dà un'occhiata affettuosa a Digger, che ciondola intorno alla piscina, con un paio di occhiali neri e un pareo legato intorno alla vita.

Come al solito, parla al cellulare e fuma una sigaretta senza filtro.

Janey è convinta che abbia un herpes sul labbro, anche se non ne ha mai visto uno. Comunque, ha sempre dei rimasugli di tabacco fra i denti. «Voglio dire,» continua Patty «non sa nemmeno nuotare.»

«Davvero?» chiede Janey. "Che spreco" riflette intanto. In effetti, non può non pensare che quel po' po' di casa sia sprecata per Digger; lui è cresciuto in una piccola fattoria a Des Moines, Iowa. Ogni volta che pedala verso casa loro, è pervasa dallo sconcerto e dall'invidia. Com'è possibile che Patty ce l'abbia fatta, mentre lei sta ancora arrancando? La villa di Patty è una delle più belle di Sagaponic, ha una piscina olimpionica e un prato immenso.

«Oh, sì» dice Patty. «Sai, il suo migliore amico è annegato quando lui era bambino. Gli ha dedicato il suo primo album. Ricordi? *Dead Blue Best Friend*.»

«Ehi!» Digger entra in cucina. Si piega in avanti e avvolge le braccia scheletriche intorno a Patty, poi la bacia sulla bocca. «Sarai la sposa più bella del mondo.» Ridacchiando, Patty lo allontana da sé. Lui le punta contro il lungo indice ossuto. «La prima notte di matrimonio ti spedirò dritta in paradiso, piccola!»

«Non avete ancora fatto sesso?» si meraviglia Janey, suscitando un movimento osceno da parte di Digger, che ancheggia in modo disgustoso: ha una pancia che sembra un piccolo melone, come quella di un bambino africano denutrito.

«Non credi che potrebbe essere un problema il fatto che tu e Digger proveniate da ambienti così diversi?» chiede alla sorella quando lui se ne va.

«No. E comunque non è così. Entrambe le nostre famiglie sono borghesi.»

«Patty» dice Janey pazientemente. «Digger è *white trash*. Voglio dire, basta il nome: *Digger*.»

«Se l'è inventato lui» replica Patty.

«A quale razza di spostato verrebbe in mente di *inventarsi* un nome del genere?»

Patty alza gli occhi dalla lista degli invitati. «Da bambino si procurava da mangiare rovistando nella spazzatura.» Mordicchia la penna. «Ma a chi vuoi che importi? È un genio, la voce della sua generazione.»

«Patty, ti è mai capitato qualcosa di brutto nella vita?»

«Be', c'è stata quella volta in cui tu andasti al concerto di Mick Jagger, quando avevi sedici anni, e non tornasti a casa fino alla mattina dopo, e mamma e papà mi fecero un interrogatorio di tre ore, ma a parte questo... niente.»

«Proprio come pensavo.»

«A quei tempi tu per me eri un mito. Volevo essere esattamente come te.»

Janey ricomincia con Bill Westacott.

Si chiede come possa stare con Bill mentre è innamorata di Comstock, e si risponde dicendosi che i due la attraggono in modo diverso. Comstock la crede in grado di fare qualsiasi cosa, mentre Bill sembra stupito che lei riesca a respirare.

«Sai, Bill, io seguirò le tue orme. Guadagnerò un milione di dollari con la mia sceneggiatura e comprerò una grande casa.»

«Maledette donne!» brontola Bill, sdraiandosi sul divano. Fuma uno spinello e si distende mettendo in mostra il suo ventre piatto come una tavola. «Pensate tutte di valere quanto gli uomini. Credete di meritarvi tutto quello che abbiamo noi, ma non avete intenzione di lavorare per ottenerlo. Per Dio, Janey. Ti rendi conto da quanti anni scrivo?»

«Vent'anni?»

«Proprio così, cazzo. Vent'anni di duro lavoro. E dopo quindici anni, forse la smettono di prenderti per il culo e ti prendono sul serio.»

«Quindi, secondo te non dovrei nemmeno provarci, dal momento che non ho iniziato quindici anni fa.»

«No, non ho detto questo. Non mi ascolti, cazzo! Ho detto che se credi che sia sufficiente scriverla perché la tua sceneggiatura sia un successo, sei completamente fuori strada.»

«Sei geloso. Non sopporti l'idea che io possa avere successo, perché in quel caso, cosa ti resterebbe, Bill?»

«Janey. Perché diavolo vuoi scrivere una sceneggiatura? È un settore impossibile e anche se riuscissi a venderla, finiresti per ricavarne molto meno denaro di quello che credi, per di più spalmato nell'arco di cinque anni.»

«Non c'è bisogno che tu mi dica queste cose.»

«Io credo di sì, invece. Perché hai già sentito un sacco di scemenze da parte di Comstock Dibble. Per Dio, Janey, quel tipo vuole scoparti. Sei una ragazza intelligente, o almeno pretendi di esserlo. Dovresti sapere che gli uomini direbbero qualsiasi cosa per portarti a letto.»

«Lui non ne ha bisogno.»

«Oh, allora è vero: siete amanti. Chi vuoi prendere in giro, Janey? È lui che ha pagato per questa casa?»

«È innamorato di me.»

Bill inspira a fondo lo spinello. «Janey,» comincia, trattenendo il fumo nei polmoni prima di espirare,

«Comstock Dibble è uno degli individui più spietati nell'ambiente del cinema. Incredibilmente amichevole fino a quando ottiene quello che vuole. Quando non gli servi più, ti butta via senza darti il tempo di capire quello che è successo. Tu ti guardi intorno e trovi ogni porta chiusa, sbattuta in faccia. Capito?»

«Non ti credo. Sono stufa di sentire tutte queste cattiverie. Sei solo geloso perché lui ha più successo di te...»

«Conosco alcune attrici che sono state con lui. Attrici bellissime. Credi di essere l'unica disposta ad andarci a letto? Credi di fargli un favore perché è brutto? Ragiona. Ti sodomizza? Ti scopa solo così? Lo fa con tutte. In questo modo non c'è nessun rischio di gravidanza.»

Janey tace.

«Molto premuroso, no? Se c'è qualcosa che una vecchia volpe di Hollywood come lui ha imparato presto, è il miglior modo di evitare l'increscioso contrattempo chiamato "vita".»

«Esci di qui» fa Janey con calma.

«Me ne vado.» Si alza e si riveste. «Ho detto quello che dovevo dire.»

«Sapevo che quel giorno sulla spiaggia non avrei dovuto parlarti.»

«È vero, probabilmente non avresti dovuto.»

«Vuoi distruggere i sogni degli altri solo perché i tuoi sono stati distrutti.»

«Oh, Janey. Non ti vergogni di propinarmi queste stronzate sentimentali?»

«Sto solo cercando di fare qualcosa della mia vita.»

«E allora fallo. Solo sii onesta con te stessa. Inizia a

83

lavorare sul serio e prenditi le tue responsabilità, come tutti.» Esce sbattendo la porta. Poi torna indietro. «Su una cosa hai ragione» sbraita dietro l'uscio. «Siamo uguali. Patetici tutti e due.»

Per una settimana non si parlano, anche se s'incontrano sulla spiaggia. Janey finge che non sia successo niente, ma un'ombra nera è scesa sull'estate. Ogni giorno il termometro arriva a quaranta gradi. Il piccolo cottage è soffocante e le camere da letto nel sottotetto sono insopportabili la notte, così Janey deve adattarsi a dormire sul divano. Cerca di scrivere la mattina, ma si accorge che, dopo trentotto pagine, non è più in grado di andare avanti. È arrivata al punto in cui "la ragazza" (cioè il personaggio principale) si trova per la prima volta sul set di un film e il regista entra nella sua roulotte e le chiede un pompino. La trama s'ispira alla sua vita di modella ma sembra senza una conclusione. Come andrà a finire? Tutti dicono che a Hollywood bisogna concedere prestazioni sessuali per andare avanti. E dopo un paio di volte, si supera la vergogna di doverlo rifare. Ma per lei non è stato così.

Poi accade un episodio sgradevole. È al supermercato, quando si accorge della presenza di Helen Westacott nel reparto salse e condimenti. Janey si affretta a superarla a testa bassa, sperando di passare inosservata, ma quando si volta, Helen la sta fissando, con una strana espressione di complicità. Da quel momento le pare che la segua: davanti alle bevande, al banco del macellaio, vicino ai dentifrici; ma ogni volta che alza gli occhi per controllare, Helen le dà le spalle. Fa la spesa rapidamente, raccattando le poche cose indispensabili e mentre fa la coda verso l'uscita, il suo carrello viene urtato leggermente.

Si gira a guardare. Helen sta dietro di lei, le mani sul carrello, attorniata dai suoi due figli. Non dice nulla, limitandosi a fissarla. I bambini, bellissimi, con i capelli e gli occhioni scuri, la scrutano con curiosità. Janey indirizza un mezzo sorriso a Helen e nota inorridita che ha il carrello vuoto.

La pazza la segue fino al parcheggio. Janey vorrebbe correre, ma non vuole darle troppa soddisfazione. Poi Helen cambia direzione e sale in macchina.

Janey frequenta le feste, ma c'è sempre la stessa gente e tutti hanno esaurito la scorta degli argomenti. Le chiedono della sceneggiatura. «Ho scritto altre cinque pagine» mente. E si ubriaca parecchio.

Comstock parte per una crociera in Grecia sullo yacht di un divo del cinema. Lei spera che le chieda di accompagnarlo, ma quando accenna alla cosa, tutto quello che lui dice è: «Ti ho già dato una casa». Non è un buon segnale. Poi gli chiede se possono fare sesso in modo canonico, ma lui risponde che per lui c'è un solo modo di procurarsi un'erezione. Anche questo non è un buon segno. Le promette ti tornare entro tre settimane, in tempo per il matrimonio di Patty, nel week-end del Labor Day.

«Sto solo cercando di esserti amico» le dice Bill. «Ti rendi conto di quanto mi costi?»

L'estate sembra destinata a non finire mai.

VIII

«Ascoltatemi tutti! Ricordate, ripetetelo a voi stessi, "è solo un'altra festa".» L'organizzatore del matrimonio, un giovanotto magro con i capelli scuri e flosci, batte le mani. «Ognuno sa qual è il suo posto? Patty, sono certo che ricordi quello che devi fare. Domande?»

Monique, la madre di Janey, alza la mano.

«Sì, signora Wilcox?»

«Non mi piace l'idea di dover stare scalza. Preferirei indossare le scarpe.»

«Signora Wilcox,» ripete il tipo col tono di chi dà spiegazioni a un bambino «abbiamo deciso che nessuno calzerà le scarpe. È un matrimonio a piedi nudi. È scritto anche nell'invito.»

«Ma i piedi sono così brutti...»

«Sono certo che i suoi sono bellissimi, signora Wilcox, proprio come il resto della sua persona.» Si ferma per un attimo, guardandosi intorno. «Gente, questo è l'evento mondano dell'anno. Rendiamolo *spettacolare*!»

Scoppia un applauso. Janey guarda sua madre. Prepotente ed egoista come sempre. Contesta i fornitori, civetta con il cameraman (qualcuno sta realizzando un documentario del matrimonio per un'emittente televisiva), terrorizza Pammy, la madre di Digger, al punto che la poveretta ormai si rifiuta di uscire dalla propria camera.

«Janey,» l'apostrofa a un'ora dall'arrivo «cosa sarebbe questa assurdità della sceneggiatura? È Patty quella intelligente. Tu preoccupati della tua carriera di modella e di trovare un marito. Fra due anni sarà troppo tardi per avere bambini e allora non ti sarà più possibile accasarti. Nessun uomo vuole una moglie che non può dargli figli.»

«*Maman*, io non voglio un marito» risponde Janey a denti stretti.

«Voi ragazze siete delle sciocche» replica sua madre accendendosi un'altra sigaretta (ne fuma una dopo l'altra). «Questa faccenda di vivere senza un uomo è assurda. Fra cinque anni te ne sarai amaramente pentita. Guarda Patty. È stata una mossa intelligente sposarsi con questo Deegar. Giovane e ricco. Tu non hai nemmeno un fidanzato.»

«Be', Patty è sempre stata quella perfetta, *maman*.»

«No, non è perfetta. Ma è sveglia. Sa che deve darsi da fare nella vita. Tu sei molto bella, Janey, ma devi comunque darti da fare lo stesso.»

«*Maman*, io mi dò da fare: scrivo.»

Sua madre spalanca gli occhi e soffia via il fumo dalle narici. I suoi capelli sono impeccabilmente acconciati in un caschetto biondo e alla sua età usa ancora il lucidalabbra rosa. "Tipico" pensa Janey. Sua madre è sicura di avere sempre ragione, incurante di come possa sentirsi sua figlia; i sentimenti di Janey sono del tutto irrilevanti, a meno che non combacino perfettamente con i suoi.

«Tua madre è davvero fantastica!» non fa che ripeterle Swish Daily. Ha disegnato lui gli abiti per Patty e Janey (Janey è l'unica damigella d'onore) e ha interrotto le vacanze sulla Riviera italiana per essere presente al matrimonio.

«Mia madre è assolutamente anacronistica» è il cupo commento di Janey.

«Oh no, al contrario. È assolutamente moderna. Così chic. Così anni Settanta. Ogni volta che la guardo mi viene voglia di cantare *Mrs. Robinson*.»

L'organizzatore alza un braccio e tamburella sull'orologio da polso. «Mancano quindici minuti all'arrivo degli ospiti. Ognuno al proprio posto, prego.»

Tutti attendono da settimane il matrimonio di Patty. La lista degli invitati comprende quattrocento persone, tutte di serie A, cioè gente famosa, o con una qualifica prestigiosa accanto al nome, come "redattore capo della rivista X", oppure "architetto dei vip". Janey non sa se ridere o piangere. Sono dieci anni che lei lotta per arrampicarsi lungo la scala sociale degli Hamptons per alloggiare nelle case migliori ed essere invitata alle feste, e in una sola stagione Patty fa il botto e naviga senza sforzo sulla cresta dell'onda. Sua sorella e Digger si comportano con autentica noncuranza, e il loro atteggiamento è visto come un diritto acquisito, completamente naturale, inevitabile, perfino. E intanto Janey deve accontentarsi degli avanzi: è l'amante segreta di un bastardo che la sodomizza per non rischiare di metterla incinta.

"Com'è accaduto tutto questo?" si chiede, mentre sorride e saluta gli ospiti, reggendo delicatamente un bicchiere di champagne tra il pollice e l'indice. È ovvio che a un certo punto ha commesso un errore, ma dove? E perché nessuno gliel'ha detto?

«Janey!» esclama Peter, stringendola in un abbraccio soffocante e sollevandola da terra. «Non ti ho vista per tutta l'estate. Sei fantastica, come sempre.» Peter! Naturale che sia stato invitato: è l'avvocato di Digger. «Ti ho pensata molto. Dovremmo vederci.»

«Certo» dice Janey vagamente.

«A proposito, Gumdrop è morto.»

«Oh, Peter, mi dispiace tanto.»

«Già. Beh, i cani sono come le donne. Possono sempre essere sostituiti.» Si allontana con un mesto sorriso. Sembra proprio triste.

«Ciao, Janey» la saluta Redmon.

«Oh, Redmon.» Lo bacia sulle guance. «Mi dispiace... per l'estate scorsa.»

«Perché mai? Per *me* è stata *magnifica*.»

«Allora lo stesso vale per me.»

«Bene, bene, sorella della sposa. Spero che per te non valga il detto "sempre damigella, mai sposa..."»

«Zack!»

«Hai avuto la tua estate grandiosa, tesoro?»

«Oh, sì. E non ho dovuto sculacciare nessuno.»

«Harold, carissimo.» Janey si china per abbracciarlo.

«Vorrei tanto che fosse il tuo turno, pazzerella. L'anno prossimo, magari, eh?»

«Forse» dice Janey. Guarda oltre la folla. Una grossa Mercedes si sta facendo strada lungo il viale. L'autista balza fuori per aprire la portiera. Comstock scende, si sgranchisce e si guarda intorno. Poi l'autista fa il giro per aprire l'altra portiera. "Deve avere portato con sé quel divo del cinema" pensa Janey. Invece vede scende-

re una donna alta, con i capelli scuri e l'aria un po'
equina. Comstock le prende la mano.

«Janey, come sei carina» dice Allison squadrandola
da capo a piedi. «Hai visto Zack Manners? Ha un
aspetto terribile. Devi essere strafelice di non stare
più con lui. Ho sentito che l'hanno fermato per guida
in stato di ebbrezza e l'hanno beccato mentre si ficcava
una dose di cocaina nei calzini. Calzini d'estate! Quando scade il tuo contratto di affitto?»

«Domani, ma il mio padrone di casa dice che potrei
avere un giorno extra.»

«Benissimo. Verrò a trovarti.»

«Certo.» Janey osserva Comstock che si avvicina. Ha
l'impressione di conoscere la donna che è con lui... di
sapere perché la tiene per mano e le parla all'orecchio...
sembra così soddisfatto di sé... oh Dio, ma certo... è
quella donna dell'alta società... è così brutta! Ha la faccia da cavalla, ma si dice che sia spaventosamente ricca.
Che ci fa lui con *lei*?

«Ciao Janey.»

«Comstock...»

«Permettimi di presentarti la mia fidanzata, Morgan
Binchely.»

«Ciao» fa Janey. Non riesce a distogliere lo sguardo
dal viso del suo uomo. Non lo vede da tre settimane e
per la prima volta si accorge della sua bruttezza. Ha gli
occhi crudeli.

Comstock sorride e le sue labbra si scostano lasciando scorgere la fenditura tra gli incisivi. La sua espressione sembra schernirla, come a dire "Fammi vedere".

Molto bene.

«Che bella notizia. Quando vi siete fidanzati?»

«Una settimana fa. In Grecia» garrisce Morgan. Il suo accento suggerisce scuole ultraprestigiose e lezioni di equitazione nel Connecticut. «Devo dire che è stata una sorpresa... Ci frequentiamo solamente da quanto, da sei mesi?»

«Esatto» conferma Comstock.

«*Mon Dieu*. Signor Comstock Dibble?» interviene la madre di Janey, che improvvisamente le è apparsa accanto. «Dovrei inchinarmi davanti a lei. Per me è come un re. Un re del cinema.»

«Mia madre, Monique.»

«Conosco tutti i suoi film» continua sua madre, posandosi teatralmente la mano sul cuore.

«Lei è molto gentile» dice Comstock.

«È amico di Janey?» lo interroga la signora Wilcox, prendendo sottobraccio la figlia.

«Janey sta scrivendo una cosa per me.»

«Capisco» fa lei curiosa.

«Scusatemi» dice Janey.

«Janey!» esclama Comstock.

Janey si gira, lo guarda e scuote la testa.

«Ah, la lasci andare» replica sua madre. «Le piace fare la *martire*.»

Ridono tutti.

91

IX

«Adesso fate il giro della stanza e presentatevi agli altri. E vi prego di aggiungere qualcosa sul motivo della vostra presenza qui.» L'istruttore, un cinquantenne con i baffi e una brutta giacca che ha l'aria di essere stata lavata troppe volte, fa un cenno verso una donna in prima fila. «Perché non cominciamo da te?»

«Dunque,» dice la donna «mi chiamo Susan Fazzino e ho trentatré anni.»

«L'età non importa» risponde l'istruttore.

«Okay. Sono sposata e ho due figli. Ero insegnante e sto cercando un modo per guadagnare di più. Grazie a un lavoro flessibile.»

«Molto bene» dice l'istruttore. «Ma se diventerai agente immobiliare, dovrai lavorare per dodici ore al giorno.»

«Oh, non lo sapevo.»

Janey rimane incollata alla sedia, tamburellando la matita sul taccuino.

Dio che noia. È lì da dieci minuti e la sua mente vaga già altrove.

«Mi chiamo Nelson Pavlak...»

«Janey,» le dice Comstock, il pomeriggio dopo il matrimonio di Patty «le cose non devono cambiare solo perché mi sposo. Possiamo continuare, Morgan mi conosce. Sa che non sarò un marito fedele. Le basta che stia attento a non farmi beccare.»

«Perché sposarsi sapendo già che sarai tradita?» chiede Janey maligna. «La tua Morgan deve essere alquanto disperata.»

«È europea» precisa lui scartando il sigaro. «Cristo, Janey. Non essere così convenzionale. È una tale noia.»

«Scopi anche lei da dietro?» domanda Janey piegando gli asciugamani.

«Veramente no. Stiamo cercando di avere un bambino...»

«...Mi chiamo Nancy McKnight. E ho sempre desiderato fare l'agente immobiliare...!»

«...Lo sanno tutti perché la sposa» conferma Allison qualche giorno dopo. «E non si tratta di amore. Lei è ricca. E nobile. Possibile che non capisca che la sta usando? Qualcuno dovrebbe avvertirla. È una vittima. Deve essere sui quarantacinque, è già stata sposata due volte. A quest'ora dovrebbe saperlo.»

«Ha quello che vuole» taglia corto Janey. Sorpresa di quanto poco gliene importi.

«Naturalmente» dichiara Allison, versandosi l'ultimo bicchiere del vino di Janey. «Pensaci. Non importa quanto denaro lui abbia, o successo, o potere... voglio dire, anche se è a capo di una casa di produzione e frequenta attori famosi, l'unica cosa alla quale non avrebbe potuto accedere è un attico su Fifth Avenue. Quale assemblea condominiale lo avrebbe mai ammesso?»

«Adesso lo ammetteranno tutti» commenta Janey, immaginando Comstock nell'atrio di un edificio scintillante di Fifth Avenue, tutto sudato nell'abito spiegazzato, mentre allunga mance da venti dollari al portinaio...

«...E tu?» domanda l'istruttore accennando a lei.

«Sono... Janey Wilcox. La modella. O comunque, la ex modella. Sto... cercando di cambiare vita. Così ho pensato di cominciare dalla carriera...»

«Qui ci sono molte persone che passano da una carriera all'altra. Ma che preparazione hai? Nel campo immobiliare serve dimestichezza con la matematica.»

«Beh. Un anno e mezzo di college... e da piccola ero brava in matematica.»

Tutti ridacchiano.

«Molto bene Janey» fa l'istruttore, tirandosi i baffi. «Se ti serve un aiuto extra, sono disponibile...»

"Oh, Dio."

Janey torna a casa a piedi. È settembre, il clima è ancora caldo e soleggiato. Tiene i libri in una tracolla di Gucci, regalo di Harold. Lui sta cercando di renderle la cosa il più allettante possibile, ma alla fine lei sa che nulla può cambiare. Vede scorrere davanti a sé le sue giornate future e le sembrano incredibilmente monotone. Le persone qualsiasi si alzano ogni mattina per andare al lavoro. Escono con altre persone qualsiasi e vanno al cinema. Non partecipano a serate di gala. Non sfilano per gli stilisti di grido. Non escono con autori di best-seller, con miliardari, con magnati del cinema. I loro nomi non compaiono nelle cronache mondane e soprattutto non possiedono case per le vacanze negli Hamptons. Eppure tirano avanti.

E probabilmente sono anche felici, maledizione.

Lei non sarà mai felice in quel modo. Sa che non potrebbe esserlo, così com'è certa che non finirà la sceneggiatura. Non entrerà mai nell'ufficio di Comstock, non sbatterà mai il manoscritto sulla sua scrivania urlando: «Prepara l'assegno, coglione!».

«Scrivi quello che conosci» suggeriscono tutti. Forse è stupido, e forse lei è una perdente, ma questo è ciò che sa. Ricorda ancora precisamente l'arrivo a New York, a sedici anni. Sua madre le aveva dato il permesso di prendere il treno da Springfield a New York, accompagnata dal fratello. Le aveva perfino pagato l'albergo. Era un gesto insolitamente generoso da parte sua, non aveva mai fatto niente di simile. Ma quella volta aveva detto di sì, e Janey e suo fratello Pete erano saliti sul treno, avevano attraversato piccole cittadine e grandi città, osservando uno scenario che diventava sempre meno verde e più affollato, industriale e spaventoso. A Janey piaceva tutto ciò, anche se a New York City c'era puzza di pipì.

Avevano alloggiato sulla Eighth Avenue: i clacson, il rumore delle automobili, le grida, li tenevano svegli tutta la notte, ma Janey non se ne curava.

Il giorno dopo, aveva preso il suo primo taxi diretta alla Ford Models Agency. Era salita su per una scala, aveva spinto una porta e si era ritrovata in una stanza con la moquette grigia e le pareti tappezzate di copertine.

Aveva aspettato.

Era arrivata Eileen Ford in persona. Piccola, riccioli grigi.

Non aveva avuto dubbi: si trattava proprio di Eileen Ford. Quella donna emanava autorevolezza. Indossava scarpe marroni col tacco basso.

Eileen Ford aveva scandagliato la stanza. C'erano

quattro ragazze. Il suo sguardo s'era inchiodato su Janey. «Tu, vieni con me.»

Janey l'aveva seguita fin nel suo ufficio.

«Quanto sei alta?» le aveva chiesto.

«Un metro e settantotto.»

«Età?»

«Sedici.»

«Voglio che tu torni qui lunedì a mezzogiorno. Puoi farlo?»

«Sì» aveva risposto Janey in un sussurro.

«Lasciami il tuo numero di telefono. Ho bisogno dell'autorizzazione dei tuoi genitori.»

«Diventerò una modella?»

«Sì. Credo di sì.»

Janey aveva lasciato l'ufficio tremante, con la voglia di urlare, di correre, di saltare... «Una modella! Una modella! Una modella!» Mentre usciva, aveva incrociato una ragazza stupenda; il suo volto troneggiava sulle riviste patinate. Trattenendo il respiro, Janey l'aveva osservata. Indossava una giacca ricamata con perline, jeans, mocassini di camoscio Gucci, e trascinava dietro di sé una valigia Louis Vuitton. Non aveva mai visto una creatura più affascinante.

«Ciao Bea» aveva detto alla ragazza della reception. I suoi lunghi capelli biondi si snodavano in onde perfette lungo la schiena. «Sono venuta a prendere il mio assegno.»

Era un venerdì.

«Vai via per il fine settimana?» si era informata Bea porgendole una busta.

«Negli Hamptons. Prendo l'autobus delle undici e un quarto.»

96

«Divertiti.»

«Anche tu.»

Gli Hamptons! Nella testa di Janey continuava a risuonare quel nome. Non l'aveva mai sentito prima. Di sicuro era il posto più magico al mondo.

Quando torna a casa dopo la lezione, il telefono sta squillando. Probabilmente è Harold. La chiama per informarsi di come va il corso.

Solleva l'apparecchio.

«Janey!» è un booker dell'agenzia di modelle. «È tutta la sera che ti cerco. Una novità. Victoria's Secret. Hanno chiamato. Hanno chiesto di te. Stanno per lanciare una nuova campagna pubblicitaria. Vogliono farti un provino per farti diventare una delle loro testimonial.»

«Che bello.»

«Ascolta bene. Cercano donne vere. Hanno detto proprio così. Non ragazzette scheletriche. Quindi non mentire sulla tua età. E, Janey,» l'ammonisce «non mandare tutto a puttane. Se lo fai, la tua carriera è finita.»

Janey ride.

«Janey Wilcox?» chiede la donna tendendole la mano. «Sono Mariah. Capo marketing della Victoria's Secret.»

«Lieta di conoscerti» fa Janey. Si stringono la mano. Mariah ha lunghi capelli neri, carina, sui trentacinque. La sua stretta di mano è decisa. Nelle aziende di moda ci sono centinaia di donne come lei. Non abbastanza attraenti per essere delle modelle, ma desiderose di fare

97

qualcosa di *glamorous*. Si prendono tutte un po' troppo sul serio.

«Il tuo book ci è piaciuto molto e abbiamo voluto incontrarti.»

«Grazie.» Segue Mariah in un grande loft. Ci sono diverse persone, scrivanie, layout, un uomo con una video camera.

«Stiamo cercando un paio di ragazze speciali.» Mariah conferisce a "speciali" un'enfasi particolare. «Non basta che siano belle. Devono avere personalità. Aver fatto qualche esperienza. Vogliamo,» e qui si ferma per ricreare l'enfasi, «ragazze che possano ispirare, essere degli esempi per le nostre clienti.»

"In altre parole," si dice Janey "modelle intelligenti." Fa un cenno di assenso.

Altre persone le si radunano intorno.

«Ti dispiacerebbe indossare della biancheria?» chiedono. «Ti dispiacerebbe stenderti su quel divano? Ti dispiace se ti riprendiamo con la videocamera?»

«Va benissimo. Se volete posso anche stare nuda.»

Mariah sorride. «Fortunatamente qui non siamo a "Playboy".»

"Non c'è poi tanta differenza" pensa Janey, offesa.

Si stende sul divano. Sistema il suo corpo magnifico appoggiando la testa su una mano.

«Parlaci un poco di te, Janey.»

«Dunque,» comincia, con la sua voce innocua «ho trentadue anni. Faccio la modella da… da sedici anni, credo, e qualche volta anche l'attrice, anche se mi piace dire che ho sempre recitato, ogni giorno della mia vita. Sono piuttosto indipendente. Non sono mai stata sposata. Credo che mi piaccia cavarmela da sola. Ma è faticoso, sapete? Sono una modella, ma prima ancora sono una donna single che cerca di trovare la propria strada nella vita. Ho i miei alti e bassi, come tutte le donne.» Si sdraia sulla schiena.

«Ci sono giornate in cui mi sento brutta. Altre in cui mi sento grassa... come adesso... altre in cui mi chiedo "Troverò mai qualcuno che mi piace davvero?" Io m'impegno. L'estate scorsa ho lavorato a una sceneggiatura. Sulla mia vita.»

«E cosa vuoi dalla vita, Janey?»

«Non so cosa voglio, ma so che voglio *qualcosa*.»

«Quali obiettivi ti dai?»

Janey si sistema i capelli. Cambia posizione, mettendosi prona. Piega e oscilla una gamba. Si prende la testa tra le mani. La sua espressione è seria ma non troppo. Guarda direttamente l'obiettivo.

«Credo che si possa dire che... non so dove sto andando.» Fa una pausa a effetto. «Ma so che sto andando da qualche parte.»

«Brillante!» è il commento generale.

Otto mesi dopo.

Janey percorre il viale della casa in Daniel's Lane, a Sagaponic, alla guida della sua nuova Porsche Boxster convertibile. L'auto è semplicemente sensazionale: carrozzeria color argento, interno di pelle rossa, un modello speciale. Una gratifica da parte della Victoria's Secret, con la quale ha firmato un contratto da due milioni di dollari. Chiude la portiera con cura. Sarebbe un peccato rovinare la vernice. Sua sorella le ha già chiesto di prestarle l'auto e lei ha già rifiutato. «Hai un mucchio di soldi, Patty. Compratene una.»

Si incammina verso casa, giocherellando con le chiavi. È una casa fuori dal comune, con la cucina e il salotto (con caminetto) al secondo piano, aperti su un terrazzo ampio dal quale si può vedere l'oceano. Al piano sottostante sono collocate cinque grandi stanze da letto e poi, separato dalla casa, c'è un antico, affascinante capanno che può essere usato come alloggio per gli ospiti.

«Prevede di avere molti ospiti?» chiede l'agente immobiliare.

«No, probabilmente lo userò per scrivere. Sa, sto lavorando a una sceneggiatura.»

«Davvero? Lei è in quella pubblicità di Victoria's Secret. Ma non sapevo che fosse una scrittrice. Bella e intelligente. Che ragazza fortunata...»

«Grazie.»

«Mi piace moltissimo la frase nella pubblicità... Cosa dice esattamente?»

«Non so dove sto andando, ma so che sto andando da qualche parte.»

«Ah, ecco. Non è così che ci sentiamo tutti quanti?»

Janey apre la porta. La sua casa. Tutta sua. Ha un leggero odore di muffa, ma è il tipico odore che hanno tutte le case delle vacanze il primo giorno in cui vengono aperte. Sparirà entro un'ora. Il tempo di farsi una nuotata.

Entra nella camera da letto padronale e tira fuori il costume. La stanza misura almeno cinquantacinque metri quadrati, ha un letto enorme e un bagno rivestito di marmo con Jacuzzi e sauna. La casa è terribilmente costosa, ma, al diavolo, adesso può permettersela.

Non male per una single.

Apre la vetrata scorrevole e va verso la piscina. È eccezionalmente lunga. Rimane in piedi sul bordo, all'estremità più profonda. Per un istante desidera rivedere Bill. Lo immagina mentre risale il viale lastricato di pietre fino al cancello bianco della piscina. «Janey» le dice, stringendo a sé il suo corpo nudo, baciandole i capelli, il viso... «Ti amo. Lascerò mia moglie per te.»

Non succederà mai.

Mette l'alluce nell'acqua. Diciannove gradi.

Perfetta.

E si tuffa.

GENTE CHE CONTA
(SOLO PER ADULTI)

I

I Dieke

Questa è la storia di due persone che lavorano. Due persone che svolgono lavori molto, molto importanti. Due persone molto importanti con due lavori molto importanti, sposate, con un figlio.

Facciamo la conoscenza di James e Winnie Dieke. La coppia perfetta (secondo loro). Vivono in un appartamento di cinque stanze nell'Upper West Side. Si sono laureati nelle migliori università (Harvard lui, Smith lei). Winnie ha trentasette anni, James quarantadue (secondo loro, la perfetta differenza d'età tra un uomo e una donna). Sono sposati da quasi sette anni. E amano lavorare. Il lavoro li mantiene occupati e nevrotici. Il lavoro li distingue dalle altre persone. Il lavoro li rende migliori degli altri.

Sono giornalisti. Di quelli seri.

Winnie ha una rubrica di politica e società per una rivista prestigiosa. James scrive articoli per testate come il «Sunday Times Magazine» o il «New Yorker».

James e Winnie hanno la stessa opinione su ogni cosa. Le loro opinioni sono nette. «C'è qualcosa che non va nella gente che cambia opinione» ha detto Winnie a James quando si sono conosciuti, a una festa nell'Upper West Side. C'era tutta l'editoria sotto i trentacinque. La maggior parte delle donne (come Winnie), lavorava per riviste femminili (ora Winnie non accenna mai a quei trascorsi). James aveva appena vinto un premio per un racconto sulla pesca d'altura. Tutti sapevano chi era. Era alto, magrissimo, con i capelli biondi e ricci e gli occhiali (è ancora alto e magrissimo, ma ha perso parecchi capelli). Era circondato da ragazze.

Ecco alcune delle cose sulle quali concordano: odiano chiunque non sia come loro. Odiano chiunque sia ricco, abbia successo e venga celebrato dalla stampa (soprattutto Donald Trump). Odiano la gente e gli oggetti all'ultima moda (anche se James si è appena comprato un paio d'occhiali Dolce & Gabbana), odiano la televisione, i film ad alto budget, i libri dozzinali che svettano nella classifica dei best-seller e le persone che li leggono, i fast-food, le armi, i repubblicani, i gruppi neo-nazisti, i gruppi d'ispirazione religiosa contro l'aborto, le modelle e i redattori di moda, la carne rossa grassa, i cani di piccola taglia e i loro proprietari.

Odiano quelli che fanno uso di droghe. Quelli che bevono troppo (a meno che non si tratti di un loro amico, in tal caso si limitano a criticarlo dietro le spalle). Odiano gli Hamptons (ma affittano una casa a Shelter Island, che, per loro, non è *davvero* negli Hamptons). Credono nei poveri (non conoscono nessuno che lo sia, a parte la tata giamaicana, che, per loro, non è veramente povera). Credono negli scrittori neri (ne conoscono due, e Winnie si sta attrezzando per diventare amica di un terzo). Odiano la musica, soprattutto MTV (ma Winnie qualche volta la guarda). Pensano che la moda sia sciocca (ma s'immedesimano nei protagonisti degli spot). Ritengono che il mercato azionario sia una truffa (ma James investe diecimila dollari l'anno e controlla l'andamento delle sue azioni ogni mattina). Odiano Internet e quello che sta accadendo nel mondo. Credono che niente nella vita sia gratis.

Credono nelle scrittrici (fino a quando non ottengono troppo successo scrivendo di sesso). James dice di essere femminista, ma critica le donne che non sono come Winnie (la sorella di lei, per esempio). Che non sono serie. Che non hanno figli. Che non sono sposate. Winnie prova un malessere fisico alla vista del genere di donne che lei considera sfacciate. O peggio, puttane.

I Dieke non conoscono persone che frequentano locali notturni o fanno le ore piccole o hanno rapporti sessuali promiscui (a parte la sorella di Winnie).

Il lavoro li tiene impegnati per tutta la giornata. Alle sette e mezzo tornano a casa, divorano la cena (preparata dalla tata giamaicana) e vanno a dormire. Winnie e il bambino calzano pantofole imbottite a forma di ippopotamo e giraffa e spesso Winnie improvvisa un dialogo tra piedi zoomorfi. Il figlio è un bimbetto dolce, bello e felice, per niente lagnoso. Sta imparando a leggere (Winnie e James sospettano che sia un genio). «È proprio un ometto» si compiace Winnie con le amiche. Ma subito, nel pronunciare queste parole, prova un leggero disagio, perché sottintendono che gli uomini e le donne sono diversi. Lei è certa di essere intelligente come James, se non addirittura più intelligente, (anche se è sicura che lui non lo ammetterà mai).

Winnie e James sono profondamente frustrati.

James ha paura

James ha paura per il proprio lavoro. Quando finisce un articolo, ha paura di non riuscire a scriverne un altro. Quando gli affidano un nuovo articolo, ha paura di non farcela a consegnarlo in tempo. Quando lo consegna, ha paura che ai redattori non piaccia. Quando piace, ha paura che non sia pubblicato. Quando viene pubblicato, ha paura che nessuno lo legga o che nessuno ne parli, e che tutta la sua fatica sia stata inutile. Se ne parlano, ha paura che sia l'ultima volta.

James ha paura di Internet. Ogni volta che invia una e-mail ha il terrore che arrivi alla persona sbagliata. Quando arriva al destinatario giusto, ha il terrore che questo la inoltri alla persona sbagliata. James sa che dovrebbe inviare messaggi brevi, incisivi, ma quando apre la posta elettronica succede qualcosa. Si sente montare dentro un sentimento di rabbia e superiorità. (Sa di essere più furbo della maggior parte della gente che naviga in rete).

È convinto di essere spiato. È certo che il suo numero di carta di credito verrà rubato. (Sa che molto presto tutti i libri e le riviste saranno rimpiazzati dalla rete. Sa che questo significherà la disoccupazione per lui.)

Ma, soprattutto, James ha paura di sua moglie.

Winnie sembra non avere paura di nulla, e questo lo spaventa. Lei marcia in redazione a pugni serrati. «Spero che tu non stia insinuando che il mio lavoro non è abbastanza buono» minaccia. «Perché ho già fatto un casino di articoli per voi» ("casino" è una delle sue espressioni preferite) «ed erano *tutti* buoni abbastanza. Quindi, se non vuoi affidarmi l'incarico...»

Tutti sono almeno un po' spaventati da Winnie. E Winnie ottiene sempre un nuovo incarico.

In occasione delle cenette alla buona (ribattezzate *Salon*) che organizzano nel loro appartamento ogni quindici giorni, sempre di martedì, invitano altri giornalisti seri e discutono i risvolti politici di qualsiasi argomento. Winnie tira fuori le storie alle quali sta lavorando. Tutti sono seduti in salotto, con piatti di Limoges sulle ginocchia (Winnie crede che per gli ospiti vada usata la porcellana migliore) e mangiano insalata con un condimento senza grassi, petti di pollo e magari un po' di riso (nessuna delle donne del gruppo è una buona cuoca o si preoccupa granché del cibo). Bevono un po' di vino. Nessuno dei loro amici consuma superalcolici. Prima del dessert Winnie getta là una frase come: «Voglio sapere cosa ne pensate della violenza giovanile. Sto scrivendo su questo argomento».

Quando ha cominciato a far domande del genere, circa un paio di anni fa, James ne era intenerito. Adesso però gli dà fastidio (anche se non lo lascia mai trapelare). Perché sua moglie chiede sempre a tutti che cosa pensano? Non ha delle opinioni proprie? Si guarda intorno per la stanza per cercare di capire se altri uomini (mariti) condividano la sua sensazione.

Non ne è sicuro. Non è mai sicuro. Spesso prova l'impulso di chiedere agli altri cosa pensano delle rispettive mogli. Anche loro le temono? Le odiano? Fantasticano mai di sbatterle sul letto e sodomizzarle? (Lui ha fatto un maldestro tentativo in questa direzione... all'inizio della storia con Winnie, ma lei lo ha preso a schiaffi e non gli ha parlato per tre giorni).

Winnie non dice mai di essere spaventata. Pronuncia

frasi del tipo: «Siamo sposati da sette anni e abbiamo un figlio. Se divorziassimo, avrei diritto alla metà di tutto quello che abbiamo. Per te sarebbe tremendamente difficile vivere col tuo solo stipendio».

James cerca di non pensarci troppo, perché tutte le volte che ci pensa non si sente un uomo. Si chiede cosa direbbe Winnie se lo sapesse. E poi, che cosa significa "sentirsi un uomo?" Come si sente un "uomo"? Ma non sa darsi una risposta.

Al loro secondo appuntamento, Winnie raccontò a James che aveva fumato marijuana a quattordici anni, concesso ai ragazzi di toccarle le tette a sedici, e perso la verginità a diciassette con un vicino di casa molto sexy. L'avevano fatto nella cantina dei genitori di lui, dove c'era una coperta sempre pronta. Lui non era minimamente impressionato dal fatto che lei quell'autunno sarebbe andata alla Smith, e se ne infischiava che fosse la terza più brava del suo corso. Winnie aveva imparato che in certe circostanze i successi e l'intelligenza non costituivano una garanzia contro le delusioni. E aveva giurato a se stessa che non si sarebbe mai più trovata in una situazione simile.

Il compleanno di Winnie si sta avvicinando e James è spaventato.

Evie, la perfida

Winnie ha una sorella e un fratello. Tutti adorano il fratello di Winnie. Si è laureato in cinematografia all'UCLA e ha appena finito di girare un importante documentario sulla schiavitù sessuale degli adolescenti cinesi (lo ha venduto a The Learning Channel). Non dà preoccupazioni a nessuno, lui. Tutti si preoccupano per la sorella di Winnie, la terribile Evie ("Evie, la perfida", come la chiama a volte Winnie). Otto estati fa, Evie è stata condannata a seguire un programma di riabilitazione. Da allora, cambia idea ogni sei mesi su quello che vuole fare. Attrice. Architetto paesaggista. Cantante. Agente immobiliare. Regista. Stilista. Adesso vuole fare la giornalista. Come Winnie.

Due settimane fa Evie si è presentata a una festa molto importante, molto seria. Un giornalista molto importante presentava un libro molto serio. La sua camicetta era troppo sbottonata e metteva in mostra il seno. (Un tempo era piuttosto piatta, come Winnie, ma da un paio di anni il volume delle sue tette è inesplicabilmente aumentato. Winnie crede che abbia delle protesi, ma l'argomento è tabù.) Evie è andata incontro al giornalista e l'ha intrappolato in una conversazione a due, impedendo a chiunque di rivolgergli la parola. Le altre donne, indignate, radunate intorno ai vassoi di crudité, sbocconcellavano bastoncini di carote e intanto le lanciavano occhiate in tralice. Ma non potevano accerchiarla e fare di tutto per metterla in imbarazzo come avrebbero fatto normalmente, perché Evie... è la sorella di Winnie.

Il giorno dopo Winnie riceve una strana telefonata da una collega. Ha scoperto che Evie è andata a cena con l'importante giornalista e ha passato la notte con lui. «Winnie, voglio che tu sappia che non giudico il comportamento di tua sorella.»

Poi la chiama Evie. «Credo che riceverò un incarico dal "New York Times"» annuncia giuliva.

«Gira al largo da me e dalla mia vita» l'avverte Winnie con calma. «Perché non ti trovi un lavoro in una rivista di moda, dato che desideri tanto diventare una giornalista?» aggiunge con astuzia.

«Oh, no» fa Evie. E deglutisce rumorosamente. Sta bevendo una Diet Coke. Ne beve cinque al giorno ("un'altra delle sue innumerevoli dipendenze" pensa Winnie). «Sto per dare una svolta alla mia vita. Sto per avere successo. Proprio come la mia sorellona.»

Evie è una che sa divertirsi e qualche volta James si chiede se non avrebbe dovuto sposare lei.

James vede Evie il meno possibile, ma ogni anno le chiede di aiutarlo a trovare il regalo di compleanno per Winnie.

All'inizio lo faceva per "fare un favore a Evie" (è un bene che Evie trascorra del tempo con un uomo che non sia uno sfruttatore, uno stronzo o una canaglia) e Winnie era d'accordo. Ben presto però si era accorto che Evie gli piaceva.

La chiama. «Evie» esordisce.

«Ciao, cognato» dice lei. «Hai sentito della mia notte con...» prosegue, nominando l'importante giornalista. «Forse otterrò il mio primo incarico. Per il "New York Times". Niente male, no?»

«È il compleanno di Winnie» dice James, deciso ad arrivare subito al punto.

«Lo so.»

«Hai qualche consiglio? Vorrei comprarle qualcosa da Barneys. Un gioiello.»

«No, Jimmy. Non puoi permetterti un gioiello che valga la pena essere regalato.»

«Che cosa, allora?»

«Scarpe. Winnie ha bisogno di un bel paio di scarpe a tacco alto.»

«Okay» acconsente lui, sapendo che un paio di scarpe sexy sono l'ultima cosa che Winnie vorrebbe o di cui ha bisogno. Accetta d'incontrare Evie nel reparto scarpe di Bloomingdale's. Riattacca il telefono e si sente spaventato.

Poi si accorge di avere un'erezione.

Winnie è preoccupata

Nel giorno del trentottesimo compleanno di Winnie Dieke, James si alza e ha paura.

Winnie Dieke si alza ed è depressa.

Non che abbia motivi per deprimersi. Dopo tutto, nella vita, ha fatto centro: primo lavoro a ventidue anni, primo incarico per una rivista prestigiosa a ventisette, incontro col futuro marito a ventotto, matrimonio a trenta, reputazione di "giornalista seria" a trentuno, incinta a trentadue, rubrica propria a trentaquattro. Nelle settimane passate ha trascorso molto tempo a ricordare a se stessa tutto ciò che ha conquistato. È felice, è sposata, è arrivata. Ma c'è qualcosa che non funziona.

Winnie non vuole ammetterlo (non lo fa mai), ma quel qualcosa potrebbe essere James. Ultimamente James le ha dato motivi di preoccupazione, anzi d'irritazione. James non conclude granché. Se James avesse scritto un libro autorevole, loro due potrebbero frequentare gente più importante e influente. Sarebbero più importanti e più influenti. Invece James continua a scrivere lo stesso genere di articoli. Ad agonizzarci so-

113

pra. La chiama più volte al giorno per dirle: «Non so cosa scrivere, sono fermo, sono bloccato».

«Oh, James, per favore» si spazientisce lei. «Ho un casino di cose da fare. Sull'altra linea ho il vicepresidente di una multinazionale. Se sei bloccato, vai a comprare qualcosa per la cena. E stai attento che non contenga grassi.» Dopodiché riattacca, sperando che suo marito si dia una mossa.

James si sente frustrato e Winnie si sente frustrata, eppure non riescono a parlarne.

Quando Winnie fa un tentativo, quando suggerisce gentilmente (alla maniera degli strizzacervelli) che forse dovrebbe scrivere un libro, James si acciglia. Si gira verso il televisore a guardare qualche programma senza senso.

Di solito Winnie perde la calma e la spegne. Ma a volte comincia a strillare: «Devo fare tutto io? Lavorare e occuparmi del bambino e tenere in piedi la tua carriera? Devo essere io quella che ci renderà famosi?».

«Siamo già famosi» urla James. «Non possiamo essere più famosi di così, Winnie. Cos'altro vuoi che faccia?»

«Io sto facendo di più» ribatte Winnie (questa volta più calma, perché non ha la forza di strillare ancora). «E se ci trasferissimo a Washington?»

«Non voglio trasferirmi a Washington. Tutti i miei contatti sono qui» dice James: poi si alza per riaccendere il televisore o per raccogliere il telecomando volato sotto una sedia e ricomincia a guardare quel programma del cazzo!

Winnie e James non raccontano mai di queste liti agli amici. Nei fine settimana fanno escursioni, si dedicano

114

al giardinaggio e visitano i mercatini di antiquariato. Si presentano come un fronte unito: due coniugi che si ammirano e si rispettano a vicenda, che sono il migliore amico l'uno dell'altra.

James sa bene che cosa non va nella sua vita. Nel suo modo di scrivere. Ha perso la determinazione, proprio come ha perso l'erezione.

La mattina del compleanno di Winnie, James Dieke si alza spaventato. Sta per fare qualcosa a Winnie. Qualcosa che non le piacerà. Ed è eccitato.

A mezzogiorno si reca da Bloomingdale's per incontrare la sorella di Winnie. S'incammina verso il reparto calzature e i suoi peggiori timori prendono corpo: Evie non c'è.

E lui non ha la minima idea di come comportarsi. Tutti lo guardano. È esposto, proprio come una scarpa. Ne prende in mano una e poi la rimette giù. Arriva un commesso. Che razza di uomo è uno che fa il commesso in un reparto di calzature femminili? Gli chiede se può aiutarlo. James risponde: «No, sto aspettando una persona. Mia moglie. È il suo compleanno». Perché ha mentito al commesso? Perché gli ha rivolto la parola? E se quell'uomo (un estraneo) scoprisse che Evie non è sua moglie? Crederà che Evie sia la sua amante. E se Evie fosse la sua amante? E se si stesse scopando di nascosto la sorella di sua moglie? (Potrebbe succedere. Evie va a letto con tutti, cambia fidanzato ogni due settimane, se la fa con uomini sposati, con uomini che incontra ai corsi serali, agli alcolisti anonimi, al bar del Metropolitan.) Quando Winnie è in vena di bontà, dice che non dovrebbero giudicarla, che Evie si comporta come si comporta perché è dipendente dal sesso.

115

James gironzola un po'. Medita di andarsene, di dare una lezione a Evie. Ma poi si siede.

Cerca di sembrare a suo agio. (Si sta arrabbiando.) Una volta, a quattro anni, si è perso mentre faceva compere con sua madre da Bloomingdale's. Aveva vagato nel reparto biancheria: una selva di reggipetti appuntiti e di bustini che penzolavano sulla sua testa. Una foresta in cui lui aveva girato e rigirato, convinto che avrebbe ritrovato la mamma sotto una catasta di lycra. Non l'aveva trovata, così si era seduto. Aveva paura, più di quanta ne avesse mai avuta in vita sua e di quanta ne avrebbe mai avuta in seguito. Ed era arrabbiato. Credeva che sua madre lo avesse abbandonato. Non sapeva cosa fare.

«Ciao, Jimmy.» Evie è dietro di lui e gli mette le mani sugli occhi. Lui non si muove. (Non vuole darle soddisfazione, ma si sente uno stupido, seduto nel reparto calzature di Bloomingdale's, con le mani di una donna sexy che gli coprono gli occhi.)

«Porca miseria, Evie. Non ho molto tempo.»

«Una consegna?» dice Evie.

«Ho sempre una consegna. È un fatto di responsabilità, una cosa a cui tu non sei abituata.»

«Accidenti, grazie» dice Evie. Gli sembra un pochino ferita. Ma ha dovuto ferirla. (Non può lasciare che civetti con lui.)

«Sbrighiamoci allora» dice Evie. Si gira e sorride. «Ho anch'io una consegna. Volevo che fosse una sorpresa per te e Winnie. Ho avuto un incarico dal "New York Times". Oh, Jimmy. Dovrai aiutarmi. Ti chiamerò ogni giorno per chiederti consigli. Non ti dispiacerà, vero?»

116

James si sforza di essere felice per lei, ma non ci riesce. Evie non merita di ricevere un incarico dal «New York Times». Non ha mai scritto un solo pezzo in vita sua. Prova l'impulso di urlare *Dove andremo a finire?* Invece dice: «Mi fa piacere per te».

Evie sceglie alcuni modelli di scarpe. Tutti sandali a tacco alto. Modello "Saltami addosso", li definirebbe Winnie. Osserva i piedi di Evie infilarsi nei sandali. Ha delle belle gambe. Bellissime. Prova le scarpe, camminando avanti e indietro. «Jimmy, voglio che tu sia felice per me. Ci sto provando. Sto provando a combinare qualcosa con la mia vita. Perché tu e Winnie non fate il tifo per me? Per una volta.»

«Noi tifiamo per te.»

Evie gli mette una mano sulla spalla per sorreggersi mentre si china a togliere una scarpa. Lui resta immobile. Lei lo guarda provocante e, per una volta, anche lui ricambia l'occhiata. Se lei può fregarsene delle regole, forse può farlo anche lui.

Trascorre quattro ore con Evie. Vanno da Barneys. Bergdorf's. Saks. Fanno colazione insieme da Gino's. Bevono vino.

Finalmente stabiliscono qual è il paio di scarpe perfetto per Winnie. Sandali di Manolo Blahnik. Prezzo: cinquecento dollari. Paga soddisfatto. Lui ed Evie si salutano all'angolo della strada. «Domani ti chiamo» dice lei. «Così discutiamo del mio articolo.»

James s'incammina, e l'alcol (solo un bicchiere) si fa sentire; ha una leggera nausea, come se avesse mangiato qualcosa di marcio. Che cosa ha fatto? (Ma ha poi fatto qualcosa?) Ferma un taxi. E per la prima volta da quando è sposato, non ha voglia di tornare a casa.

Winnie considera un dovere essere attraente. Essere attraente è un modo per impadronirsi del mondo. (Non si tratta di essere bella. Le donne belle sono indulgenti con se stesse. E sono stupide, perché non devono far fatica.) È alta un metro e settanta e pesa cinquantasette chili. Se si lasciasse andare, probabilmente peserebbe tra i cinquantanove e i sessantadue. Ma non vuole lasciarsi andare. (È una questione di autocontrollo.)

Winnie si preoccupa molto del proprio peso. Non ama le riviste femminili che usano modelle giovanissime e magrissime. È uno dei suoi cavalli di battaglia. Ha scritto un articolo intitolato *Pelle e ossa non è sexy*. Ma non accetterebbe mai di essere "grassa". (Si sente superiore alle sue amiche grasse. Soprattutto perché sa che sono infelici.) Corre intorno al lago artificiale di Central Park ogni mattina alle sette. (Sa che è molto pericoloso, ma ingrassare è un pericolo ben più grave.) Quando torna a casa, si pesa. Esamina il proprio corpo nudo davanti allo specchio. Si gira di profilo per accertarsi che lo stomaco non sia sporgente e il seno non sia cadente. Ma lo sono. Un pochino. (È frustrante. Si odia. Ricorda a se stessa che ha avuto un bambino, ma non le basta.) Se è aumentata di un chilo, prende provvedimenti. È una brava ragazza.

Qualche volta, guardandosi in giro, Winnie ha l'impressione di essere rimasta l'unica. Oggi le ragazze si vestono tutte di nero e ostentano il seno (talvolta già cadente). Indossano minigonne. Straccetti che paiono mutande. Sfoggiano tatuaggi. E piercing.

Vivono *downtown* in monolocali sporchi, fanno molto sesso e ne parlano fra loro il giorno dopo.

Qualche volta, e le sembra incredibile, Winnie ha paura di *loro*. Non si capacita di avere già dieci anni di più. Non ha niente in comune con loro. Anche quand'era più giovane era diversa. Più ambiziosa. Più determinata. Non ha mai usato il sesso per farsi strada nel mondo. (Anche se ha sposato James.) Non arrivava in ufficio mezza sbronza e non faceva uso di droghe.

Queste ragazze non hanno paura di niente. Sono avide e arroganti. L'anno scorso una del suo staff ha plagiato due paragrafi di un suo pezzo. Quando lei se n'è accorta, si è sentita male. (Imbrogliata da un'altra donna... pazzesco!) Ma poi non è successo niente. Il suo capo le ha detto che il plagio è una lusinga. E dopo poco la ragazza è stata promossa.

A Winnie piacerebbe fare amicizia con loro. Le piacerebbe dire: «Ehi, quando ero più giovane, ero anch'io una ribelle». Ma sa che la guarderebbero con freddezza. (È quello che fanno sempre. Per averti sotto controllo. Ti fissano impassibili.) Le piacerebbe raccontare dei suoi sette amanti, ma sa benissimo che loro devono averne avuti un centinaio.

Il giorno del suo trentottesimo compleanno, Winnie Dieke si sveglia depressa.

Nel pomeriggio fa quello che ha sempre fatto negli ultimi dieci anni. Va da Elizabeth Arden.

Si vizia.

Colpi di sole e stiratura. Manicure e pulizia del viso. Ceretta inguinale. (Non si depilerebbe mai in quel punto. Depilarsi lì le ricorda il parto. Un'esperienza che non è sicura di voler ripetere.)

119

La ceretta fa male. La detesta, ma ne fa una ogni due mesi. Le provoca dei peli incarniti, che talvolta si strappa con un paio di vecchie pinzette prima di andare a dormire. (James la ignora. Anche lui ha abitudini grossolane, come mettersi le dita nel naso, appallottolare il muco ed esaminarlo prima di lanciarlo sul tappeto.) Durante la ceretta Winnie indossa mutandine di carta. Deve allargare un po' le gambe (solo un poco, ripete a se stessa), e una donna (l'estetista) deve toccarla un po' in quel punto. Fingono entrambe che non lo stia facendo, e Winnie cerca disperatamente di non pensare al sesso. Ma si chiede cosa accadrà quando i suoi peli diventeranno grigi. In quel punto. Un giorno succederà.

Cosa ne penserà James?

E il suo parere per lei conta qualcosa?

Il sesso fra di loro è un fatto molto raro ormai. Quando succede, è sempre allo stesso modo. Sesso orale da parte di lui. Orgasmo di lei. Penetrazione. Lui viene. Winnie non ha mai avuto un orgasmo da penetrazione. (Non lo ritiene possibile. Le altre donne fingono.)

Dopo la ceretta Winnie prova il desiderio di toccarsi, ma si trattiene. Ci sono limiti che non oltrepassa mai. Specialmente per quanto concerne l'essere "sexy". Non indossa mai biancheria provocante. Minigonne esagerate. Camicette trasparenti. Oppure scarpe ridicole.

«Cosa sono questi, James?» chiede più tardi, in camera da letto. Un sandalo dal tacco vertiginoso, oscilla dalle sue dita. È talmente delicato che potrebbe rompersi dopo pochi passi sulla moquette.

«Il tuo regalo di compleanno.»

«Perché?» si stupisce lei.

«Non ti piacciono...» constata James con tono ferito.

«Sai che non porto scarpe come queste. Che non le approvo.»

«Evie ha avuto l'incarico dal "New York Times".»

«È stata Evie a scegliere queste scarpe?»

«È disgustoso. L'ha ottenuto perché è andata a letto con...» A questo punto nomina il famoso giornalista abbordato da Evie alla festa. «Dice che lo frequenta ancora.»

Winnie guarda James.

«Credi che la gente desideri ancora essere come te, James?» La domanda sembra casuale. (Queste domande di solito nascondono una trappola. Ma lui è troppo esausto per tentare di aggirarla.)

«Perché mai qualcuno dovrebbe desiderare di essere me?»

«È proprio quello che mi stavo domandando.» Winnie ripone con cura le scarpe nella scatola. «È proprio una scocciatura, sai? Devo riportarle al negozio, ma non so proprio quando ne avrò il tempo.»

«Durante la pausa pranzo.»

«Non ho la pausa pranzo. Non più. Il giornale sta ampliando la mia rubrica. Due pagine. Quindi sarò doppiamente impegnata.»

«Ottimo, congratulazioni.»

«Non potresti essere un po' più entusiasta? Sono un pezzo grosso, adesso.»

«Sono entusiasta. Non si vede?»

«Sarebbe meglio che tu ti vestissi, James.»

Stanno per uscire. Lui si cambia la camicia e si mette una cravatta. È arrabbiato. (Non fa mai niente che lei approvi.) È lui che ha insegnato a Winnie tutto quello che sa (o così crede). Quando si sono conosciuti, Winnie rimaneva seduta per ore ad ascoltarlo e a fargli domande sul suo lavoro. Quando si ubriacava (si ubriacavano parecchio all'inizio, e facevano l'amore senza freni e con passione), lei gli diceva che voleva diventare una giornalista seria come lui. Che aveva ambizioni, aspirazioni. Che era intelligente. James non le prestava troppa attenzione. Non gli sarebbe importato se fosse stata muta. (E ora è quello che a volte si augura. Che perda la voce. Per sempre.)

Ma, dopo un anno, la gente ha iniziato a chiedere: «A quando le nozze?». Improvvisamente, anche lui si è posto la stessa domanda. (Non era sicuro da dove nascesse. Un'esigenza interiore? O stava solo ripetendo quello che dicevano tutti?) Winnie non era perfetta, ma era improbabile che James incontrasse una ragazza migliore. Inoltre, molti suoi amici erano già sposati. Compravano appartamenti. Mettevano al mondo bambini (o avevano in programma di farlo). E lui rischiava di restare indietro, come al liceo.

«Andiamo, James» lo incita Winnie.

Vanno da Bouley per il compleanno di Winnie e lì, come al solito, fingono che tutto sia okay.

Il "pezzo" di Evie

«L'hai letto?» domanda James. Sono trascorsi un paio di giorni. È domenica mattina. L'uscita del pezzo di Evie sull'inserto del «New York Times» è prevista per oggi.

«Letto cosa?» Winnie è in cucina che prepara la colazione. La prima colazione della domenica è l'unico pasto che prepara personalmente: taglia gli acini d'uva, dispone le fette di salmone affumicato, spalma la crema al formaggio sulle ciambelle.

«Il pezzo di Evie» dice James.

«Oh. Usciva oggi?»

«Così mi ha detto lei.»

«Davvero? Io non l'ho sentita.»

«Mi ha telefonato.»

«Spero che tu non perda tempo a parlare con lei.»

«Vede ancora...» e nomina l'importante giornalista.

«Bene.» Winnie porta i piatti sul tavolo della sala da pranzo. Apre un tovagliolo di carta. Comincia a mangiare.

«Non sei curiosa?» chiede James.

«Gli darò un'occhiata più tardi. Piuttosto, mi è venuta un'idea per alzare il livello della discussione nel nostro *salon*. Potremmo inviare una domanda via e-mail il giorno prima, in modo che ciascun invitato abbia il tempo di pensare alla risposta. Credo che in questo modo otterremo contributi migliori.»

«Credevo che ottenessimo già ottimi contributi.»

«Si può sempre migliorare, no?»

Winnie mangia due ciambelle imbottite di crema al formaggio e salmone, poi si alza da tavola. «Torno subito. Devo lavarmi i denti.»

In bagno, secondo la routine degli ultimi tempi, s'infila due dita in gola e vomita.

Quando torna, James sta leggendo il giornale.

«Sei disgustoso» lo apostrofa.

«Cosa? Non penserai che io legga il "Times" solo perché c'è un pezzo di Evie!»

«Andiamo, James.» Gli strappa dalle mani metà delle pagine e comincia a sfogliarle. Finalmente adocchia la sezione dedicata al costume. Sotto il titolo "In cucina" c'è un trafiletto che parla delle origini del polpettone. In fondo, il nome dell'*autrice*, Evie.

«Ne sapevi qualcosa?» chiede Winnie.

«Di cosa?»

«Del pezzo di Evie.» Gli passa le pagine. Si alza. «Sono avanzate delle ciambelle? Ho ancora fame.»

Nel pomeriggio Winnie telefona a Evie. «Congratulazioni.»

«Ehi, grazie.»

«Allora, come ci si sente a essere una giornalista?»

«Alla grande. Sto lavorando a un altro pezzo per la settimana prossima. Hai notato? Uso già un gergo da professionista. Ho detto "pezzo" e non "articolo".» Rumore di passi strascicati. Evie ride. «Puoi rimanere in linea?»

«C'è qualcuno con te?» chiede Winnie. (Dio, Evie è talmente volgare.)

«Mmmmm, sì...» Evie nomina il famoso giornalista.

«Perfetto. Perché James e io volevamo invitarvi a cena fuori... la settimana prossima. Possiamo programmare la serata in base ai suoi impegni. Oh, Evie...»

«Sì?» fa Evie circospetta.

«C'è una cosa che devi tenere a mente, d'ora in poi.»

«Che cosa?»

«Adesso sei una di noi.» Lo dice tutto d'un fiato, per non far capire a Evie quanta fatica le costi. «E noi *siamo* i media.»

II

Una cattiva abitudine

Winnie ha preso una cattiva abitudine e non riesce a sbarazzarsene. Ogni mattina, quando arriva al lavoro (in un grande edificio scuro sulla Sixth Avenue che grida *"Sono importante"*) si affretta ad attraversare l'atrio e a prendere l'ascensore, percorre rapidamente il tappeto beige dell'ingresso, entra nel suo ufficio e si precipita al computer. Inserisce la sua password. Si connette a Internet e si toglie il cappotto. Digita "www.ama" e preme il tasto "enter". Sul video appare il sito di Amazon.com, la più grande libreria on-line del mondo. Poi (è più forte di lei, non riesce a trattenersi), digita il nome dell'importante giornalista.

Sono due settimane che lo fa ogni mattina.

Controlla le vendite del suo libro e poi scorre la pagina fino alle recensioni dei lettori.

Questa è la sua preferita:

«*Noioso e assolutamente inconsistente.*
Immaginate che il vostro noiosissimo professore di scienze politiche abbia scritto un libro e costringa tutti i suoi

allievi a leggerlo. Vorreste ucciderlo, giusto? Piuttosto leggete gli ingredienti sulla scatola dei vostri cereali. È più interessante».

Immancabilmente Winnie si sente eccitata e terrorizzata allo stesso tempo.

Da quando ha scoperto quelle recensioni, non sa più cosa pensare. Una parte di lei si sente oltraggiata. Certe persone non dovrebbero comprare libri. Sono troppo stupide per leggere. Non hanno immaginazione. Sono incapaci di comprendere ciò che leggono. Se un libro non entra nelle loro piccole menti ottuse, lo stroncano. Sono come quei bambini idioti che a scuola non capiscono mai le spiegazioni della maestra e per questo si arrabbiano. Perché sono troppo idioti per capire.

Ma una parte di lei, e nemmeno troppo segreta, teme che queste persone abbiano ragione. Il libro è di una noia mortale. Ha letto i primi due capitoli, poi è saltata direttamente alla fine e non l'ha più ripreso in mano. Ma è pur sempre un libro importante. Con quale diritto un qualunque mentecatto di Seattle si permette di stroncarlo? Di dire agli altri di non leggerlo?

Winnie è seccata.

Non è giusto. Controlla le recensioni dei lettori di una decina di altri scrittori che lei e James conoscono, autori di libri pubblicati nell'ultimo anno. Controlla la classifica delle vendite. Se non sono buone, è più forte di lei: è felice.

Deve smetterla. Ma non riesce. Lo fa per tenersi informata. Magari prima o poi James scriverà un libro. Vuole essere preparata. Deve premunirsi contro le inevitabili stroncature. Sa che non bisognerebbe prenderle come un fatto personale, ma sa anche che lo farà. Lei prende tutto come un fatto personale.

Soprattutto se stessa.

Forse sarebbe meglio che James non scrivesse nessun libro. (Forse sarebbe meglio se si trasferissero nel Vermont e lavorassero per un piccolo giornale locale. Dopo due mesi, sarebbe come se fossero morti, tutti i loro conoscenti li avrebbero dimenticati. E Winnie non è ancora pronta per questo. Non ancora.)

Squilla il telefono. Alza il ricevitore.

«Sì.»

«Sono io.» (James.)

«Ciao». Improvvisamente si ricorda di tutte le cose che deve fare. Per esempio lavorare.

«Tutto bene?»

«Sotto stress. Ho un casino di cose da sbrigare.»

"È sempre la solita solfa. Vorrei che la piantassi" pensa James. E intanto si chiede: "Perché non mi presti attenzione? Perché non mi fai stare bene? Perché vieni sempre prima tu?" A voce alta, la informa: «Stamattina ho ricevuto una telefonata. Da Clay. Tanner sta per arrivare in città».

«Davvero?»

«Per la prima del suo film. Giovedì.»

«Ah.» Per la prima volta da giorni, Winnie ha la certezza che James stia pensando quello che pensa lei. «Un altro...»

«Sì. Un altro *blockbuster* tutto pugni, spari, morti ammazzati, con budget miliardario, prodotto dalla Paramount Pictures.»

«Immagino che dovremo andarci» dice Winnie, emettendo un lungo sospiro.

«Tu non sei obbligata. Ma io ci andrò.»

«Se ci vai tu, ci vengo anch'io.»

«Bene» dice James a mezza voce.

«Preferiresti andare da solo?» La voce di Winnie suona minacciosa. (Perché diventa subito aggressiva? Perfino le vespe aspettano che tu le provochi prima di pungerti.)

«Mi piacerebbe che venissi. Ma so che odi questo genere di film.»

«Non è vero.»

«Sì che è vero.»

«Non li odio. Li ritengo noiosi. Sai come la penso a proposito delle celebrità.»

«Tanner vuole che io vada.»

«Sono certa che ci vuole entrambi. Ma ciò non significa che dobbiamo fare tutto quello che vuole Tanner.»

«Viene in città solo un paio di volte l'anno. Io voglio andarci.»

"Non ne dubito" pensa Winnie. "Così puoi fare gli occhi dolci a qualche sciacquetta."

«Bene, allora» dice Winnie e riattacca.

Adesso le toccherà preoccuparsi per James. Di quello che farà durante il soggiorno di Tanner in città. Winnie trascorrerà ore su ore immaginando quello che James potrebbe combinare. Ossessionata da una moltitudine di opzioni "se/allora".

Per esempio: se James rimarrà fuori tutta la notte con Tanner (di nuovo), allora lei chiederà il divorzio. Se James farà il cascamorto (patetico) con le attrici del film (di nuovo), allora lei lo chiuderà fuori di casa. Se James berrà troppo e vomiterà dal finestrino del taxi (di nuovo), allora lei getterà tutti i suoi vestiti dalla finestra. (James non è consapevole che sta camminando su una sottile lastra di ghiaccio. Molto sottile.)

James sta perdendo punti. Ne perde sempre di più. Lo conosce da dieci anni e ancora non può fidarsi di lui. Non fa quello che ci si aspetta. Non si può contare sul suo aiuto, nemmeno per comprare la verdura giusta al supermercato. Si comporta come un bambino (è un bambino nel corpo di un adulto). Non è riuscito a diventare importante. Starebbe meglio senza di lui: Winnie avrebbe una persona in meno di cui occuparsi.

Preme un tasto del computer e controlla la posta.

La sua assistente entra nella stanza. Winnie alza lo sguardo. Ha i capelli in disordine e il rossetto sbavato, una minigonna nera, una canottiera succinta con la scollatura a V (per lo meno porta il reggiseno), chiassose scarpe col tacco. E niente calze. Sembra che qualcuno l'abbia appena scopata a sangue lasciandola fradicia di sudore.

La tipa si lascia cadere sul divano come un sacco. «Come va?» chiede. (*Come va?* Come se l'assistente fosse Winnie e come se l'ufficio fosse suo.)

Winnie non è mai sicura della risposta adatta a questo saluto.

«Come stai?» chiede a sua volta. Bruscamente. Per ricordarle che ha di fronte il suo capo.

L'assistente si sbircia le unghie. Smalto color fango. «Ho un'infezione alle vie urinarie. Mi stavo chiedendo se posso prendermi il resto della giornata.»

Evidentemente qualcuno l'ha davvero scopata a sangue.

«No» dice Winnie. «Nel pomeriggio devo essere a una conferenza su Internet e ho bisogno che tu sia qui. L'ufficio non può rimanere scoperto.»

«Mi fa male» dice l'assistente.

Winnie vorrebbe urlarle in faccia di smetterla con tutto quel sesso, ma non può. «Compra del succo di mirtillo. E prendi cinque grammi di vitamina C.»

L'assistente rimane seduta.

«Tutto qui?» chiede.

«*Tutto qui?*» ripete Winnie.

«Quello che hai da dire.»

«A che proposito?»

«Lo sai.»

("No che non lo so" vorrebbe urlare Winnie). «Non ti capisco.»

«Nemmeno io.»

«A che proposito?»

«Non fa niente» si arrende. Si alza e torna nel suo cubicolo. (Come un cane.)

Winnie cerca di concentrarsi sui messaggi e-mail che ha ricevuto. Il suo strizzacervelli le raccomanda sempre di non cedere alla tentazione di prefigurarsi tutti quegli scenari "se/allora".

E se Tanner tenesse James fuori casa per due notti e James andasse a letto con qualche puttana? Cosa succederebbe?

È più forte di lei. Non riesce a trattenersi. Non ci riesce mai.

James ha una teoria

Tanner non è ancora arrivato. Ma Winnie è preoccupata e James eccitato. Sanno entrambi che potrebbe succedere qualcosa e che saranno costretti a parlarne.

Ogni volta che Tanner arriva in città, James si lascia andare ad azioni esagerate. Tanner è un pessimo soggetto ed esercita un'influenza deleteria su James. Winnie sa che James non oserebbe se non fosse per Tanner. E ha ragione. James non lo farebbe. Non avrebbe il fegato di sfidare Winnie.

Ma Tanner ce l'ha. A Tanner non importa cosa può pensare Winnie. (Probabilmente la ritiene noiosa. E anche James sta cominciando a vederla così. Gli piacerebbe che Winnie facesse qualcosa di interessante, per esempio andarsene. Così, forse, potrebbe innamorarsi di nuovo di lei. O trovare qualcun'altra. Per esempio una svedese di un metro e ottanta con due tette enormi.) A Winnie piacerebbe avere il controllo di Tanner (come lo ha di James), ma non può. Su di lui non ha alcun potere.

Tanner è una star del cinema e lei non lo è.

Tanner è una celebrità. E lei è una giornalista insignificante. Lei è una donna e basta. Le donne non hanno alcun valore per Tanner. (James vorrebbe avere lo stesso atteggiamento. Se ci riuscisse, magari si sentirebbe un vero uomo. Ma non ci riesce. Winnie è la madre di suo figlio. Ha portato suo figlio in grembo per nove mesi. Quando suo figlio è nato, è uscita anche una secrezione verde. Simile alla cacca di un'ostrica. A volte, mentre fa sesso orale con Winnie, pensa a quella sostanza verde. Non può farne a meno. Si sente in colpa. A volte pensa a quando faceva sesso da studente. (Con una tipa fuori di testa. Che gli chiedeva di sodomizzarla e poi gli faceva un pompino. E si sente in colpa anche per questo.)

Ma la caratteristica preponderante di Tanner è la virilità. Quando James e Tanner erano compagni di stanza, ad Harvard, Tanner aveva una o due donne diverse ogni fine settimana. (Anche cinque. E andava a letto con ognuna di loro.) Le donne gli davano la caccia. Gli spedivano biglietti d'amore. Gli telefonavano. Minacciavano il suicidio. Ma Tanner non aveva il minimo rispetto. Non ne aveva bisogno. «Lascia che quella stupida si uccida» aveva detto una volta. James aveva sorriso, ma più tardi aveva chiamato la ragazza per invitarla a prendere un caffè. L'aveva ascoltata parlare di Tanner per tre ore e poi aveva cercato di farsela. Ma la tipa gli aveva concesso soltanto una palpatina prima di urlare: «Voglio Tanner! Voglio Tanner!».

James pensa (e lo pensa anche Winnie) che un giorno a Tanner capiterà qualcosa di brutto. Deve essere così. Verrà arrestato oppure (spera Winnie) si innamorerà di una donna che non lo ricambierà. Oppure (spera James) girerà tre fiaschi uno dopo l'altro e la sua carriera finirà. Ma non capita mai. Al contrario, Tanner diventa sempre più ricco e più celebre. Gira brutti film di cassetta e i critici cominciano a prenderlo sul serio. Esce con le dive del cinema e ha storie parallele clandestine. Gioca a golf e scia. Fuma il sigaro e si droga ogni volta che ne ha voglia. Sostiene il partito democratico. Guadagna almeno venti milioni di dollari l'anno e forse di più. Per fare (pensa James) niente.

James vorrebbe odiare Tanner, ma non ci riesce. Però se non fossero amici l'odierebbe senz'altro. Probabilmente sarebbe d'accordo con Winnie, che dice che Tanner è il prodotto di una società allo sbando, senza cultura, fatua, sempre pronta a idolatrare il belloccio di turno. E che se si sapesse davvero chi è Tanner Hart, nessuno butterebbe via sette, otto o nove dollari per vedere un suo film.

Ma non è così.

Sotto sotto la gente spera che Tanner si comporti ancora peggio. Molto peggio.

È questo che Winnie non riesce a capire degli uomini. E proprio perché non capisce, pensa James, Winnie non potrà mai diventare una *vera* minaccia per la sua virilità. Il fatto che lei non capisca, gli permette di rimanere a casa a visitare siti pornografici o a giocare a scacchi contro il computer oppure a gingillarsi con videogiochi violenti mentre Winnie va a lavorare in quel grande edificio. (Lei crede di essere un uomo, ma non lo è, pensa James, anche se porta i pantaloni.)

James sa una cosa che Winnie ignora: gli uomini non possono essere addomesticati.

Gli uomini sono violenti per natura.

Gli uomini vogliono fare sesso con molte donne diverse.

Questo James l'ha sempre saputo. Ma adesso lo sa ancora meglio.

Ha letto parecchie cose sugli scimpanzé.

Ha studiato.

Gli scimpanzé sono violenti. Si radunano di soppiatto nel cuore della notte e assalgono altre tribù di scimpanzé. Gli scimpanzé più grandi (i maschi alfa) catturano uno scimpanzé più piccolo (un maschio beta) e lo uccidono senza pietà, mentre quello strilla dal dolore e dalla paura. Poi gli scimpanzé alfa rapiscono alcune femmine e si accoppiano con loro.

James ha iniziato a interessarsi all'argomento scimpanzé per farla pagare a Winnie. (Non ricorda quando ha deciso di fargliela pagare.) Ma poi si è lasciato coinvolgere. Recentemente ha consultato articoli scientifici su Internet, ha svolto delle ricerche via e-mail. Non sa con certezza a cosa approderanno tutte queste ricerche, ma sa che potrebbe ricavarne un pezzo. Un pezzo importante.

James ha una teoria: Tanner è un maschio alfa.

Ecco perché Tanner può farla franca in ogni circostanza e lui può applaudirlo.

«Winnie» comincia James, (lei è appena tornata a casa e si è tolta le scarpe. Si toglie sempre le scarpe. Dice che le fanno male, anche se indossa per lo più mocassini morbidi a tacco basso). «Credo di avere un'idea per un nuovo pezzo.»

«Aspetta» dice Winnie.

«Winnie» la chiama di nuovo. La segue nella stanza del bambino, che tenta di leggere un libro sui dinosauri alla tata giamaicana.

«Por... por...» sillaba il piccolo.

«Porpora» interviene Winnie. ("Che tono" pensa James. "Non ha nessuna pazienza con lui.")

«Dovresti dargli modo di riuscirci da solo.» Dall'espressione di Winnie, capisce di aver detto la cosa sbagliata. Di nuovo.

«James, se aspettassi che tutti ci riescano da soli, aspetterei per il resto della vita.»

«Immagino che tu stia parlando di me.»

«Non lo so nemmeno io.» Mente. Sta solo cercando di evitare una discussione.

James segue Winnie in cucina. Lei si toglie gli orecchini e li posa sul ripiano accanto al lavandino. Apre il frigorifero e tira fuori tre pezzi di carota.

134

«Credo che farò un pezzo sugli scimpanzé.»

Winnie tace. Solleva le sopracciglia e sgranocchia la carota.

«Ci sono un sacco di nuove teorie. Teorie che possono essere applicate anche agli umani. Per esempio, Tanner è un maschio alfa.»

«Hai parlato con Tanner?»

«No. Ma ho intenzione di parlargli di questa teoria. Potrei perfino scrivere di lui. Usarlo come esempio.»

Winnie emette una breve, eloquente risata. «Sai bene che il suo ufficio stampa non te lo lascerebbe mai fare.»

«Potrei usare un altro nome.»

«Hai parlato con Clay?»

«Sì, te l'ho detto. Come avrei fatto altrimenti a sapere che Tanner sta per arrivare in città?»

«Come stanno... Clay e Veronica?»

«Non lo so.» James è scoraggiato, sta perdendo il controllo della conversazione un'altra volta.

«Veronica minaccia sempre Clay di divorziare?»

«Perché, l'ha mai fatto?»

«L'ha detto lei. L'ultima volta che l'abbiamo vista. Quando Tanner era in città.»

«Ah, sì. Mi ricordo.» (È costretto ad assumere un tono conciliante. È la sua unica possibilità. Winnie è riuscita a portare la conversazione su un terreno scivoloso, potenzialmente sgradevole. E lui sta per essere battuto.)

«Spero che Clay si svegli. O Veronica se ne andrà davvero.»

«Hai parlato con Veronica?»

«Solo quando Tanner è stato qui. Forse non te ne

rendi conto, ma sono troppo impegnata per perdere tempo in chiacchiere.»

«Lo so.»

«E poi non è una donna così interessante. Alla fine, è soltanto una casalinga.»

«Hai ragione.»

«Ti dispiace? Devo fare ancora qualche telefonata. Oggi c'è stata una riunione importante riguardo al sito della rivista. Potrebbero decidere di affidarmene la direzione.»

«Grandioso.» James torna nella stanzetta che chiama "ufficio". È sollevato. Si sente come se avesse appena scampato un pericolo. Si siede davanti al computer.

Qualunque cosa succeda, il suo matrimonio è migliore di quello di Clay e Veronica. Veronica è la sorella di Tanner ed è una strega anche peggiore di Winnie. (Un tempo era molto bella, ma adesso si è lasciata andare ed è diventata grassa.) Clay e Veronica hanno due figli. Clay è uno scultore. È diventato famoso. Ha storie con altre donne. (Per lui Veronica è una pietra al collo. Non lavora e non ha mai lavorato. Per lo meno, se tra lui e Winnie succedesse qualcosa, lei sarebbe in grado di provvedere a se stessa.)

Un'ora più tardi Winnie entra nel suo ufficio.

«Ho pensato alla tua idea» gli dice.

«Davvero?»

«Se Tanner è un maschio alfa, tu cosa sei?»

Sorride e se ne va.

III

Accade qualcosa di brutto

Va in onda Tanner Hart. È seduto in fondo al salotto vip del Chaos. (Sorvegliato da due buttafuori e da una giovane hostess munita di lista.)

Tanner Hart fuma una Marlboro rossa dopo l'altra e beve Martini. Tanner Hart ride. Tanner Hart corruga la fronte. Tanner Hart annuisce con la testa, strabuzza gli occhi per la sorpresa, spalanca la bocca. «Ah-ah-ah, sì, mi ricordo benissimo di te. Ci siamo conosciuti sul set di *Switchblade*. Cos'hai fatto da allora? Avevi un cane, giusto? Era successo qualcosa con un elefante, se non sbaglio. Ah, un gatto, un gatto.» Poi si rivolge a un altro. «Ehi, quella sì che è stata una serata da sballo. Resta qui, che più tardi ce ne andiamo da qualche altra parte e riprendiamo il discorso. Tutto bene, vero? Hai un aspetto magnifico.»

Tanner Hart guarda l'orologio. Tra poco sarà la noia assoluta. Fra un'ora potrà raccattare una pollastra e tornare nella sua stanza d'albergo. Poi di nuovo la noia.

«Jimmy!» urla. James e Winnie Dieke si fanno largo tra la folla. Indossano ancora il cappotto. James sembra afflitto, Winnie annoiata. ("James è peggiorato," pensa Tanner "da quando ha sposato Winnie e ha avuto il bambino. Sembra un carcerato. Devo liberarlo. Winnie invece ha bisogno di una bella scopata. Devo liberare anche lei.")

Winnie vede Tanner. Gli fa un cenno con la mano.

«Lo salutiamo e poi andiamo a casa.»

James non risponde. Sta aspettando il momento giusto per scappare.

«Il vecchio Jimmy, il mio buon vecchio Jimmy.» Tanner abbraccia James tenendolo per il collo e facendolo oscillare come un pendolo. Poi lo allontana con una spinta e prende il viso di Winnie tra le mani. La attira a sé e la bacia sulle labbra. «Vi adoro ragazzi!» esclama.

«Tutti ci adorano» dice Winnie.

«Certo, ma io di più. Vi hanno creato problemi all'ingresso? Quei buttafuori sono delle teste di cazzo. Non faccio che ripeterlo a quelli dell'ufficio stampa, ma è inutile. Jimmy, dov'è il tuo bicchiere? Qualcuno porti da bere a quest'uomo!» urla Tanner. Si siede e si appoggia allo schienale. Si mette Winnie sulle ginocchia. «Stai attento, vecchio Jimmy. Uno di questi giorni te la porto via.»

"Magari lo facessi" pensa James.

Winnie strappa il Martini a Tanner e ne beve una lunga sorsata. ("Winnie è un'altra persona. Civetta in modo disgustoso" pensa James. "Ma a Tanner potrebbe mai interessare una come *lei*?")

«Accidenti. Vacci piano, piccola, piano» l'ammonisce Tanner riprendendosi il Martini e dandole una pacchetta sul sedere. Le infila una mano sotto il cappotto.

Winnie non sembra avere nulla in contrario (il suo odio per Tanner evapora nel momento in cui lo vede. Allora, inspiegabilmente, lo ama).

«Come stai?» gli chiede. «Sul serio, voglio dire.»

«Torno subito» dice James.

«Aspetta, amico» dice Tanner. Gli passa una fiala con della cocaina. E si gira di nuovo verso Winnie. «Allora, dov'è la mia futura moglie?» le chiede.

James è euforico. Si sente come uno scolaro cattivo che è appena scappato con il gessetto della maestra. (Da bambino, era davvero scappato con il gessetto della maestra e per tre minuti si era sentito un eroe, fino a quando non era stato acciuffato e spedito a casa. Episodio imbarazzante. Ingiusto. Per un misero pezzo di gesso...) James va dritto da Clay Ryan, nel cesso. «Cristo,» dice Clay «sto cercando di stare alla larga da mia moglie.»

«Anch'io.» Passa a Clay la cocaina. Clay introduce nella fiala la punta di una chiave e se l'avvicina al naso. «E cosa mi racconti di Evie, la sorella di Winnie?»

«Quella donna è una bomba, amico.»

Evie vuole andare a letto con Tanner. Il pensiero la eccita.

L'ha incontrato tre volte prima di stasera e ogni volta lui si è dato da fare per metterle le mani addosso. È il suo modo per farle capire che se lei ci sta, lui è d'accordo.

Dice a se stessa che non ne ricaverà niente (anche se sotto sotto spera che possa accadere qualcosa, che, per qualche miracolo della natura, lei si riveli "quella giusta"), ma non gliene importa. Vuole solo andarci a letto una volta. Vedere com'è con un divo del cinema. Chi non lo vorrebbe?

Evie s'imbatte in James e Clay che stanno uscendo dal cesso.

Hanno l'aria di chi ha combinato qualcosa. James si sta asciugando il naso. ("È un tale sfigato" pensa Evie. "Proprio patetico. Come fa Winnie ad andare a letto con lui? Non ha capelli.")

«Hai visto Winnie?» gli chiede.

James e Clay fanno entrare Evie nel cesso. «Non faccio mai queste cose» si giustifica James.

«Oh, James, chiudi il becco» dice Evie.

«Non raccontarlo a Winnie.»

«Glielo racconto io a Winnie» dice Clay. «Lo racconto al mondo intero. Compresa mia moglie. Quella stronza.»

Fuori dal cesso, si scontrano con Tanner. Tanner, Clay ed Evie tornano dentro. James va al bar a prendersi da bere. Tanner si fionda su Evie come se Clay non fosse nemmeno presente. Evie pensa che potrebbe svenire. Tanner è meglio di persona che sullo schermo.

«Come mai non eri al matrimonio?» le chiede.

«A quale matrimonio?»

«Quello di James e Winnie.»

«Seguivo un programma di riabilitazione.»

Veronica e Winnie siedono allo stesso tavolo. «Mi basterebbe essere apprezzata qualche volta» si lamenta Veronica. «Quando Clay e io ci siamo conosciuti, lui viveva in una camera ammobiliata senza bagno.»

«James, quando non lavora, passa il tempo su Internet o a guardare la televisione» dice Winnie. (Perché rimane sempre incastrata con Veronica?)

«Voglio dire, non potrebbe ascoltare, una volta ogni tanto? Ascoltarmi? La sua ultima trovata sono gli investimenti sbagliati.»

«Hanno tempo per tutto eccetto che per noi» le dà manforte Winnie. «Bene, d'ora in poi sarò io a non avere tempo per lui.»

«Credi che se ne accorgerà? Guardali: sono tutti strafatti di coca. Gesticolano e farfugliano come scimmie. È disgustoso.»

James, Evie e Clay si siedono con Winnie e Veronica.

«James sta scrivendo un pezzo sugli scimpanzé» annuncia Evie.

«Oh, James, perché lo racconti in giro? È talmente stupido» piagnucola Winnie.

«Ho appena scoperto che il governo importa illegalmente scimpanzé per svolgere ricerche mediche segrete. Li nascondono in un deposito a Manhattan.»

«Perché qualcuno dovrebbe introdurre delle scimmie a Manhattan?»

«Sapevate che in alcune tribù di scimpanzé le femmine sono lesbiche, e lasciano che i maschi le guardino?» chiede Clay chinandosi verso Evie.

«Clay, andiamo a casa» dice Veronica.

«Aspetta. Devo finire il mio drink.»

«Chi ne vuole un altro?» chiede James.

«Mi pare che basti così» lo ammonisce Winnie.

«Tanner sta ordinando un altro giro» le fa notare James.

«Tanner se ne sta andando» osserva Veronica, e non sbaglia. Tanner si dirige verso l'ascensore, baciando e stringendo le mani di chi incontra lungo il percorso.

«Ti diamo un passaggio, Evie» fa Winnie alzandosi.

«Non importa. Non devo svegliarmi presto domani mattina.» Evie non perde di vista Tanner. Non può lasciare che se ne vada senza di lei. «Torno subito» dice.

«Come no» ironizza Clay.

Veronica gli lancia un'occhiataccia.

Evie si affretta a raggiungere Tanner. Winnie, James, Veronica, Clay... sono così noiosi. Perché Winnie cerca sempre di controllarla? Non capisce che lei e Tanner sono persone di un certo tipo, diverse da Winnie e James? (Sono dei gaudenti. Gente che sa vivere.) Riesce a ficcarsi nell'ascensore insieme a Tanner un istante prima che le porte si chiudano.

«Brava ragazza.» Tanner la guarda e approva. (Ne ha avute a centinaia come lei. Sexy e disponibili. Anche troppo. Dopo una certa età, non riescono più a trovare un marito. E nemmeno un fidanzato. Quasi quasi preferirebbe scoparsi Winnie. Per lo meno lei non è disponibile.) «Però promettimi che non chiamerai troppo spesso» le sussurra. Poi canticchia: «Non sono io, piccola. Non sono io quello che cerchi, piccola».

«Come fai a esserne così sicuro?» ridacchia Evie.

Si aprono le porte. L'ascensore è arrivato al piano terra. Tanner afferra la mano di Evie e corrono fuori insieme. In strada, l'autista della limousine tiene aperto lo sportello. La folla spinge dietro le transenne. «Via!» grida Tanner.

Spinge Evie nella limousine.

Clay, Veronica, Winnie e James sono fermi all'angolo della strada. Cercano di prendere un taxi.

«Se vuoi ucciderti, continua così» dice Veronica a Clay. «A me non importa più un cazzo.»

«Di che cosa stai parlando?»

«Oh, per l'amor del cielo, Clay? Mi prendi per una stupida?»

«Beviamo qualcosa» propone James.

«Vi siete entrambi fatti di coca!» attacca Winnie.

«Io non mi sono fatto di coca!» si difende James.

«Non è incredibile, amico?» dice Clay a James. «Cioè, quante ne dobbiamo ancora sentire?»

«Sei proprio un fallito, James. Saliamo in un taxi e andiamo a casa.»

«Io non salgo proprio in nessun taxi. Io vado a bere qualcosa.»

«James!»

«No! Tanner è là che si sniffa un grammo di coca e nessuno ha niente da ridire.»

«Tanner è un divo del cinema che guadagna quindici milioni di dollari a film» dice Winnie.

«Tanner è un alcolizzato, un drogato, ossessionato dal sesso. Uno psicopatico senza rimedio» la corregge Veronica.

«Quindi tutto dipende dai soldi, è così?» interviene Clay.

«Cosa vorresti dire?» fa Veronica.

«Tanner guadagna quindici milioni di dollari l'anno. Questo giustifica tutto, secondo voi.»

«A film. Quindici milioni a film. E questo non giustifica un bel niente.»

«Ne ho abbastanza» dice Clay a James. «E tu?»

«Io voglio solo bere qualcosa.»

La limousine di Tanner sta svoltando l'angolo. Tanner abbassa il finestrino. «Qualcuno ha bisogno di un passaggio?»

«Io vengo con te, Tanner» dice Clay.

«Anch'io» dice James senza guardare Winnie.

«Guai a te se sali su quell'auto, Clay.»

«Dai, sorellina, calmati. Io e i miei amici andiamo a farci un paio di bicchierini.»

Clay e James salgono sulla limousine scavalcando Evie, che è distesa sul fondo e ride. «Ciao, ragazzi.» Mentre l'auto riparte, James si volta per lanciare un'occhiata a Winnie. Ha la bocca aperta, ma, per una volta, non riesce a parlare.

James si sente male

Quattro del mattino.

James non si sente molto bene. Ha rubato il gessetto. Sta per essere punito. Gli sembra di sentire la voce di sua madre. «Che cosa hai fatto stavolta, James? Se continui così, ti mandiamo al riformatorio. Vuoi diventare un fallito? Come tuo padre?»

Suo padre era davvero un fallito? Aveva gli abiti sempre sgualciti. Era proprietario di tre lavanderie. Forse aveva una storia con Betty, la donna che gli teneva i libri contabili. «Tira giù i pantaloni, James» gli ordinava, slacciandosi la cintura.

Ma era solo un pezzetto di gesso, un frammento minuscolo...

In qualche modo riesce a tornare a casa. Gli sembra di mancare da secoli. (Ma forse è solo da ieri.)

«Prego?» È un portinaio che James non ha mai visto prima.

«Sono James Dieke, abito qui.» Gli mostra le chiavi.

Il portinaio lo fa entrare. «È nuovo?» gli chiede. Parlare lo fa stare meglio. «Lei è sposato? Io sì. Non sono sicuro che mi piaccia, ma cosa posso farci?»

Preme il pulsante dell'ascensore. Quanto tempo ci mette a salire? È cresciuto in una casa a schiera a Long Island, dove tutti gli appartamenti sono uguali. Il suo aveva i mobili alla buona, comprati ai grandi magazzini. Sua nonna mangiava caramelle a strisce bianche e rosse. Indossava grembiuli a fiori.

La casa di Winnie aveva la piscina e il campo da tennis. Suo padre era una giudice. Lei aveva una racchetta Prince nera.

Un fatto molto, molto importante.

Gli uccelli cinguettano. È un rumore intollerabile. Incredibile che a New York City ci siano tanti uccelli. Entra nel suo appartamento. Gliela farà vedere a tutti. Scriverà un libro zeppo di rivelazioni sconvolgenti. La gente deve sapere.

«Winnie!»

Lei è già a letto. Apre gli occhi e lo fissa, poi si gira dall'altra parte.

Qualcuno deve sapere.

James la scuote. «È un gigantesco complotto del governo, Winnie. Winnie, sei sveglia? Si tratta di sovraffollamento *delle strutture di nicchia*, ma invece di usare i ratti, usano scimmie per capire se lo stesso comportamento si verifica nei primati. Il che significa andare al cuore della crisi degli alloggi dei centri cittadini. Naturalmente, Stephen Jay Gould ha individuato lo stesso *procedimento* nei suoi studi sulle lumache...»

«Vattene... vai sul divano.»

«...e poi li ha applicati ai primati, e Darwin non

ha mai letto Mendel. Ti rendi conto, Winnie? Mai letto Mendel.»

«Di cosa diavolo stai parlando, James?» Lo guarda, lo sta guardando davvero, perché aggiunge: «Merda, fai schifo. Sembri un barbone. Puzzi».

«Mi dispiace di averti svegliato.» Non è vero. Improvvisamente è sopraffatto da un sentimento di amore per lei. Vuole fare l'amore. Vuole sesso. Deve fare sesso.

Si siede sull'orlo del letto. «Sei meravigliosa. Una moglie meravigliosa. Vorrei dirti continuamente quanto ti amo, ma tu non me ne dai mai la possibilità.»

«Sei disgustoso. Ti chiederei di lasciare questa casa immediatamente, ma è troppo tardi. Potrai trasferirti in albergo domani mattina.» Si copre la testa con la coperta.

«Tutti ti ammirano tantissimo. Tanner è pazzo di te.»

«Non ne posso più.» Winnie sente che sta per esplodere. Tra poche ore dovrà andare a lavorare. (Perché tutti sono convinti che i loro guai siano più importanti dei suoi?)

James tenta di abbracciarla e di baciarla.

«James!»

«Sei così... carina» mugola, cercando di accarezzarle i capelli.

«James, vai a dormire... James, smettila immediatamente... Ti farò arrestare per violenza... James, tieni giù le mani!»

Winnie urla. James rotola su un fianco. Comincia a gemere.

«Vai sul divano!»

«Non posso.»

Winnie butta via le coperte. «Domani dovremo discutere a lungo del tuo comportamento. È ora che cambino molte cose.»

«Winnie...»

«Dico sul serio, James. Abbiamo un figlio. Hai delle responsabilità. Come diavolo vi è venuto in mente, a te e a Clay, di andarvene in giro a comportarvi come bambini di sei anni? Hai mai visto Veronica o me uscire a ubriacarci o a drogarci o rimanere fuori fino alle quattro del mattino? Come la prenderesti? Come la prenderesti se uscissi e infilassi la mano nei pantaloni degli uomini, andassi in un bagno con loro a drogarmi e Dio sa cos'altro ancora? Forse una sera o l'altra lo farò. Perché sappilo, James, non me ne frega più niente di niente. Ho già dato.»

«Winnie...»

«E questa faccenda degli scimpanzé e dei maschi alfa. Comincio a credere che tu sia impazzito. Svegliati, James. Siamo nel duemila. Gli uomini e le donne sono uguali. Afferri l'idea? Quindi perché ogni tanto non pensi a come mi sento io? Credi che mi piaccia occuparmi continuamente di te? Mi piacerebbe che qualcuno si occupasse di me. Mi piacerebbe un marito che per lo meno pagasse... tutto l'affitto. Sei un peso, James. Sono stanca di fare l'ottanta per cento del lavoro e ricevere il venti per cento dei profitti. Sono stanca di...»

«Winnie...»

«Chiudi il becco. È il mio turno. Sono stata costretta ad ascoltare le tue cazzate tutta la sera. Per cinque ore sono rimasta seduta qui chiedendomi dove fossi e cosa stessi combinando. Sono stufa di te, James. Non sei migliore di Evie. Pensa che non l'abbiamo vista mentre si nascondeva nella limousine? Si nascondeva! A trentacinque anni! È evidente che cerca di portarsi a letto Clay. E solo Dio sa che cosa abbia in mente di fare con Tanner.»

«Clay?»

«Sì, Clay. Un uomo sposato.»

«Winnie, io...»

«Cosa?»

«Io... Io...»

«Sputa il rospo.»

«Credo che mi stia per venire un infarto. Sto per morire, Winnie. Sento che sto per morire.»

«Oh, James. Sei proprio un fallito.» Winnie si prende la testa tra le mani. «Non sei nemmeno capace di reggere un po' di coca.»

IV

James si ribella

James pretende coccole e baci. (Come quando era un bambino. Come quando era malato e sua madre gli preparava un letto sul divano e gli permetteva di guardare la televisione tutto il giorno.) Vuole che Winnie lo compatisca: «Oh James, povero piccolino mio». (Vuole che Winnie sia come sua madre.)

Invece lei gli fa: «Secondo i medici stai bene».

«Lo so.» Vorrebbe urlare. Vorrebbe dirle di andarsene, ma non può. Non ha mai potuto e non potrà mai.

«Puoi lasciare l'ospedale.»

«Lo so.» Preme un tasto del telecomando per cambiare canale.

«Allora datti una mossa. James, io devo tornare in ufficio.»

«Mi servono i miei vestiti.»

«Eccoli.» Raccoglie i suoi abiti dalla sedia e li lascia cadere sul letto.

James guarda la camicia, la maglietta (col logo del giornale di Winnie), i jeans, i calzini e le mutande bianche. I suoi vestiti gli sembrano sporchi.

«Mi servono vestiti puliti.»

«Non credi di aver già creato abbastanza complicazioni?» sibila Winnie. (Non vuole che il nonnino nel letto accanto la senta. È praticamente moribondo. Una gamba coperta di croste sporge dalla coperta.)

«Non torno a casa. Vado a una conferenza stampa.» Tasta i pantaloni. Non si sente ancora tranquillo... normale. (Si sente eccitato. Probabilmente per la coca e per l'iniezione di Demerol che gli hanno fatto in ospedale durante la notte. O meglio, la mattina presto. Quando credeva di avere un attacco di cuore. Per via della cocaina. Anche se c'è chi fa di peggio. Certa gente s'inietta eroina. Ma non sono sposati con Winnie.)

«Hai un taccuino da prestarmi?»

«Voglio che tu vada a casa.»

«No.» Se cede adesso, è finita.

«Come sarebbe "No"?»

«No. Cosa dovrebbe essere?»

«Sei ancora fatto.»

«È probabile.» Guarda il televisore. Non è una sensazione spiacevole. Vede il mondo sotto una luce intensa, interessante, che, per una volta nella sua vita, non gli provoca ansia.

«Dove vai?»

«A una conferenza stampa.»

«Una conferenza stampa!»

«Sulle scimmie. Scimpanzé.»

«Su cosa?» ("Domanda trabocchetto" pensa James. Se ricorre ai vecchi trucchi per cercare d'imbrogliarlo, forse non è poi tanto arrabbiata.)

«Mi serve anche una penna. E non trovo il mio orologio. Non posso andarmene senza orologio.»

«Per l'amor del cielo!» Winnie marcia (ed è l'unica persona che lui conosca che marcia davvero) fino alla testiera del letto e preme il pulsante con il pollice. «Prego soltanto che nessuno dei nostri amici venga mai a sapere di questo incidente. Potrebbe rovinarti la carriera.»

«Potrebbe.»

«Ma almeno te ne importa qualcosa?»

«No.»

«Qualcosa non va?» chiede l'infermiera.

«Mio marito non riesce a trovare l'orologio. Potrebbe aiutarlo, per favore?»

«Ce l'ha al polso.»

«Ma guarda un po'» dice James. Appoggia la schiena ai cuscini e osserva compiaciuto il rolex d'argento. «Sono le dieci e trenta.»

«So benissimo che ora è. Ho dovuto lasciare l'ufficio per venirti a prendere. Adesso alzati e vestiti.»

Entra il dottore. «Come andiamo stamattina, signor Dieke?»

«Richard?» si meraviglia Winnie.

«Winnie?»

«Come stai?» Winnie sorride affabilmente, come se James non giacesse in un letto d'ospedale, fatto, puzzolente e mezzo nudo. «Non sapevo che lavorassi al Lenox Hill.»

«Perché avresti dovuto saperlo? Non ci vediamo dai tempi del college.»

«Eravamo all'università insieme» spiega Winnie. «Che coincidenza. Richard Feble, mio marito, James Dieke.»

«Sono lieto di comunicarti che tuo marito sta bene.

151

L'elettrocardiogramma e la radiografia toracica sono risultati normali, quindi tutto quello che posso suggerirgli è di tenersi alla larga da certa roba, perché non si sa mai cosa contiene. Se deve far uso di sostanze illegali, si fumi uno spinello, okay? Non voglio rivedervi qui dentro, né lui né te. Chiaro?»

«Credimi, Richard, è stato un incidente isolato. James e io non facciamo *mai*...»

«Non sono vostra madre. A proposito, ho trovato questa nella tasca di tuo marito. Forse vuoi tenerla.» Le porge una fiala marrone. È piena di polvere bianca. Strizza l'occhio.

«Oh, grazie» dice Winnie e la mette nel portafoglio. Fulmina James con lo sguardo. Adesso anche lei è una drogata.

E se la beccano con quella roba?

Richard dà un colpetto alla gamba di James. «Ho letto il suo pezzo sull'"Esquire". La sua vita deve essere davvero avventurosa.»

«Spericolata» dice James, senza guardare Winnie.

«Ho una rubrica su "X"» dice lei, citando la rivista per la quale lavora.

«Oh, ho sempre saputo che *tu* avresti avuto successo.»

«Vediamoci qualche volta» dice Winnie piegando la testa di lato e sorridendo. «Sei sposato?»

«Io? Figurati. Ascoltate, ragazzi, devo finire il giro in corsia. È stato un piacere vederti, Winnie.» Richard punta un dito verso James. «Non vedo l'ora di leggere il suo prossimo pezzo. In gamba, ragazzaccio! Mi raccomando!»

Richard esce dalla stanza. Winnie si gira verso James.

«Spericolata? Oh, James, adesso ho sentito davvero di tutto.»

James la guarda. Prova l'impulso di farle le linguacce, ma si controlla. Sorride.

Un piacevole incontro

James s'intrufola nel salone dell'Hilton giusto in tempo per assistere alla discussione che scoppia all'altro capo della stanza.

Una ragazza molto sexy (a guardarla bene, molto, molto sexy), bruna, con un top aderente rosso (il seno le scoppia), agita freneticamente un braccio. «Ehi, Danny. Danny!» grida con voce stridula. «E la finanza, dov'era in tutto questo?»

Danny Pico, capo della finanza, in doppiopetto blu da poco prezzo, la fissa. «Non oggi, Amber. *Non oggi*.»

Amber! James riesce a immaginare come sono i suoi seni. Pieni e soffici. E frementi. Da molto tempo non tocca seni così.

«Per favore Danny» incalza Amber. «Perché il denaro pubblico, le tasse dei cittadini, vengono sprecati per esperimenti scientifici del tutto irrilevanti?»

«Il prossimo» sollecita Danny.

«Ehi! Il quarto emendamento» protesta Amber, agitando le sue unghie laccate di blu.

(Il quarto emendamento?)

«La conferenza stampa è finita!» esclama Danny Pico. La stanza si svuota di colpo. Amber si gira e s'incammina con passo pesante verso la porta. Ha un paio di sandali zeppati alti dieci centimetri. E una minigonna. Di pelle. Bianca. Sta procedendo in direzione di James.

«Mi scusi» dice lui toccandole un braccio.

Lei si ferma. «Ci conosciamo?»

«Mi chiamo James Dieke.»

Il volto le si illumina. «James Dieke. O mio Dio. Tu sei uno dei miei eroi.»

«Davvero?»

«Certo. Ho adorato il tuo pezzo sui satelliti. Sei l'unico scrittore che riesce a rendere interessante il solfato di magnesio. Importante. Lo sai?»

«Davvero?»

Amber trasferisce alcuni fogli da un braccio all'altro, poi tende la mano. «Amber Anders.»

«Accidenti!»

«Accidenti?»

«Il tuo nome. È fantastico.» (Sembra quello di una pornostar.)

«Credi? Ho sempre pensato che fosse il nome giusto per una giornalista. Scrivo per "X"» dice, nominando la rivista di Winnie. «Lavoro in redazione, ma spero non a vita.» Si avvicina. «Alcuni non ne escono più, lo sai? Giuro, è pieno di redattori morti, che marciscono in uffici bui, nascosti dietro pile di numeri arretrati.»

«Ti rivelerò un segreto. I redattori morti sono dappertutto. Sono in agguato nei loro oscuri, piccoli uffici. Pronti a torturare gli scrittori.»

«Ehi, sei divertente, lo sai? Nessuno mi aveva mai detto che eri così divertente.»

«Forse perché non mi conoscono.» James si domanda se Amber sappia dell'esistenza di Winnie. (E se si sia accorta che lui ha un'erezione in corso.)

«Per quale testata sei qui?»

«Per il "Sunday Times Magazine".»

«Grande!» esclama lei. Si ficca un dito in bocca e si mordicchia l'unghia. Lo guarda. Ha gli occhi grandi e marroni. Niente rughe. «Qui non ci diranno niente. Ma non importa, ho il numero del deposito di Brooklyn dove nascondono quegli scimmioni.»

«Scimmioni?»

«Gli scimpanzé. Quelli su cui vengono effettuati gli esperimenti. Capito?»

James non può evitare (come potrebbe?) di seguirla fuori dall'albergo e sulla Cinquantaseiesima Strada. «Non crederai mai come sono riuscita a ottenere l'indirizzo» gli confida. «L'autista di Danny Pico. Incredibile, no?» Camminano fianco a fianco, diretti verso la Quinta Strada. «Hai una sigaretta? No? Nessun problema. Avrei scommesso che non fumavi. Ehi, perché non vieni con me?»

«Con te?»

«Al deposito, tonto. A Brooklyn. Ho l'indirizzo, ricordi?»

«Ah, sì, certo. Ma come ci arriviamo?»

Amber si ferma e lo guarda. «Con un taxi.»

«Un taxi?»

«Beh, non ho certo intenzione di prendere il treno vestita così.»

Quindici minuti dopo propone: «Ehi, James. Ho un'idea. Perché non scriviamo il pezzo insieme? Come Woodward e Bernstein. Solo non voglio quello basso. Come si chiama?».

«Chi?» chiede James, guardandole le tette. «Woodward? Bernstein?»

«Già» fa Amber. Sono seduti su un taxi che sta attraversando il ponte di Brooklyn. Amber gli si avvicina e mette una mano sopra la sua. «Non è uno spasso?»

«Ti ho mai parlato della mia teoria sui maschi alfa?»

Winnie prende una decisione

Winnie vuole essere amata.

Adorata. Apprezzata. Vuole un uomo che le dica: «Ti amo, Winnie. Sei bellissima».

Un uomo che le regali un gioiello importante.

È chiedere troppo?

È mai stata davvero amata?

Suo padre la criticava. Parecchio. Per qualsiasi cosa. (Se otteneva il massimo dei voti, e accadeva quasi sempre, commentava: «È quello che mi aspettavo. È quello che mi aspetto dai miei figli».)

Suo padre la faceva sentire sbagliata, come se non fosse abbastanza brava. Come se le mancasse qualcosa (forse qualche neurone). E poi le tendeva sempre tranelli. Le chiedeva: «Winnie, qual è il tuo indirizzo?».

«Uno, uno, uno...»

«Sei così stupida.»

Ha tre anni e mezzo. E sa leggere. Come si può essere stupidi a tre anni e mezzo?

«Winnie, cos'è più grande? Il sole o la luna?»

È una domanda trabocchetto e lei lo sa. Va sempre in confusione. «La luna?»

«Sei così stupida.» (Ha quattro anni).

Suo padre non l'ha mai capita. (Come James.) Lei non capisce lui. (Suo padre. E James.) Non capisce per-

156

ché tutto quello che lei fa è sbagliato. (Cosa vuole suo padre? Cosa vogliono gli uomini? Niente. Forse solo essere lasciati in pace.) Non capisce perché dettino legge, anche quando hanno torto marcio. (E perché lei è obbligata a subirli?)

Perché anche adesso deve continuare a lottare per ogni briciola di rispetto? Per James è diverso. Perché tutti la fanno sentire come una puttana? Solo perché è una donna indipendente...

«Devi imparare a essere indipendente, Winnie, a provvedere a te stessa» le diceva il padre. «Perché nessun altro lo farà al posto tuo.»

Aveva ragione. Nessuno ha mai fatto uno sforzo per lei. Men che meno un uomo.

Che genere inutile. A quattro anni inizia a frequentare la scuola. Capisce subito che i maschi devono essere eliminati. Uccisi quando sono ancora nel grembo materno. Okay, qualcuno può rimanere in vita. Ma solo per via dello sperma. E solo gli esemplari eccellenti.

Chi crede più a tutte quelle sciocchezze sugli uomini? Per esempio che un giorno, uno di *loro* s'innamora e ti ama davvero. E ti rende completamente felice. E ti dà qualcosa di cui non potrai più fare a meno. (Ma lei può vivere senza la maggior parte dei peni che ha conosciuto, quindi sono tutte bugie.)

Prendiamo James. L'ha dovuto catturare. Se fosse rimasta ad aspettare, lasciando a lui la "prima mossa" a quest'ora sarebbe ancora single...

Ha dovuto dargli la caccia come l'ha data a ogni altra cosa nella sua vita. Con ferrea determinazione. (Non ha mai imparato le regole del gioco maschi-femmine. Nessuno gliel'ha insegnate.)

«Ascolta James,» gli ha detto all'inizio, «non intendo giocare.» Questo è accaduto una settimana dopo il sesto appuntamento, quando James, di colpo, non l'ha più chiamata. È toccato a lei riacciuffarlo. (Come osa? E perché? Perché la tratta in quel modo?)

«Devo consegnare un pezzo» si è giustificato lui.

«Avresti potuto telefonarmi.» (Nessuno è mai stato troppo occupato per alzare il telefono, per fare una breve telefonata.)

«L'ho dimenticato.»

«L'hai... dimenticato?» (Possibile che un essere umano sia tanto stupido?)

«Ho una scadenza urgente.» (Bella scusa. Avrebbe dovuto capirlo subito. Avrebbe dovuto scappare lontano.)

Ma lei non conosce le regole del gioco.

«Come hai potuto dimenticartene? Sono stata a letto con te, James. Ho fatto sesso con te. Abbiamo una relazione. Come osi?» Ha riattaccato tremante di rabbia. Poi però ha richiamato.

«Tanto perché tu lo sappia, sei dannatamente fortunato a uscire con me.»

Dieci minuti dopo, ha chiamato lui. «Vuoi venire alla festa per un libro, lunedì?»

Ha detto di sì.

Avrebbe potuto scappare lontano.

E invece no.

(Una volta un uomo le ha descritto l'amore che aveva provato per una vecchia fidanzata: «Per me era un'amante, una madre, una sorella e una figlia». Lei, per James, è solo una madre.)

James ha bisogno di lei.

Quando l'ha conosciuto, lui viveva in un piccolo appartamento-studio con un letto soppalcato. Aveva un vecchio divano e uno scaffale fatto di mattoni e assi. Aveva trentadue anni e il suo lavandino era pieno di piatti sporchi.

Winnie ha lavato i piatti.

«Ascolta, James. Ritengo che tu abbia paura del successo. Hai paura dei cambiamenti. Temi che impegnandoti con me dovrai cambiare. Che dovrai riconoscere il tuo successo.»

«Tu credi? Non avevo mai visto le cose sotto questa luce. Forse hai ragione.»

James si limita a dichiararsi d'accordo. È accondiscendente e passivo.

«È troppo» gli dice adesso. «Per me è troppo.»

«Lo so.» (Non è nemmeno in grado di programmare una vacanza. Deve farlo lei e lui si accoda.)

È passivo.

Winnie sa quello che deve fare. Deve smettere di prendersi cura di lui. E cominciare a prendersi cura di se stessa. Non è quello che gli strizzacervelli consigliano a ogni moglie delusa? Smettila di concentrarti su tuo marito e concentrati su te stessa! (Naturalmente è probabile che lui ti lasci. Ma questo si dimenticano di dirtelo.)

Deve concentrarsi sui propri bisogni.

Winnie decide di andare a letto con Tanner. La prospettiva la eccita enormemente.

Telefona in ufficio. «Sono in *piena* emergenza. Questo pomeriggio non vengo. Richiamerò a fine giornata.»

«Ha telefonato un certo Jess Fukees.»

«Non è importante. È solo l'amministratore delegato della casa editrice.»

«Okay» dice placida l'assistente. (Ignora cosa sia il sarcasmo. Semplicemente non ci arriva.)

«Okay un corno. Chiama la sua segretaria e dille che non sono in ufficio... No, che non sono in città, e che lo chiamerò domani mattina.»

«Come vuoi.» L'assistente riattacca.

Winnie va a casa. Al suo arrivo, la tata giamaicana fa un balzo dal divano e spegne il televisore. Lei la saluta facendo finta di niente.

«Signora Dieke. È tornata presto.»

«È come se non fossi tornata affatto. Mi fermo solo per un secondo. Sto per andare a una riunione.»

Entra in camera e spalanca l'armadio. Rovista tra le scarpe. Ancora nella scatola, ci sono i sandali che James le ha regalato per il suo compleanno.

Li indossa. Saluta la tata giamaicana ed esce.

Ferma un taxi e si fa portare al Morgans Hotel, in Madison Avenue.

«Avvisate il signor Paul Bunyan, per favore» dice alla reception.

«La sta aspettando?»

«Sì.» Osserva l'atrio, talmente piccolo da causarle una sensazione di claustrofobia. Tamburella le unghie sul ripiano di marmo.

Dietro al bancone, il tipo le gira le spalle e bisbiglia nella cornetta: «Signor Hart? C'è una signora che chiede di lei».

«Winnie.»

«Winnie» ripete. Poi posa il ricevitore. «Può salire. Suite A. Ultimo piano.»

«Grazie.»

Prende l'ascensore e si trova su un pianerottolo stretto, coperto di moquette grigia. Preme il campanello della Suite A.

«Un minuto, arrivo. Arrivo... arrivo.» Tanner spalanca la porta.

«Ciao» dice Winnie.

«Che sorpresa.»

«Spero di non avere... interrotto qualcosa.»

«Se anche fosse, farei in modo di liberarmi immediatamente.»

La suite è su due piani, con doppia terrazza. Winnie oltrepassa la porta. Le lenzuola sono gualcite. Tanner è fresco di rasatura. Si sente l'odore della sua colonia. (Colonia! Sono passati quindici anni dall'ultima volta in cui è stata con un uomo che sapeva di colonia. Ricorda ancora la marca. Paco Rabanne. È stata una storia di una notte: non avrebbe mai fatto sesso con quell'uomo se non avesse avuto quel profumo addosso.)

«Stavo prendendo il tè. Ne vuoi?»

«Volentieri.» Winnie si siede di fronte a un tavolo di vetro su cui è posato un vassoio, due tazze, una teiera e alcune fettine di limone. «Aspettavi qualcuno?»

«No. Una persona se n'è appena andata. Inaspettatamente.»

Ridono entrambi.

«Evie?»

«Non faccio la spia» dice lui versando il tè. «Belle le tue scarpe.»

«Me le ha regalate James per il mio compleanno.»

«Il gusto del vecchio Jimmy è migliore di quanto credessi.» Tanner s'interrompe per bere. La guarda da

161

sopra la tazza. «Come sta il vecchio Jimmy? Non era in gran forma quando se ne è andato di qui la notte scorsa.»

«Credo che sopravviverà. Sfortunatamente.»

«Sei venuta per costringermi a fare ammenda?»

«Potremmo metterla così.»

«Credo di sapere perché sei venuta, Winnie.»

«Lo credo anch'io.» Winnie non è mai stata brava a flirtare. «Credo che questa ti appartenga.»

Apre il portamonete e gli porge la fialetta di cocaina.

«Ah. Cosa dovrei fare con questa?»

«Pensavo che potessi averne bisogno.»

«Grazie mille.»

Tanner si alza. Fa il giro del divano e si mette dietro di lei.

Winnie smette di respirare.

«Winnie! Da quanto tempo ci conosciamo?»

«Quindici anni.»

«Ho sempre detto che James è un bastardo assai fortunato.»

Il taxi si ferma davanti a un magazzino con il tetto di lamiera.

Amber e James scendono.

«E se ci beccano?» chiede James. (Dio, Winnie ha ragione. È troppo pavido.)

«E allora? Ci arrestano. Ho un avvocato fantastico. Saremo fuori in ventiquattro ore.»

«Non credo che a mia moglie farebbe piacere se finissi in prigione.»

«E chi se ne fotte di tua moglie?»

James vorrebbe chiederle se la conosce.

Invece dice: «È solo che nelle ultime ventiquattro ore sono stato un po'... come dire... in conflitto con lei».

«A proposito, cosa ti è accaduto esattamente nelle ultime ventiquattro ore? Non me l'hai ancora detto.»

«Sono appena uscito dall'ospedale» spiega James, arrancando lungo il marciapiede sconnesso.

«Intervento ambulatoriale? Liposuzione? Roba del genere?»

«No, non proprio.»

Amber spinge la porta del magazzino.

«Hai intenzione di entrare?» le chiede.

Amber si gira. «Scusa, James. A cosa credi servano le porte, secondo te?»

Il magazzino è vuoto.

Davvero si aspettava qualcosa di diverso?

(Perché è qui? Vorrebbe tanto saperlo.)

«Cristo. Siamo arrivati troppo tardi.» Amber si accende una sigaretta. «Hanno spostato quei fottuti scimmioni. Avrei dovuto sapere che non mi potevo fidare dell'autista di Danny Pico.»

Getta a terra la sigaretta ed esce.

«Cosa facciamo adesso?»

«Torniamo indietro. A Manhattan» risponde lei senza neanche guardarlo.

Risalgono in auto. Amber dà al taxista il proprio indirizzo. Guarda fuori dal finestrino. Si morde il labbro inferiore. «Cazzo. Adesso non posso fare altro che inventare. Dovrò fingere di avere visto le scimmie.»

«Inventare?»

«Tutti inventano, bello. Chi mai lo verrà a sapere?» L'espressione di Amber cambia. Sembra una ragazzina impaurita. «James, non penserai che io sia... una bugiarda? Sono la persona più onesta che ti capiterà mai di incontrare. L'autista di Danny Pico mi ha dato l'indirizzo. Non è colpa mia se hanno spostato le scimmie.»

«No, certo che no.»

«La gente crede sempre che io menta. Perché sono bella e intelligente. E perché riesco sempre a trovare storie come questa. Gli altri se ne stanno seduti in ufficio, capisci. Sono gelosi. Io non posso farci niente. Non è colpa mia.»

"Merda" pensa James. Sta per piangere.

«Ehi, non è successo niente di grave.»

«So che tu puoi capire, perché sono certa che sono gelosi anche di te.» Gli si fa più vicina. «Sei proprio come me, James» dice con la sua voce sexy e ruvida. (È davvero simile a lei? Chi se ne frega!) «E io sono come te, James. Siamo gemelli.»

Improvvisamente lo sta baciando. È così spontanea... così stupenda. (Ovviamente non è una bugiarda, una ragazza così non può essere bugiarda.) Sa che lui la desidera almeno quanto lo desidera lei? Posa le mani sulla sua maglietta e le affonda nei suoi soffici seni. Vorrebbe abbassarsi i pantaloni e penetrarla seduta stante (come a diciassette anni, con quella grassona brutta che andava con tutti, ma qualcosa era andato storto e lui era venuto nella fessura umida delle sue chiappe). Amber mette una mano sul suo pene. Emette un gemito.

Il taxi si ferma davanti a un edificio malmesso, senza ascensore. James segue Amber lungo due rampe di scale. È la sua immaginazione, o sta sporgendo il culo verso di lui? O forse è a causa delle scarpe, quegli zatteroni rumorosi? La spinge contro la parete del pianerottolo. Le mette una mano sotto la gonna. (Non ha mutande e non si depila.) Lei respinge la mano e gli mette le dita in bocca.

«Sono davvero brava a letto. Non rimarrai deluso.»

«Lo so.»

È come un film porno. Da quando le ragazze sono diventate così disinibite? Perché nessuno l'ha avvertito?

Entrano nel suo appartamento. È buio e squallido. Piccolo. Disordinato (terribilmente disordinato). Sul pavimento c'è un materasso. Lei si stende e apre le gambe. «Fottimi, piccolo.» James abbassa la cerniera e si cala i pantaloni. Incespica verso di lei. Avverte un vago odore di spazzatura che sale dalla strada. Mette due dita dentro di lei. Poi la penetra. È bagnata, ma enorme. Una caverna. Più grande di quella di Winnie, e Winnie ha anche avuto un bambino.

Cosa sta facendo? E se Winnie lo scopre?

Viene.

Le rovina addosso.

Un minuto dopo, la guarda in faccia. Lei non lo sta guardando. Guarda il soffitto. Gli occhi sono inespressivi. A che cosa pensa? È venuta?

«Dovrei chiamare in ufficio» gli dice.

James si mette seduto. Si rimette i pantaloni. «È stato fantastico.»

«Sì, lo so.» Amber scende dal letto e apre un minuscolo frigorifero. «Se non ti dispiace, avrei bisogno di bere qualcosa» dice versandosi mezzo bicchiere di vodka liscia. «Non fare quella faccia scioccata, James. Prendi esempio da me, io non giudico mai nessuno. È un problema tuo, non mio. Giusto? Se il fatto che beva ti mette a disagio, non riversare le tue emozioni negative su di me. Non me lo merito.»

«Lo so.» Improvvisamente si sente malissimo. L'effetto della droga è svanito. È esausto. Si sente sporco (lo è). Vorrebbe essere a casa, nel suo letto, addormentato. Se solo potesse dormire... magari al risveglio scoprirebbe che non è successo niente.

«Se temi che io lo racconti a tua moglie, non devi preoccuparti. Non sono quel genere di ragazza. Non voglio che tu lo pensi, perché non lo sono.»

«Okay» dice James guardingo.

Amber gli si avvicina, gli prende la testa fra le mani. E lo bacia sulla bocca. «Non hai mai conosciuto nessuna come me? Non devi avere paura. Sono la tua migliore amica.»

«Mi sento un po'... ansioso.»

«Perché non l'hai detto prima? Ho quintali di pillole. Xanax? Clonopin? Dexedrine?»

«Davvero conosci Winnie?» azzarda James, cercando di farla sembrare una domanda casuale.

«Tu cosa dici?»

Winnie e Tanner giacciono nudi nel letto della suite del Morgans Hotel. Winnie ha gli occhi chiusi. Sorride.

Tanner si china su di lei e le scosta i capelli dal viso. Le bacia una guancia. «Ti è piaciuto?» mormora.

«Oh, sì.»

(In realtà ha voglia di urlare: "Grazie!" Di dirgli che è stata la scopata più travolgente della sua vita! Che adesso finalmente sa cos'è una scopata che ti manda fuori di testa. Ma non dice niente. Perché è una brava ragazza.)

Tanner la attira a sé. Lei fa scorrere le mani sulla sua schiena. (Vuole ricordare il suo corpo per il resto della vita. È perfetto. Leggermente abbronzato e senza un pelo. Muscoloso ma non troppo. Chi crede che alle donne non interessi il corpo degli uomini, ha torto. Non immaginava che il sesso potesse essere così pulito. E bello. Tanner è pulito. Non ha mai visto un uomo così pulito. James ha la pelle bianchiccia e foruncolosa. Pori neri e orrendi peli biondicci.)

«Vuoi rifarlo?» le chiede Tanner.

«Puoi?»

«Secondo te?»

L'erezione è già visibile.

«Solo un minuto» risponde lei.

Si alza e prende il telefono. Lui l'accarezza così dolcemente, e lei si eccita di nuovo. Apre le gambe appena un po'. «Salve.»

«Cosa succede?» chiede la sua assistente.

«Niente di speciale. Di' ad Amber che ho bisogno delle didascalie per domani mattina alle otto.»

«Non posso. È ancora alla conferenza stampa.»

«Tu diglielo, va bene?» Tipico di una come Amber Anders, patetica plagiatrice di pezzi altrui...

Riattacca.

«Tutto bene?» chiede Tanner.

«Tutto perfetto.»

James e Winnie sono a casa

Adesso James non vede l'ora di essere a casa. Se solo riuscisse a precedere Winnie, potrebbe fare una doccia. Potrebbe fingere che tutto sia normale.

Da questo momento in poi, tutto sarà normale. Si

concentrerà. Scriverà il libro. (Si sente uno straccio. È una sensazione strana per lui. È così che si sente Tanner quando si droga e scopa con donne abbordate a casaccio? Disorientato? Confuso?)

Apre la porta dell'appartamento. La chiude. Winnie lo chiama. «James? Sono felice che tu sia a casa.»

Winnie è nella stanza del bambino. Sta giocando con lui. Lo aiuta a infilare perline su un pezzo di spago. È seduta sul pavimento, senza scarpe. Sembra felice.

«Papà, guarda!»

«Ciao, campione.»

«Papà. Bang bang!»

«No, non sparare a papà.» Winnie sorride. «Non è un tesoro?»

«Bang bang!» James fa eco al bambino.

«C'è Clay di là» gli sussurra Winnie. «Veronica l'ha cacciato di casa. Sono tentata di cacciarvi entrambi e costringervi a dormire in albergo. Ma ripensandoci, forse sono io che dovrei andare in albergo e farti spedire il conto.»

«Vuoi trasferirti in un albergo?»

«Ti pare?»

«Com'è andata oggi?» le chiede.

«Benissimo.» Winnie lo guarda. «Ho scopato con Tanner per tutto il pomeriggio.»

"Vorrei che tu lo avessi fatto" pensa James. "Almeno saremmo pari. Non dovrei preoccuparmi di niente." (Invece si preoccuperebbe di Tanner. Non sarebbe più capace di considerarlo un amico. E guardando Winnie penserebbe invariabilmente a Tanner che scopa con lei. E con tutte quelle altre ragazze. Forse sarebbe costretto a divorziare.)

«Zio Clay ha vomitato nel lavandino.»

«*Sssssssh*.» Winnie zittisce il bambino e torna alla carica. «Com'è andata la *tua* giornata?»

«Sono stato a una conferenza stampa. Una perdita di tempo.»

«Ti avevo avvertito.»

(Deve dirglielo? Deve dirle che alla conferenza ha conosciuto Amber Anders? Sarebbe il momento giusto per farlo. E se lo viene a sapere da Amber? Se Amber le racconta di aver scopato con lui? Se Amber racconta a Winnie di averlo conosciuto, Winnie si chiederà perché lui non gliel'ha detto prima.) «Ho conosciuto una ragazza che lavora nel tuo ufficio.»

«Chi?»

«Andy... Amber qualcosa...»

«Amber Anders.»

«Mi sembra di sì.»

«Cosa ti ha detto?»

«Niente. Che ha letto il mio pezzo sui satelliti.»

«Probabilmente lo plagerà. È lei quella che mi ha plagiata. Sto cercando di sbarazzarmene, ma non ci sono ancora riuscita.»

«Insisti. Mi sembra una mezza matta.»

«È peggio di Evie.»

«Credi che Evie sia andata a letto con Tanner?»

«Non ne ho idea.»

Winnie raccoglie alcune perline e le infila nello spago. (Pensa a Tanner. A quanto è forte, alla sua gentilezza. Inginocchiato sopra di lei, sembrava un dio. La sovrastava. Lei è svenuta sul serio, è scivolata dalla sedia sul pavimento. Allora lui l'ha presa in braccio e lei si è sentita incapace di protestare.)

«Scommetto di no» dice James. «Evie fa parte di una cerchia troppo familiare. Perfino per Tanner. È tua sorella.»

«Credi?»

("Non si è ancora messa a strillare" pensa James. Forse la passerà liscia, dopo tutto.)

«Vado a farmi una doccia.»

«Mi sembra una buona idea.»

In salotto, Clay sta dormendo sul divano. Avrà scopato con Evie? La notte scorsa, quando lui ha lasciato la stanza di Tanner, Clay ed Evie sono rimasti. Lo avranno fatto davvero?

E se fosse stato lui, James, a scopare con Evie? Con la sorella di Winnie. Sarebbe come se Tanner avesse davvero scopato con Winnie.

La camera da letto è pulita. Ordinata. I suoi occhiali sono sul comodino accanto al letto, vicino alla sveglia da viaggio nera e a tre vecchie riviste che continua a non leggere. Sul pavimento ci sono le scarpe di Winnie. I sandali che lui le ha regalato per il compleanno.

Di colpo si sente bene. Forse le cose stanno per migliorare.

Quando esce dal bagno, gli giunge la voce di Winnie che sta parlando al telefono. «Te lo mando a casa al più presto possibile. Oh dio, Veronica. Non lo so. Non me ne frega più niente... Già, forse dovresti provarci anche tu. Forse dovresti uscire e scopare qualcun altro.»

«È Veronica» gli dice Winnie quando lui le passa accanto per andare nel proprio studio. James scuote la testa. «Non credo che dovremmo immischiarci.»

Seduto alla scrivania, James accende il computer. Il telefono squilla di nuovo. Merda. E se fosse Amber?

Non le ha dato il numero, ma forse l'ha avuto tramite Winnie.

Lavorano nello stesso ufficio.

Sta diventando paranoico. Amber non dirà nulla. Non è quel genere di ragazza.

Winnie ridacchia al telefono. «Dobbiamo assolutamente rifarlo» bisbiglia, seducente. Non le ha mai sentito usare quel tono prima d'ora. «La prossima volta che sarai in città.»

«È Tanner» urla poi.

Oh.

James prende il ricevitore. «Salve, vecchio mio.»

«Ciao, amico. Come ti senti?»

«Un catorcio.» (Vorrebbe raccontare a Tanner della ragazza che si è scopato. È proprio vero, si è scopato una ragazza. Ma non gli racconterebbe mai e poi mai della vagina della ragazza. Enorme. È un'esperienza che non vuole ripetere.)

«Si sente, amico.»

«Clay è qui. Veronica l'ha sbattuto fuori di casa.»

«Fra due ore lo supplicherà di tornare.»

«L'ha già fatto.»

Ridono.

«Sei in partenza per L.A.?»

«Domani mattina. Ci vediamo la prossima volta che torno in città.»

James riattacca.

Passa in rassegna la posta elettronica. Il primo messaggio, inviato alle 17.03, ha come mittente «Amber 69696969. Oggetto: Maschi alfa».

Non è possibile. Meglio cancellarlo subito oppure leggerlo?

Meglio leggerlo. Meglio scoprire quanto è grave la situazione.

«*Caro James,*
conoscerti è stato meraviglioso. È talmente difficile trovare uomini decenti. (Non preoccuparti per tua moglie. Te l'ho detto, non sono quel genere di ragazza e non tradisco mai una promessa, diversamente da qualcuno che conosco.) Voglio sul serio parlarti della mia idea sui maschi alfa (credo che ci siano anche femmine alfa, e di essere una di loro). Ne uscirebbe un pezzo fantastico. E, credo che tu debba saperlo, ho tutte le intenzioni di scriverlo. Vediamoci lunedì al Café Grill. Jerry, il barman, è un mio amico e mi fa bere gratis.
Un bacione.»

Cazzo. Rispondere? E se il messaggio arriva all'indirizzo sbagliato? E se Winnie lo legge? (Amber e Winnie lavorano nello stesso ufficio, e negli uffici le e-mail vengono sempre smistate qua e là). Non rispondere? Potrebbe continuare a inviargli messaggi. Potrebbe impazzire. Potrebbe dirlo a Winnie...

Deve essere molto, molto prudente. Cancellare ogni traccia. (La tipa è pazza. Vuole rubargli l'idea. E lui può solo lasciarla fare.)

«*Cara Amber...*» No, non può scrivere "Cara Amber". Troppo intimo.

«*Amber*
mi ha fatto piacere conoscerti. Tuttavia, credo di averti portata un po' fuori strada. I maschi alfa non esistono. Per lo meno non fra gli esseri umani.
Buona fortuna per la tua storia sulle scimmie.»

Preme il tasto d'invio.

Di nuovo il telefono. «Jess!» esclama Winnie. «Che onore.» ("Che leccapiedi" pensa James). «È stata una emergenza, ma ti prometto che non accadrà più... Oh, sì. Il progetto mi piace moltissimo... Con la gestione adatta può diventare un successo... Grazie. Grazie mille, Jess... Mio Dio. Te lo prometto, mi meriterò ogni centesimo.»

Riattacca.

«James.»

Balza in piedi. (Sarà sempre così d'ora in poi? Dovrà sobbalzare ogni volta che Winnie entrerà nel suo studio?)

«Era Jess Fukees. L'amministratore delegato. Mi ha appena offerto l'incarico di dirigere il nuovo sito. Cinquecentomila dollari l'anno. Più un bonus in azioni.»

James non dice niente. È scioccato.

«Non potresti sforzarti di sembrare un po' più entusiasta? Sono davvero un pezzo grosso adesso.»

«Sono entusiasta. Non vedi?»

E poi Winnie fa qualcosa che non ha mai fatto prima. Si avvicina. Gli mette le mani nei capelli. Glieli arruffa.

«Anch'io sono fiera di te. Hai lavorato davvero sodo. Sono sicura che il pezzo sulle scimmie sarà fantastico. Forse hai ragione. Forse potrebbe anche diventare un libro.»

Winnie sbadiglia. «Sono un po' stanca. Ordino del sushi e poi vado a letto. Per te il solito? Involtini primavera?»

«Certo» dice James.

PLATINO

I

Caro diario

Sorridi.

Hai tutto.

Oh, Dio.

Niente nomi.

Ci sono spie ovunque.

Odio tutto e tutti, compreso mio marito.

Perché?

Sono proprio cattiva.

Stamattina gliel'ho fatta pagare. Lui è tornato all'una e ventitré, quando aveva GIURATO e SPERGIURATO che sarebbe stato a casa per mezzanotte... AL MASSIMO. L'ho messo alla prova, e lui ha fallito. Di nuovo. Questa volta però, niente urla, nessun rimprovero. Ho fatto finta di niente, ma sono rimasta sveglia tutta la notte con la testa sul punto di esplodere, cosa che prima o poi accadrà, ne sono certa. Se glielo dicessi, lui replicherebbe: «Perché non prendi qualche altra pillola?». Bene, perché lui non la pianta di fare lo stronzo, così la pianto anch'io?

Stamattina, quando si è alzato, ho finto di dormire.

Quando l'acqua in bagno ha iniziato a scorrere, mi sono precipitata al mio pronto soccorso segreto e ho sniffato una lunga striscia di cocaina. Quella che N. ha avuto dal barman del M. Manco a dirlo, dopo circa un minuto ero in preda a conati spaventosi.

Sono corsa in bagno e ho vomitato pure l'anima, mentre lui mi guardava atterrito, col viso impiastricciato di schiuma da barba.

Quando mi sono rialzata, tremava come una foglia. Per poco non gli sono caduta addosso, mentre tentavo di tamponarmi una cascata di lacrime.

«Ti senti male?» mi ha chiesto.

«Oh, adesso va meglio, credo. Non so proprio cosa mi abbia preso.»

«Credi di essere incinta?»

«Oh, probabilmente no.»

«Forse dovresti vedere un dottore...»

Non desidera altro da me se non che io rimanga incinta. Tutti lo desiderano. Credono che, una volta incinta, ogni guaio passerà e finalmente mi calmerò.

Sono come Mia Farrow in *Rosemary's Baby*.

«Ma non stai bene. Non credi che dovresti vedere di nuovo il dottor K.?»

«Non faccio altro che andare dal medico» ho cominciato a strillare. Ma mi è bastato vedere la sua faccia impassibile per darmi una regolata. Ho riacciuffato al volo il mio collaudato tono sexy: «Non è niente. Non preoccuparti per me».

«Invece io *sono* preoccupato per te.»

«Allora perché non rimani a casa a tenermi compagnia?»

Accidenti. Ancora una volta avevo detto la cosa sbagliata. Lui ha scosso la testa, mi ha accarezzato in fretta una gamba e se n'è andato.

Lo odio. Cosa vuole che faccia? Chi vuole che io sia? Chi dovrei essere, per favore? Per favore, qualcuno me lo dica.

Dal dottor Q. all'una e trenta. Ho aspettato tre minuti e quarantadue secondi, cioè quasi quattro minuti: inaccettabile. Non concedo a nessuno più di due minuti e mezzo. Lo dico sempre che non tollero attese più lunghe, a meno che non sia io a farmi aspettare dagli altri.

La paziente prima di me ha rubato un po' del mio tempo. È una donna sulla quarantina e indossa orrendi pantaloni di felpa. Non sono nemmeno di Calvin Klein. Ha in mano un fazzoletto.

Perché negli studi degli strizzacervelli le donne piangono sempre?

«Bene» esordisce il dottor Q. Credo che abbia notato i miei modi freddi e sostenuti. «Come sta oggi? È ancora convinta che qualcuno dei suoi familiari la stia avvelenando?»

«Perché me lo chiede?»

Scorre le pagine dell'agenda, alza la testa e replica: «È quello che mi ha raccontato ieri».

«Questa mattina ho vomitato.»

«Capisco.»

Taccio. Mi limito a stare seduta, tamburellando le unghie sul bracciolo di metallo.

«Capisco» ripete il dottor Q.

«Capisce che cosa, dottore?»

«Anche oggi indossa un foulard.»

«E con ciò?»

«Da due settimane lei viene qui con la testa avvolta in un foulard e gli occhiali da sole.»

Gli lancio un sorriso gelido.

«Mi piacerebbe sapere come si sente con addosso un foulard e gli occhiali da sole.»

«Come crede che mi senta, dottore?»

«Perché non me lo dice lei?»

«No, perché non me lo dice lei?»

«Questo non rientra negli scopi dei nostri... incontri.»

Accidenti. Il dottor Q. è così OTTUSO.

«Mi sento al sicuro.»

«Dall'avvelenatore?»

A volte vorrei uccidere il dottor Q. Sul serio.

D.W. ha chiamato. Non ci sentivamo da tre mesi. Lo sto evitando.

AIUTO.

D.W. sa troppe cose.

Naturalmente, telefona nei momenti meno opportuni. Nel bel mezzo della cinquantesima replica della *Storia di Karen Carpenter*. Il telefono suona proprio mentre Karen si trasferisce nel suo nuovo appartamento e sua madre trova la scatola dei lassativi. D.W. attacca con quella voce zuccherosa che odio così tanto. «Ciao, carissima. Che cosa stai facendo?»

«*Shhhhh*. Karen sta per fregare sua madre dicendole che non prenderà mai più lassativi e sua madre ci casca un'altra volta. Non è incredibile quanto è scema quella donna?»

«E poi...?»

«E poi Karen dimagrisce, arriva a trentacinque chili e le viene un infarto dopo il pranzo del Ringraziamento. Praticamente stecchita dal tacchino.»

«È incredibilmente... affascinante.»

«Cosa vuoi?» Sono sfacciatamente maleducata, spero che lui capisca l'antifona e non si faccia sentire per altri tre mesi.

«Cosa fai più tardi?»

«Più tardi?» chiedo con noncuranza. «Penso di sniffarmi un paio di piste, prendere qualche pillola di Xanax e tempestare di telefonate l'ufficio di mio marito. E poi di portare fuori il cane per la decima volta e insultare un paio di fotografi.»

«Sai che sei proprio una ragazza buffa e incantevole? Nessuno l'ha ancora capito, ed è un vero peccato. Se solo la gente potesse vedere il tuo vero io...»

Il mio vero io non esiste più, ma a chi importa?

«Credi che mio marito abbia un'amante?»

«Suvvia, mia cara. Perché dovrebbe, se è sposato con una delle donne più belle del mondo?» Pausa. «Hai ragione a credere che abbia un'amante?»

«Non in questo momento. Ma sto controllando, per assicurarmi di non essere pazza.»

«Vedi?» dice D.W. allegramente. «Ecco cosa succede quando perdi i contatti con i vecchi amici.»

«Noi non abbiamo perso i contatti.»

«Ed è per questo che insisto, insisto assolutamente per vederci stasera a cena.»

«Non dovevi presenziare a qualche favoloso banchetto?»

«Solo una piccola *soirée* in un negozio. Per una causa degnissima. Ma dopo le otto sono libero.»

181

«Aspetta, devo controllare una cosa.» Metto giù il telefono e con calma attraverso il salotto e salgo le scale fino al mio bagno. Mi tolgo tutti i vestiti e salgo sulla bilancia. Peso: 53 chilogrammi. Percentuale di grasso: 13. OTTIMO. Ho già perso un etto. Mi rivesto e scendo al piano di sotto. Riprendo in mano il telefono.

«D.W.?»

«Grazie al cielo. Pensavo che fossi morta.»

«Morirò la prossima settimana. Ci vediamo alle otto e trenta. Al R. Ma da soli. E NON DIRLO A NESSUNO.»

Indosso un paio di pantaloni sportivi Dolce & Gabbana, una canottiera Ralph Lauren, niente reggiseno. E non mi pettino da tre giorni.

D.W. è seduto al tavolo sbagliato.

«Ooooooh. Assolutamente... americana. Sei... magnifica. L'ho sempre sostenuto: tu incarni la quintessenza della ragazza americana. La ragazza americana comincia e finisce con te.»

«Sei al tavolo sbagliato, D.W. Io non mi siedo mai qui.»

«Naturalmente. Ma quei pantaloni, mia cara... Dolce & Gabbana non ti si addice.»

Vado in fondo alla sala e occupo un tavolo. D.W. mi segue. «Dovresti portare esclusivamente capi americani, tesoro. È molto importante. Stavo pensando di farti indossare qualche modello di Bentley.»

«Bentley non ha clienti sotto la sessantina da cinquant'anni.»

«Ma io lo renderò di nuovo *hot*. Il marchio Bentley tornerà a essere attuale, attualissimo. Le giovani sorelle S. vestono da lui.»

182

Sgrano gli occhi. «Voglio un Martini. Non hai per caso una pastiglia, vero?»

«Che genere di pastiglia vuoi? Per l'allergia? Non saprei...»

«Funziona contro la depressione?»

«Oh, mia cara, cosa ti sta succedendo? Stai diventando una piccola Courtney Love. Vorrei proprio che tu diventassi amica di quelle deliziose, davvero deliziose, sorelle S. Loro ti adorano. Pensa al successo che avreste se vi presentaste insieme alle feste. *Toute* New York resterebbe a bocca aperta. Sarebbe come ai vecchi tempi.»

Perché non riesco a essere anch'io come le deliziose sorelle S.?

Sono perfette. Non causano mai problemi a nessuno. Nemmeno ai loro mariti. Sono gemelle e una delle due (le confondo sempre, come tutti) si è sposata quando aveva più o meno diciotto anni. Una volta mi ha invitato per il tè e io ho accettato perché mio marito ha detto che dovevo.

«Mio marito mi ha sposata per i miei fianchi» blaterava lei.

Ma chi le ha fatto la lobotomia? Non lo so, non gliel'ho chiesto, non ci sono riuscita. Sembrava così triste. Così sperduta. E così magra nell'abito a scacchi di Valentino.

«Come mai non hai ancora perso i capelli, D.W.?» Mi accendo una sigaretta.

«Sei proprio divertente. Mio nonno aveva una capigliatura foltissima quando morì.»

«Correggimi se sbaglio: tre mesi fa non avevi meno capelli?»

D.W. si guarda intorno e mi dà uno schiaffetto sulla mano. «Cattivona. Ho fatto un piccolo intervento. Oggigiorno tutti lo fanno. Sai, i tempi sono cambiati. Tutti vengono fotografati. Cioè, quegli orribili individui che appaiono sulle riviste... ma non c'è bisogno che dica questo a *te*.»

Sbadiglio senza ritegno.

«Hai visto quel breve articolo su di te il mese scorso? Quello in cui analizzavano la lunghezza dei tuoi orli? È per questo che quest'anno le gonne lunghe furoreggiano.»

«Si era semplicemente scucito l'orlo della gonna e non avevo voglia di farlo ricucire» spiego, gettando la cenere sul pavimento.

«Oh, mia cara. Non capisci? Questo tuo atteggiamento, la tua noncuranza, sono geniali. Come quando Sharon Stone ha indossato quel dolcevita di Gap alla serata degli Oscar.»

Fisso D.W. con occhi velenosi. Sono due anni che cerco di sbarazzarmi di lui, ma a tratti mi assale il pensiero TERRIBILE che D.W. non se ne andrà mai. Quelli come lui non se ne vanno mai.

«Oggi ho vomitato. E continuo a credere che qualcuno stia cercando di avvelenarmi.»

D.W. posa il Martini. «Sappiamo entrambi che non sei incinta» mi dice con quel ripugnante tono di confidenza che mi fa venire la pelle d'oca.

«E come facciamo a saperlo?»

«Suvvia, mia cara. Non sei incinta. Non lo sei mai stata e non lo sarai mai. Non con una percentuale di grasso corporeo del tredici per cento. Tuo marito magari è stupido abbastanza da bersela, ma io no.»

«Va' a farti fottere.»

D.W. si guarda intorno. «Abbassa la voce. A meno che su "Star" della prossima settimana tu non voglia leggere qualcosa come: "La principessa Cecilia colta in flagrante mentre bisticcia con un uomo più vecchio, il suo amante segreto".»

Scoppio a ridere. «Lo sanno tutti che sei gay.»

«Sono stato sposato. Due volte.»

«E con questo?»

«Per quanto riguarda la stampa, mia cara, potrei essere qualsiasi cosa.»

«Sei uno psicopatico, D.W. E la gente comincia ad accorgersene.»

«Non credi che lo stesso valga per te?» Fa un cenno alla cameriera per ordinare un altro Martini. «La principessa Cecilia. Forse la donna più odiata d'America.»

«A Hillary Clinton piacevo.»

«Respira a fondo, mia cara.» D.W. mi dà un buffetto sulla mano. Le sue dita sono orrende, appuntite come chiodi. «Magari non la più odiata. Credo che a suo tempo la gente abbia odiato Hillary Clinton più di quanto odi te. Ormai avrai capito che tutti quegli orribili fotografi non sono lì per caso.»

Accendo un'altra sigaretta. «E allora?»

«Allora, partecipano a un giochino molto in voga nelle redazioni di tutto il paese: facciamo a chi pubblica la foto più brutta di Cecilia. Credo che sia stato indetto una specie di concorso. Il montepremi deve aver superato i diecimila dollari.»

«Stai zitto. Smettila.» Chiudo gli occhi. E poi faccio quello che so fare meglio, per cui mi sono allenata fin da bambina: inizio a piangere.

La mia vita è una truffa.

Lo è sempre stata, se volete la verità.

D.W. ride seccamente. «Ho già assistito a questa patetica scena. E non meriti una briciola di compassione. Non conosco nessuno che abbia fatto più stronzate di te. Ricomponiti. Vai a farti una striscia di coca o roba del genere.»

«Torno a casa. E dimenticherò questa conversazione.»

«Io non lo farei, mia cara» dice D.W. afferrandomi la mano. Avevo scordato quanto fosse forte. Nonostante sia frocio.

«Mi fai male.»

«Questo non è niente, in confronto al dolore che potrei infliggerti.»

Mi risiedo. Accendo UN'ALTRA sigaretta. DIO. Uno di questi giorni dovrò smettere. Quando sarò incinta. «Cosa vuoi, D.W.?» gli chiedo, anche se un'idea ce l'ho. «Sai che non ho soldi.»

«Soldi?» D.W. si appoggia allo schienale e inizia a ridere. Ride, ride, si sganascia fino alle lacrime.

«Non insultarmi» dice.

«Sei come quel personaggio di *Eva contro Eva*? Addison De Witt, la Regina del male.»

«Perché non ordini qualcosa da mangiare?»

«Non ho fame. Lo sai.»

«Ti ordino qualcosa io.»

Perché mi tortura? «Vomiterò. Lo giuro su Dio, D.W. Vomiterò.»

«Cameriera» chiama lui.

Accosta la sedia al tavolo. Io allontano la mia. «Tutto quello che voglio,» dice «è stare molto, molto vicino alla mia carissima amica Cecilia. Che sta per rilanciarsi come regina dell'alta società. Sostenuta, aiutata, spalleggiata, ovviamente, dal suo grande amico D.W.»

Accavallo le gambe. Dondolo un piede. «Non farò niente di tutto ciò» affermo secca, schiacciando la sigaretta sotto il tacco.

«Oh, sì... sì che lo farai» replica D.W. con calma.

«Oh, no che non lo farò.»

«Ti interesserà sapere che è in preparazione un libro rivelazione sul tuo conto? L'autore è un mio caro, carissimo amico, e devo ammettere che è un eccellente investigatore. Se il libro venisse pubblicato, beh, temo che per te sarebbe molto imbarazzante.»

«Ti ricordo che ormai sono sposata da più di un anno. Qualunque cosa tu possa dire su di me non farà alcuna differenza.»

«Ti rendi conto che il tuo matrimonio è una farsa e che tuo marito non vede l'ora di riempire i moduli per il divorzio?»

«Mio marito è pazzamente innamorato di me. Mi sta sempre appiccicato.»

«E stasera dov'è?»

«Conosci la mia filosofia, D.W. "Mordi la mano che ti dà da mangiare".»

«Davvero? Guardati bene, mia cara. Sei un disastro. Non puoi permetterti che il tuo nome venga infangato. Riflettici. I fotografi nuovamente accampati fuori dalla tua porta, gente che fruga nella tua spazzatura, la tua faccia sulle copertine dei giornali scandalistici. Pensa a come godrebbero i tuoi nemici.»

«Penso proprio... di avere bisogno... di uno Xanax» mormoro.

«Avrai bisogno di roba molto più forte, quando ti saranno addosso. Il Librium, per esempio. Lo prescrivono agli schizofrenici.»

Mi accascio sulla sedia.

«Non è così tragico. Tutto quello che ti chiedo è di partecipare a qualche festa e a qualche tè di tanto in tanto. Di presiedere a un paio di comitati. Di indossare gli abiti di qualche stilista. Magari una pelliccia. Non sei contraria alle pellicce, vero? E poi, di organizzare un viaggio in India, anche se nel frattempo l'India potrebbe diventare *démodé*. Meglio l'Etiopia, è più sicura. Faremo qualche servizio fotografico, firmerai qualche pezzo come collaboratrice di "Vogue". È la vita che ogni donna d'America sogna.»

«D.W. L'alta società è... morta.»

«Sciocchezze, mia cara. Tu e io la resusciteremo. E così facendo passeremo alla storia.»

Vorrei fumare uno spinello.

Ascoltare Tom Petty.

Essere nel Massachusetts, a bordo di un'automobile qualsiasi. In compagnia di chiunque.

«Su, su. Non ti sto proponendo di diventare una senzatetto. Non mi aspetto che usi le stazioni della metropolitana come toilette. Ti sei goduta un lungo periodo di riposo, adesso è tempo di tornare al lavoro. Perché è questo che fanno le donne nella tua posizione. Lavorano. Non te lo ha mai detto nessuno?» Prende il coltello e ci si specchia. «C'è gente che conta su di te, Cecilia. Che confida nel fatto che tu non mandi tutto a puttane.»

«Perché?»

«Perché? Smettila di fare la stupida e ascolta ciò che

voglio da te. Numero uno. Fai la faccia felice. Felice, felice, felice! Dopo tutto sei stata eletta Miss Liceo, o sbaglio?»

«Sbagli.»

«Stai mentendo.»

«No» dico bruscamente. «Niente affatto.»

«Mi hai mostrato il tuo album, Cecilia. Anni fa. Ricordo quella sera. Tanner ti aveva appena scaricata.»

«Tanner non mi ha mai scaricata. Io ho scaricato lui. Ricordi? Per mio marito.»

«Raccontalo a qualcun altro, mia cara. Io ero presente. Dunque, quale premio hai vinto?»

«Miss Successo Assicurato» borbotto.

«Appunto.»

«Non puoi aggrapparti a questo. È passato un mucchio di tempo.»

«Devi smetterla di avere paura di tutto. Davvero. È irritante.»

«Sono solo così... stanca.»

«Allora vai a dormire. Numero due. Dobbiamo trovare un'associazione benefica. Qualcosa che abbia a che fare con i bambini, direi. Magari bambini malati di encefalite. E poi qualche corso: di cucina o di italiano, perché tutti trascorreranno l'estate in Toscana. E dovremo far sì che la gente ti associ a qualche nuova moda spirituale, tipo... i druidi. I druidi sono perfetti e tu hai l'aspetto di una che può permettersi di adorare gli alberi senza perdere credibilità.»

D.W. solleva il bicchiere di Martini. «A te, mia cara. Futura Lady Di americana. Cosa ne pensi?»

«Penso,» e nella mia voce non c'è ombra di sarcasmo «che la principessa Diana è morta.»

«Irrilevante. Il suo spirito vive ancora.»

«E anche la principessa Grace. Morta e stramorta.»

«È morta anche Marilyn Monroe. E Frank Sinatra. Cosa importa? Sono tutti morti. Devi smetterla di essere così negativa. La mattina dovresti svegliarti e pensare "Per Dio, ce l'ho fatta! Ho raggiunto il mio obiettivo. Ho sposato un principe. Sono una vera principessa".»

«No» dico tetra. «Ho sempre saputo che sarebbe accaduto. Era destino.»

Insieme a molte altre cose.

«Dimentica l'idea di destino. Il destino funziona solo per gli orientali. Ma per tornare alle sorelle S....»

«Mi fanno venire i brividi.»

«Perché? Sono giovani, belle, ricche e sposate. Chiunque vorrebbe fare amicizia con loro.»

Lo fisso. Vorrei nascondermi la testa fra le mani, ma sono troppo stanca. Non sono in grado di dare spiegazioni. Di fargli capire cosa significa rimanere inchiodata in una grande stanza vuota – due divani Regency, tavolino, caminetto di marmo – con una delle due sorelle S. Quella che si è sposata a diciotto anni.

Ricordo ancora le sue domande.

«Hai avuto molti amanti, Cecilia? A occhio e croce si direbbe di sì.»

«Cosa intendi per molti?» Non capivo cosa volesse da me.

«Io sono il genere di donna che per fare sesso deve essere innamorata. Se amo un uomo, posso avere un orgasmo anche solo se lui mi sfiora un dito del piede.»

Non sapevo cosa dire.

Un bambino ha iniziato a piangere in qualche punto del gigantesco loft di Tribeca, dove lei vive con il marito politico di belle speranze e quattro persone di servizio.

«Lo lascerò piangere» ha annunciato senza alcun imbarazzo. «Ho fianchi adatti alla procreazione. Cosa posso farci?» E io mi sono sentita sporca.

Arriva la cameriera con due piatti. Li deposita davanti a me. Uno contiene del pollo con fagiolini e puré di patate.

«Devi mangiare» dice D.W.

Raccolgo un fagiolino con due dita. Me lo metto in bocca. Mastico. Riesco a inghiottirlo.

Mi sento immediatamente piena.

«Il pollo,» sentenzia D.W. «è delizioso.»

È coperto da una specie di patina marroncina. E luccica.

È un pezzo di carne morta.

Lo taglio. Dentro è rosaceo. Come un neonato.

«Oh, Dio.» Poso forchetta e coltello, afferro il tovagliolo e ci vomito dentro.

II

La la la la la la...

Ogni giorno, in ogni senso, sto sempre meglio.

No.

Sto sempre peggio.

E chi potrebbe biasimarmi?

Tutti.

Tutti mi biasimano.

Non so gestire la celebrità. Non ne sono proprio capace.

Mio marito lo sa. Non è questo uno dei motivi per cui mi ha sposata senza battere ciglio? La celebrità non mi interessa. Né il denaro. Non voglio essere famosa. Voglio solo stare con lui.

Lui per me è *tutto*.

E io non sono niente.

Senza di lui.

«Lasciate in pace mia moglie!» gridava ai fotografi durante la nostra luna di miele. A Parigi e a Roma e poi su un'isola sperduta della Tunisia. «*Quittez ma femme. Quittez ma femme*» ripeteva, facendomi scudo con il suo corpo mentre gli appoggiavo la testa sul petto. E scivolavamo in fretta dall'albergo alla macchina, dalla macchina al museo, dal museo a una boutique, fino a quando quella frase, «*Quittez ma femme*», divenne una sorta di mantra.

M'immergevo nella vasca da bagno in una nuvola di bolle, Hubert entrava e io attaccavo: «*Quittez ma femme! Quittez ma femme*». Scoppiavamo a ridere...

Ora non ridiamo più da molto tempo.

Il cibo ha cominciato a diventare un problema proprio in Tunisia. Carne stufata dall'aspetto strano – forse bue? – con fette di pane bisunto. Non riuscivo proprio a inghiottirla, non davanti a Hubert. Mi sentivo osservata, giudicata, condannata. Lui era lì, e forse già pensava che avrebbe fatto meglio a non sposarmi.

Okay. Dunque morirò di fame.

Non piaccio a nessuno. Credete che non lo sappia? Me ne sto seduta per ore e ore, costretta a ingoiare quintali di pillole (mi assicurano che presto faranno effetto e che la mia depressione guarirà, ma ne dubito), a tormentarmi per ogni offesa, consapevole che là fuori c'è gente che ride di me, che pensa "Perché non si dà una mossa? Che tragedia... che scocciatura per lui averla sposata, scommetto che non aveva previsto un finale del genere, scommetto che è infelice", quando sono io quella infelice. *Io*. Ma questo non è possibile spiegarlo alla gente, vero?

Soprattutto se sei una donna. Perché si suppone che il matrimonio debba renderti speciale. E non farti sentire come un topo in trappola. Sia pure una trappola molto elegante, tappezzata di seta da diecimila dollari il metro quadrato.

Ho tutto il *meglio*. Non potrebbe andare meglio di *così*, no?

La corona. Il sogno. Il blasone. Niente più preoccupazioni. Nessun problema al mondo. Mia madre avrà una vecchiaia serena. Mia sorella un'automobile nuova. I miei figli frequenteranno scuole private, avranno tate e tutti i giocattoli che desidereranno, compreso un pony. Il nome della mia famiglia è riabilitato. Mia madre è fiera della sua bambina. Mio padre, dovunque si trovi quel bastardo, si è reso conto di avere commesso un terribile errore.

E io ho: *1*. un castello; *2*. case in tutto il mondo; *3*. un autista; *4*. innumerevoli vestiti con scarpe e borse coordinate; *5*. moltissimi gioielli; *6*. un cavallo; *7*. una sella (o più di una) di Hermès; e per finire *8*. zero amici.

Ma ciò che mi fa veramente arrabbiare è che tutti sono convinti che al mio posto sarebbero felici. Credono che, se potessero vivere la mia vita, se la godrebbero un mondo. Ma non capiscono un accidenti. Non potrebbero mai trovarsi nei miei panni senza possedere la mia personalità e il mio aspetto. Se cambia un fattore, cambia il destino, cambia tutto.

Hubert potrebbe stare esclusivamente con una donna alta, bionda, magra, con il seno abbondante. E più giovane. Con un certo tipo di viso. Una donna di classe, insomma. Mai e poi mai con una modella: le modelle finiscono sui calendari buoni per masturbarsi.

E poi c'è la personalità. Devi sapere come trattare gli uomini. Devi saperli manipolare, anche se "manipolare" non è la parola adatta, perché ha una sfumatura negativa. Quello che devi fare è essere sempre diversa. Imprevedibile. Un giorno carina, dolce, amabile, un altro una vera puttana. Dura come l'acciaio. Devi sembrare indifferente e renderli gelosi. Ma niente di tutto questo ti riuscirà se non hai il fisico giusto: se non ce l'hai, lui concluderà che sei una sciacquetta e ti pianterà.

Naturalmente, ci sono donne senza il fisico giusto che hanno trovato un buon partito, però non hanno sposato uomini come Hubert.

Dovreste vedere la sua faccia nelle foto del matrimonio... All'uscita dalla chiesa era così felice, come sollevato. In effetti, fino all'ultimo ha temuto che io ci ripensassi. Non è mai stato sicuro di me. Mai.

Ah. Un'altra cosa. Non devi mai pensare che tuo marito sia migliore di te. Anche se ti presentano un uomo che ha appena vinto il Nobel, beh... lui non è più geniale di te. Io penso di valere molto. Indipendentemente da chi mi sta di fronte, da quanti dischi di platino ha vinto, da quanto impegno ci mette nel suo lavoro. Ricordo che un giorno, Tanner si offese perché non davo abbastanza importanza alla sua sfolgorante carriera. Mi accusò di non avere il senso della misura. Io ruppi con lui seduta stante.

Adesso mi sento meglio. Credo che andrò a dormire.

III

Sono confusa.

Per un'inezia.

Che risale all'anno scorso, quando io e Hubert ci siamo sposati.

Gli chiesi dei soldi per comprarmi dei vestiti.

«Non capisco» disse lui.

«Hubert, non ho vestiti» gli spiegai.

«E allora cos'è tutta quella roba nel tuo armadio?»

«Ho bisogno di vestiti nuovi» insistetti. Era la prima volta che mio marito mi rifiutava apertamente qualcosa: non mi amava più.

«Non ho mai visto mio padre dare a mia madre denaro per i vestiti.»

«Lui le passava un piccolo stipendio» azzardai, senza sapere se ciò fosse vero.

«Cosa vorresti insinuare sul conto di mia madre?»

«Niente.»

«E allora perché la tiri in ballo?»

«Non sono stata io a farlo. Sei stato tu.»

«E tu hai detto che percepiva uno stipendio. Adesso fai finta di niente?»

«No. Ma... cazzo...» Non riuscii a continuare e corsi

in camera frignando. Lui non mi venne dietro come faceva di solito. Più tardi entrò, ma col pretesto di prendere una cravatta.

«Hubert» riattaccai. «Ho bisogno di vestiti.»

«Non voglio che un branco di giornalisti si metta a seguire mia moglie e a scrivere storie su quanto spende in vestiti. È questo che vuoi? Vuoi forse diventare lo zimbello dei giornali?»

«No» singhiozzai. Ero già lo zimbello dei giornali. Mi cullai avanti e indietro nel letto, piangendo sempre più forte con il cuore a pezzi (proprio così) e un solo pensiero: "Che cosa faccio adesso? Cosa devo fare?".

Continuai a mettere cose bianche e nere, gli stessi vestiti che indossavo prima di sposarmi, fino a quando una giornalista di moda scrisse: «Nessuno può comprare un abituccio nuovo a questa principessa?». Non fu necessario piazzargli l'articolo sotto il naso, perché si trovava nella rubrica dedicata allo stile del «New York Times», la stessa che Hubert legge per prima la domenica mattina. Che ci crediate o meno. (Non ci credevo nemmeno io quando l'ho conosciuto, eppure legge anche la cronaca rosa, sperando di trovarci il proprio nome.)

E ora sono qui, sommersa di abiti *nuovi* di tutte le fogge. In altre parole, tutto risolto. Soddisfatta? No. Questa faccenda è umiliante. All'inizio Hubert non mi dava il suo denaro perché non era sicuro del nostro matrimonio. Adesso vorrei tanto poterne parlare, mi piacerebbe capire, chiarire. Ma ormai siamo due estranei. Due individui che vivono su due isole diverse, che comunicano attraverso un telefono rudimentale, fatto di lattine e pezzi di spago.

E così cerco di mostrarmi sempre vagamente scontenta. Anche perché è tutta opera di D.W. Mi guardo allo specchio e non mi riconosco. Fa parte del loro piano: cancellarmi e farmi ricominciare da capo.

E mio marito approva con tutto il cuore.

«Sono con voi» mi fa. (Accidenti. Odio quest'espressione. «Sono con voi. È un bene per te.»)

«Di questo passo presto mi chiederai di ANDARE IN PALESTRA.»

«Un po' di esercizio fisico ti farebbe bene» osserva. Gli faccio presente che per me è molto difficile fare ginnastica. Se sei imbottita di pillole non riesci nemmeno a portare la mano alla bocca.

Lui allora dice (come se sospettasse qualcosa): «Non c'è motivo di farlo, a meno che non sia per introdurvi del cibo».

«Dimentichi il rossetto» ribatto con un sorriso, e per un minuto lo metto ko.

Questa conversazione si è svolta ieri mattina. Io ero ancora a letto e il citofono ha iniziato a suonare. Immaginate la scena. Io ficco la testa sotto il cuscino, inutilmente.

Hubert scende al piano di sotto e poi risale in camera per dirmi di alzarmi perché è arrivato D.W. Scende di nuovo e prepara un altro bricco di caffè, come un qualsiasi mortale (è molto fiero di gesti del genere, ma io sono sicura che sia tutta una finta).

Sento delle voci che provengono dal piano di sotto. Hubert mi chiama: «Forza, dormigliona, scendi». E poi la voce di D.W.: «Alzati, pigrona!». Non mi rimane altra scelta. Tiro giù dal letto le mie stanche ossa intorpidite dai farmaci e scendo immediatamente (senza prima andare in bagno), spettinata, con addosso un négligé spiegazzato e macchiato. Da quattro giorni non indosso altro.

Entrando in cucina, sento D.W. che dice: «Parola mia, Hubert, ogni volta che ti vedo sei sempre più attraente». Le sue moine mi innervosiscono: cosa crede di ottenere D.W., atteggiandosi come Rossella O'Hara in *Via col vento*?

Hubert indossa un abito grigio, camicia bianca e cravatta gialla. Suppongo che, a non essere sposati con lui, debba fare un'ottima impressione. Versa il caffè, sorride e disquisisce su un film intitolato *Il sesto senso*.

«Perché io non l'ho visto?» chiedo.

Lui mi attira a sé e mi cinge la vita con le braccia. «Perché eri malata. Ricordi?»

«Non ero malata, fingevo solo di esserlo, perché odio il cinema.»

«È vero,» dice lui, rivolgendosi a me e non a D.W., e facendomi sentire un po' meglio, «perché sei convinta che le sale cinematografiche siano un ricettacolo di germi.»

«Di germi e di gente malata.»

«È proprio una principessa» ridacchia D.W. «Le ripeto sempre che se non avesse sposato te, l'unico altro marito adatto a lei sarebbe stato il principe Carlo.»

«Se avessi sposato Carlo a quest'ora sarei morta e sepolta.»

«Sarebbe una tragedia terribile. Non solo per Hubert, ma per il mondo intero» fa D.W. melenso.

«Mi piacerebbe essere morta. Credo che non sarebbe affatto male.» Hubert e D.W. si scambiano un'occhiata eloquente.

Il caffè è una delle MIGLIAIA di cose che mi danno il vomito, ma me ne verso una bella tazza.

«Inoltre,» proseguo «se non avessi sposato Hubert, avrei sposato un divo del cinema.»

Porgo il caffè a D.W. «Assaggia.»

«Perché?»

«Assaggialo e basta.»

D.W. e Hubert si guardano.

«È solo caffè» dice D.W. e mi restituisce la tazza.

«Grazie.» Ne bevo cautamente un sorso. «Volevo solo accertarmi che non fosse avvelenato.»

Mio povero, povero marito. Ha mollato la sua ragazza europea e in cambio ne ha ottenuta una di gran lunga peggiore. Una pazza. Ma lui non deve saperlo.

«Non credo che saresti felice,» dice Hubert, di nuovo guardando D.W. «se avessi per marito un divo del cinema, perché non ti amerebbe quanto ti amo io.»

«Poiché il tuo amore equivale a zero, che differenza farebbe?»

«Oh, andiamo, andiamo» mi ammonisce D.W.

«Tu che cosa ne sai?» ribatto astiosa e guardo Hubert. Di nuovo quell'espressione. Per la milionesima volta il suo volto si chiude in una smorfia dura e cupa.

Svuota nel lavandino il caffè rimasto nella sua tazza e la sciacqua. «Devo andare.»

«Deve sempre andare in quello stupido ufficio» dico, fingendo indifferenza.

«Studio» puntualizza D.W. «Il produttore esecutivo di un programma televisivo va in studio, non in ufficio.»

Hubert mi bacia sulla fronte. «Ciao, piccola. Ciao D.W. Divertitevi.»

Lancio a D.W. uno sguardo minaccioso.

«Ti prego» dice lui. «Basta scenate, per oggi.»

Povero marito mio.

Corro nel salotto, afferro Mister Smith che mugola sul divano e mi affretto verso la porta. D.W. mi vede e lancia un urlo: «Tieni quel cane lontano da me!». Scendo di corsa le scale, tenendo ben saldo Mister Smith e mi precipito su Prince Street, dove Hubert è già salito sulla limousine (probabilmente ha detto che non gli interessava, ma la casa di produzione ha insistito), busso al finestrino e lui abbassa il vetro. Il suo sguardo tradisce i suoi pensieri: "Mio Dio, ecco quella pazza di mia moglie, scalza per la strada, con addosso solo un vecchio négligé spiegazzato e un cane in braccio". Invece dice (in tono abbastanza cordiale): «Sì?». Io gli sorrido: «Hai dimenticato di salutare Mister Smith».

Hubert si sporge e lo bacia sul muso. È tutto così carino e io penso che potrei stare bene per le prossime due ore, ma poi sento un clic sospetto alle mie spalle, mi giro, e vedo un fotografo in tenuta da combattimento che scatta, fa un passo indietro e comanda: «Sorridi!». La limousine intanto parte e io, con Mister Smith (che adesso si divincola irritato) premuto sulla faccia, corro come una pazza lungo Prince Street riuscendo a rifugiarmi in un'edicola.

Il proprietario di questo sporco bugigattolo mi fa: «Niente cani. Niente cani qui dentro» e comincia ad agitare le braccia come se fosse accerchiato da uno sciame di insetti. Sto per seppellirlo di insulti (ho già aperto la bocca), quando la vedo: la copertina della rivista «Star», con la fotografia di un paio di attrici e la *mia*.

Ho la bocca aperta, un paio di pantaloncini larghi, una canotta, braccia e gambe ciondolanti. È stata scattata un paio di mesi fa, a una partita di basket di beneficenza tra persone famose: Hubert mi ha costretto ad andarci. (Meglio così. Ho giocato malissimo e alla fine ero talmente nervosa che lui mi ha vietato di ripetere qualsiasi esperienza del genere.) Sotto la fotografia, una didascalia: Principessa Cecilia, altezza 1 e 78; 48 chilogrammi. E sopra, il titolo: «Muore di fame?», che mi fa davvero uscire dai gangheri, perché quel giorno avevo mangiato ben due hot dog. Afferro Mister Smith e la rivista, comincio a correre verso casa, salgo di corsa le scale e spalanco la porta del loft. In salotto c'è sempre D.W., che beve tranquillo un altro caffè ed esamina le fotografie sul «New York Magazine». Abbandono il mio corpo su una sedia e recupero fiato.

«Allora, Cecilia,» chiede D.W. guardando l'orologio «sono le otto e quarantatré. Non credi che dovresti vestirti?»

Non so proprio cosa rispondergli, così cado sul pavimento, mi agito e mi porto le mani alla gola. Finché D.W. non mi scaraventa in faccia un bicchiere d'acqua.

Sono diretta in centro, protetta dagli occhiali da sole e da un foulard che mi copre la testa, con Mister Smith stretto al petto. Mi sento depressa, pesante, come se qualcuno mi avesse piazzato una pila di mattoni addosso. Quando sono in questo stato, faccio fatica a muovermi, mi è difficile perfino il più piccolo gesto, come accendere una sigaretta. Qualche volta non faccio altro che starmene seduta in casa per ore, a fissare il vuoto. Non voglio che la gente sappia quanto sto male,

così mento: «Oh, ho letto un mucchio di quotidiani, sono andata un po' in giro, ho ritirato i vestiti dalla lavan-
deria» ma spesso mi ritrovo a scarabocchiare «*Aiutatemi, aiutatemi*» sul palmo della mano con una vecchia
penna a sfera. Alla fine della giornata, però, cancello
tutto. I miei pensieri prendono sempre la stessa strada,
avanti e indietro, come un trenino elettrico che corre
lungo un unico binario. Penso che tutti mi odiano.
Che tutti stanno ridendo alle mie spalle, in attesa che
io faccia una scemenza, che dica una stupidaggine o
che faccia la strega; così potranno correre dagli amici
a raccontare: «Ho incontrato la principessa. È proprio
vero quello che si dice di lei, è una povera pazza».

E poi, ovunque io vada, gli altri mi osservano, pronti a odiarmi, le loro reazioni sono come pietre che mi
colpiscono senza pietà. Fino a quando non crollo, non
cedo. Non sparisco per sempre.

D.W. tamburella le unghie sul sedile del taxi. «Sono
stato sposato... due volte.»

«Sì, lo so» dico distratta, a mezza voce, preoccupata
per la fotografia da anoressica su «Star», perché io *non*
sono anoressica. Ma è talmente complicato far capire quello che sono, non so spiegarlo nemmeno a me
stessa.

«Sono stato sposato,» ripete D.W. «e so per certo
che gli aspetti veramente importanti del matrimonio sono quelli superficiali. In altre parole, una chiacchierata
piacevole a colazione, i motteggi divertenti alle feste, un
complimento o due nel corso della giornata, tutto ciò
conta molto più dei *sentimenti*, che, a voler essere one-
sti, non interessano veramente a nessuno.»

Annuisco in silenzio, chiedendomi come mai le nostre conversazioni siano sempre uguali, talmente uguali che non ho bisogno di puntualizzare niente. L'ultimo matrimonio di D.W. ha avuto un epilogo così orrendo... (una vera guerra, riportata da tutti i giornali). Sua moglie, un'arzilla ottantenne reduce da una dozzina di lifting, abbandona ancora le feste se qualcuno si azzarda a fare il nome del suo ex marito.

«In effetti,» prosegue D.W. a ruota libera, «credo che gli aspetti superficiali siano i più importanti in ogni circostanza della vita. Cioè, chi se ne frega se sei un pezzo di merda quando siedi in un ristorante esclusivo, circondato da fiori bellissimi, con una persona favolosa alla tua destra e un'altra persona favolosa alla tua sinistra, e i paparazzi ti fotografano, e i tuoi calzini, grazie al cielo, sono di cachemire, tu fai un bel sorriso, e la foto appare sulle cronache mondane di "Vogue"? È questo ciò che importa alla fine dei conti, no? Naturalmente tu non puoi capirlo, perché come tutti quelli che hanno problemi mentali, sei completamente assorbita, ossessionata, da te stessa. Non te ne importa niente di me, o del fatto che il tuo cane sta per sbavare sul mio vestito di Prada.»

«Mister Smith non sbava» replico, ma non ho la forza di arrabbiarmi.

«Oh, scusami, come non detto.»

Il taxi svolta in Madison Avenue. Un martello pneumatico sta perforando il marciapiede, una Mercedes ci sfreccia accanto diffondendo musica rap ad alto volume e i passanti emanano vibrazioni ad alta frequenza del tipo: «Guardatemi, guardatemi». Sono sopraffatta dal rumore della città e mi sembra che tutto intorno a me stia per crollare. Percorriamo una breve scala con i gradini in terracotta ed entriamo in un salone di bellezza, pieno di lucernari e colonne di marmo. C'è anche una fontana, attorno alla quale sono sdraiate alcune donne in accappatoio bianco, con il turbante in testa. Io vengo accompagnata nell'area riservata, dove si occupano delle "celebrità". Un individuo in sari insiste nell'offrirmi caffè, tè o acqua (io chiedo un Bloody Mary e lui mi guarda allibito) e intanto spinge ciotole piene d'acqua con fettine di limone galleggianti sotto il muso di Mister Smith, ma lui, saggiamente, rifiuta.

Poi cominciano a tagliare. A tagliare i miei lunghi capelli che porto così da tutta la vita, che sono la mia vita. Gli uomini li adorano. Sono sempre stati biondi e lunghi: li ho fatti tingere, li ho tinti da sola, ho impietosito un amico gay perché li tingesse gratis, a seconda della disponibilità di denaro.

D.W. si avvicina. «Un sacco di gente ha lavorato sodo perché tu arrivassi fin qui» dice, buttando il fumo dalle narici.

«Dovrei sentirmi in colpa?»

«Solo grata» ribatte lui prima di andarsene.

Giuro che mentre tagliano sento che stanno parlando di me. Qualcuno bisbiglia il mio nome. A un certo punto mi pare davvero troppo, così esplodo. «Per favore, volete chiudere la bocca tutti quanti?» Tacciono tutti, eccetto uno sfigato che continua a parlare al cellulare, con una voce squillante e nasale. «...è proprio vero, Dick. È qui. Trattamento completo. È completamente matta. Non vuole separarsi dal cane. Non parla con nessuno. Emana l'energia più negativa che abbia mai visto. Forse dovrebbe provare coi cristalli...» Poi alza lo sguardo e finalmente si azzittisce.

«Che cosa vi ho fatto di male?» sussurro.

Fisso la mia immagine nello specchio. I miei occhi sono molto grandi e molto blu. Molto grandi perché *so* che non è il momento adatto per piangere.

«Signora... Cecilia» dice la parrucchiera. Ha il viso lungo e denti enormi, sembra una cavalla parlante, anche se gentile. «Le chiedo scusa a nome di tutto il personale. Il ragazzo nel nostro salone è nuovo. Sarà immediatamente licenziato.»

Io ho il potere di far licenziare una persona?

«Oh» balbetto titubante, chinandomi sopra la testa di Mister Smith.

«David» continua la cavalla, premendo un pulsante sulla mia sedia e facendola andare su e giù. «Raduna le tue cose e vattene. Bada, non voglio rivederti mai più.»

David è magro, ha i capelli neri e gli occhi a mandorla cerchiati di scuro. Il suo aspetto è sessualmente ambiguo.

«Con piacere» risponde, cercando di assumere un atteggiamento altezzoso. I nostri occhi s'incrociano per un secondo e nei suoi leggo una misera storia: è un poveretto appena sceso dal pullman, in fuga da una pidocchiosa città del Midwest, ambizioso e opportunista, farà qualsiasi cosa per arrivare al prossimo scalino, per cancellare le proprie umili origini e apparire diverso da quello che è. Più di ogni cosa, però, sparlerà di me. Il racconto del nostro incontro sarà il suo cavallo di battaglia, spargerà malignità sul mio conto come un virus.

Lo so perché un tempo anch'io mi comportavo così. Ero come lui.

Non posso negarlo. Nemmeno a me stessa.

«Io sono molto... normale» dico a voce bassa.

Non è questo uno dei miei problemi? Che sono normale?

La parrucchiera si affretta a darmi ragione. «Oh, certo, è evidente.»

Sono come un milione di altre ragazze a New York.

«Non è originaria del...?»

«Massachusetts!»

«Mia nonna era del Massachusetts.»

«Che bello» dico io. Mi rendo conto che per la prima volta da... da quando? Settimane? Sto conversando del più e del meno.

La parrucchiera stende una poltiglia bianca sui miei capelli.

«Come si chiama il suo cagnolino?»

IV

Il dottor Q. lecca la punta della matita.

«Lei è convinta che...» riassume consultando il taccuino «che suo marito e quel suo amico, D.W., l'esper-
to di pubbliche relazioni, cospirino contro di lei al fine
di trasformarla in... mi lasci controllare... "la versione
americana della principessa Diana". Che, come lei ha
così sagacemente fatto notare, è morta. Sarebbe a dire...
lei crede che, coscientemente o no, suo marito desideri... la sua morte.»

Pausa. «È così?»

«Li ho sentiti discuterne al telefono.»

«Della sua morte?»

«Noooo!» urlo. «Del complotto.»

«Ah, il complotto.»

«D.W. mi ha parlato di un libro-scandalo.»

«Cecilia, perché qualcuno dovrebbe scrivere una
biografia non autorizzata su di lei?»

«Perché la stampa... mi danno sempre la caccia... e
poi c'è la faccenda di quella ragazza, Amanda. Quella
che è... morta.»

«E lei definisce la sua migliore amica semplicemente
"quella ragazza"?»

«Quando è morta non era più la mia migliore amica.»

«Quella ragazza?»

«Okay, quella donna.» Pausa. «Questa mattina la mia foto era su tutti i giornali. Sa... ieri sera, a teatro...» mormoro.

«Era lei, allora. Quella con i capelli color platino, che correva giù per le scale ridendo, tenendo per mano un ragazzo sconosciuto?»

«Sì. Sì. Non ha letto il mio nome...? Principessa Cecilia...» Sto crollando, piango e nascondo il viso nel fazzoletto. «Ci sono dei fotografi appostati sotto la finestra.»

Il dottor Q. balza in piedi e scosta la tenda. «Non c'è nessuno là fuori. A parte il portinaio, la vecchia signora Blooberstein e quel disgustoso chihuahua.»

«Forse il portinaio li ha mandati via?»

«Cecilia» dice il dottor Q. tornando a sedersi. «Dove era nell'agosto del 1969?»

«Lo sa benissimo.»

«Dov'era?»

«Alla fattoria Yazgur» dico con tono di sfida.

«E cosa faceva lì? Voleva entrare in un complesso rock?»

«Dottor Q., avevo tre anni. Mi tenevo la cacca nel pannolino per ore. Mia madre era perennemente sotto l'effetto degli acidi.»

«E tutti cantavano e festeggiavano.»

«Non c'era nessuna festa... Gli hippy mi facevano ballare... ero da sola... mia madre era sballata...»

Il dottor Q. si trasforma nella signora Spickel, l'assistente sociale. «Ciao, Cecilia. Tua madre è morta. Sei fortunata che sia successo ora che hai diciassette anni e non quand'eri piccina. Ho sentito dire che era una donna piuttosto avventurosa...»

Piango. Piango istericamente come se mi stessi spezzando in due. Mi sveglio. Ho sognato.

Naturalmente è la madre di Hubert che è morta, non la mia. Morta in un incidente, sciando fuori pista, quando Hubert aveva soltanto diciassette anni.

Povero principino, sul ponte della sua barca a vela, pensieroso e un po' triste: una mano sul timone, un ricciolo di capelli neri sulla fronte. Era il sogno di qualsiasi ragazzina: sofferente, bisognoso di aiuto, un vero principe, un idolo per teen-ager.

"Io posso salvarlo" pensavo, fissando la copertina in bianco e nero del «Times». Ero seduta su un divanetto scadente nel salotto della casa di Lawrenceville, Massachusetts: era lì che mia madre aveva deciso di stabilirsi insieme al suo uomo, un pescivendolo.

«Io ti aiuterò, piccolo principe Luxenstein.» Ma lui non era affatto piccolo (un metro e ottantasette), sulla soglia dell'età adulta. Era sempre in giro, ospite in qualche nobile dimora in Europa o nei Caraibi, in attesa di entrare ad Harvard in autunno. Fissavo la fotografia e lo immaginavo su un letto d'ospedale, tutto contuso dopo un incidente, con la testa bendata, che diceva: «Voglio Cecilia. Devo avere Cecilia». Io allora mi precipitavo nella stanza e lui mi baciava sul viso.

Avevo dieci anni.

Come sono diventata?
Ero così forte. E determinata. E aggressiva, dice-

vano. Avevano paura di me. Era palese che volevo qualcosa, ma nessuno capiva cosa.

Io lo sapevo.

Volevo il principe.

A dieci anni mi preparavo a salire sul treno del destino. Già sapevo tutto. Come? (Lo sapevo e basta.) Una laurea in storia dell'arte, un lavoro in una famosa galleria d'arte di SoHo, incontri con uomini e donne ricchi e famosi (soprattutto uomini), foto su giornali e riviste...

Quando Tanner entrò nella galleria quel giorno, decisi di fare tutto quello che era in mio potere per diventare la sua ragazza. In attesa che l'uomo della mia vita (il principe, che viveva a SoHo e acquistava oggetti d'arte) si presentasse alla galleria e, vedendomi con uno come Tanner, mi trovasse subito terribilmente desiderabile.

Sapevo che sarebbe successo. Lo sapevo e basta. Per istinto. Allora ero molto sicura e agguerrita. Una vera predatrice. Vivevo la mia vita come se una forza esterna mi guidasse.

Ma adesso quella forza se n'è andata. Mi ha tradita. (Dov'è andata? Posso riaverla indietro?)

Adesso sono costantemente IMPAURITA. Da tutto: medici, avvocati, politici, fotografi, cronisti mondani, attori, giornalisti, donne che mettono al mondo figli, donne che parlano tre lingue (specialmente l'italiano o il francese), chiunque abbia talento o semplicemente sia *cool*, anche solo in quanto inglese. Come potete immaginare, in questa lista rientra praticamente chiunque faccia parte della vita di Hubert. Se dobbiamo uscire, mi ammalo preventivamente, e quando non mi riesce rimango se-

211

duta in un angolo tutta la sera, con le braccia conserte, a capo chino. Con un'espressione vuota sulla faccia che ammazza ogni tentativo di fare due chiacchiere.

Ma stasera l'ipocondria non basta. Non mi mette al riparo dall'inevitabile: balletto più cena di gala al Lincoln Center.

Senza mio marito.

Che preferisce giocare A CARTE.

È seduto in salotto, con una camicia a righe sotto le bretelle rosse e beve una birra con i colleghi della televisione. Non ricordo i loro nomi, non mi interessano. Ho un abito di broccato bianco bordato di visone grigio e lunghi guanti grigi.

Mia madre è sposata con un pescivendolo. Mio padre è gay e vive a Parigi. Io sto andando al balletto.

Vi rendete conto di quanto sappia essere CRUDELE la vita?

Un tempo facevo di tutto per essere presente a questi eventi. Cercavo in ogni modo di accaparrarmi il biglietto, magari a scrocco. Lo chiedevo a un amico omosessuale di buon cuore, poi compravo un abito e non toglievo l'etichetta, così lo restituivo il giorno dopo. Ero decisa, determinata, spinta dall'ambizione di arrivare in alto, cioè esattamente dove sono adesso.

«Ciao» dice Hubert nervosamente, mollando la birra e alzandosi in piedi. «Io... io non ti avrei riconosciuta.»

Sorrido mestamente.

«D.W. è già qui?»

Scuoto la testa.

Lui guarda i suoi amici. «Immagino che se fosse arrivato lo avremmo visto. D.W è un amico di Cecilia. Lui è...»

«Il mio accompagnatore» dico in fretta.

Gli amici annuiscono a disagio.

«Ascolta,» dice Hubert, avvicinandosi per prendermi sotto braccio e condurmi fuori dalla stanza «Io apprezzo davvero, sai?»

«Perché mi costringi a uscire quando sai che non ne ho voglia?»

«Perché ne abbiamo già discusso, è una buona cosa.»

«Non lo è per me.»

«Ascolta,» ripete, facendo un cenno ai suoi colleghi e spingendomi nella biblioteca «hai sempre detto che ti sarebbe piaciuto diventare un'attrice. Fai finta di esserlo e di stare girando un film. È quello che faccio sempre io.»

Lo guardo con compassione.

«Ehi,» mi dice, toccandomi una spalla «non fingere di non sapere di cosa stia parlando. Quando ci siamo conosciuti...»

Cosa?

S'interrompe, rendendosi conto di aver detto la cosa sbagliata.

Quando ci siamo conosciuti, io avevo pianificato e provocato ogni dettaglio. Gli davo la caccia da anni. Quando Hubert l'ha scoperto, sei mesi dopo le nozze, durante una conversazione notturna, lì per lì ha trovato la cosa divertente; ma poi si è reso conto che era una vera tragedia. Una verità orribile che avrebbe dovuto restare segreta. Una delle tante.

Sono immobile, rigida, con gli occhi spalancati, fissi nel vuoto.

«Oh, no. Oh, no, Cecilia. Mi dispiace, ti amo.» Cerca di afferrarmi la mano, ma è troppo tardi. Raccolgo

213

l'orlo della gonna e corro verso la porta, poi giù per le scale, fino al marciapiede. Esito per un secondo, mi guardo in giro, non so cosa fare. Poi vedo un taxi, alzo il braccio e lo fermo. Mentre salgo un fotografo in tuta mimetica si avvicina alla macchina, mi fissa. Ha una strana espressione sul viso, sembra incuriosito. A un tratto abbassa la macchina, rinuncia a scattare.

«Dove andiamo?» chiede il taxista.

Mi appoggio al sedile. Mi tocco i capelli. «Al Lincoln Center.»

«È un'attrice?»

Rispondo di sì e lui mi permette di fumare.

Mi sforzo di non pensare a niente, i miei tacchi risuonano nella piazza. Mi affretto, pioviggina, m'insinuo tra la folla radunata all'ingresso, gente che ride, batte i piedi, scuote l'ombrello. In qualche modo riesco a intrufolarmi, a oltrepassare i fotografi che mi guardano e poi si voltano per scattare foto ad altre dive. Mi sento sollevata, ma dura poco. Una giovane donna munita di auricolare si avvicina e chiede: «Posso aiutarla?».

Mi guardo intorno sconcertata, apro la bocca, la richiudo, strizzo gli occhi. «Sono...»

«Sì?» dice lei e di colpo mi rendo conto che non mi ha riconosciuta. È per via dei capelli, bianchi e corti. Alzo il tono della voce. «Sono la cugina di Cecilia Kelly. Rebecca Kelly. Cecilia aveva intenzione di venire ma si è ammalata. Ha insistito perché venissi io al suo posto. So che è un inconveniente e via dicendo, ma ho vissuto a Parigi negli ultimi cinque anni e così...»

«Non si preoccupi» ribatte la donna sollecita, chinandosi sopra un tavolo e prendendo un biglietto con la scritta «*Principessa Cecilia Luxenstein*». «Una bella donna non è mai sgradita. A cena siederà accanto a Nevil Mouse. Sa... mi ha ossessionato affinché lo sistemassi vicino a una donna "interessante", anche se è venuto con quella modella, Nandy. Be', spero che Cecilia guarisca presto.» Mi porge il biglietto. «Sembra che si ammali spesso, ed è proprio un peccato, perché» la tipa si accosta, ammiccante «è un po' la mia eroina. Voglio dire, è chiaro che se ne frega di tutto e di tutti, e dopo un paio d'anni di questo lavoro non posso che darle ragione.»

«Be'... allora grazie. Grazie mille» dico.

«Ah, attenzione a Maurice Tristam, l'attore. Anche lui è seduto al suo tavolo. È sposato ma tradisce sua moglie di continuo.»

Annuisco e mi allontano, facendomi strada all'interno del teatro e passando davanti ad altri fotografi (uno solleva pigramente la macchina fotografica e scatta, non mi riconosce ma evidentemente dò l'impressione di essere una importante), scavalco ginocchia e caviglie e raggiungo il mio posto, fila C, poltrona 125, centrale, a pochi metri dal palco. Il posto alla mia sinistra è vuoto, un uomo seduto più avanti mi sorride, io rispondo con un cenno quasi impercettibile, la luce si attenua. La musica inizia.

Comincio a perdere la cognizione del tempo e dello spazio.

Scivolo nei miei pensieri.

Penso ai giorni trascorsi avvolta in un lurido sacco a pelo, su un lurido materasso appoggiato al pavimento. Ai rami spogli degli alberi, alla pioggia incessante. Nel Maine il cielo è grigio come l'acciaio, fa freddo, piove sempre e l'umidità trasuda dalle pareti. In casa ci sono sempre troppe persone oppure non c'è nessuno, il cibo è scarso o eccessivamente abbondante: sacchetti di patatine, lattine di zuppa di pollo, cartoni di gelato...

Ho un dente che dondola, qualcuno lo lega a un filo di spago fissato alla porta. La porta fa *bang* e il dente si stacca. Ho sei anni e tutto intorno sta cambiando. E noi stiamo scappando, scappando, scappando dalle lenzuola pulite, dalla schiuma nella vasca da bagno, dalle arance d'inverno. Ma la mamma sembra non rendersi conto di niente. Nemmeno quando «cambia vita» e ci trasferiamo a Lawrenceville, dove cerchiamo di comportarci da «persone normali».

Il balletto è finito.

Io rimango seduta. Il pubblico si è alzato in piedi per applaudire, lo champagne è stato versato, un nugolo di palloncini è planato sulla folla: io sono ancora seduta. Fila C, poltrona 125. La folla si gonfia, si ritira, si dirada e infine scompare. Le maschere scivolano tra le poltrone e raccolgono i programmi dimenticati.

«Sta bene, signora? Presto la cena avrà inizio. *Quadrilles* di aragosta. Non vorrà perdersele.»

Ringrazio ma rimango lì, a pensare alla mia vecchia Barbie sudicia, macchiata, nuda, con i capelli arruffati. La portavo dappertutto: una volta un cane ha cercato di strapparmela. Io piangevo disperata. «È proprio una piccola principessa» dicevano prendendomi in braccio. Io ho urlato ancora più forte, mentre le lacrime mi rigavano il viso. Perfino allora non riuscivo a credere che non avrei mai avuto un pony.

Alzo gli occhi e non mi stupisco nel vedere un ragazzo bellissimo (lo stesso del mio sogno col dottor Q.) sedersi accanto a me con un sorriso.

«La memoria è solo una versione alternativa della realtà» dice.

Fissiamo entrambi il palcoscenico vuoto.

Nel mezzanino del Lincoln Center stanno servendo *foie gras* con fette di mango quando noi due ci affacciamo in cima alle scale. Può essere la mia immaginazione, ma si crea un attimo di silenzio e la gente alza la testa per guardaci. Il ragazzo mi prende per il braccio, lentamente scendiamo i gradini e attraversiamo il corridoio fino al mio tavolo. Patrice, il fotografo, si è fermato a salutare Nevil Mouse, la star della televisione australiana. Una volta Nevil ha tentato di assumermi, ma poi ci ha ripensato, perché non sono andata a letto con lui. Il mio cavaliere mi scosta la sedia mormorando: «Il tuo tavolo sembra ancora meno attraente del mio» e mi strizza l'occhio, proprio mentre Patrice bisbiglia a Nevil: «Chi è la ragazza?».

Nevil è nervoso come sempre, si alza goffamente e dice: «Mi scusi, ma credo che questo posto sia riservato alla principessa Cecilia Luxenstein».

«Lo so,» replico con calma, aggiustandomi le spalline dell'abito «ma temo che Cecilia non possa approfittarne. È malata. Sono sua cugina, Rebecca Kelly.»

«Be', allora come non detto.»

Appoggio un gomito sul tavolo e mi sporgo verso di lui. «Lei è uno degli organizzatori di questa serata?» chiedo con finta ingenuità.

«No. Perché mai me lo chiede? È solo che... il comitato si dà tanta pena per formare i tavoli... nel modo più adatto.»

«Capisco. In altre parole la sua maggiore preoccupazione consiste nell'essere... visto al tavolo giusto in compagnia delle persone giuste.»

Nevil cerca aiuto in Patrice, ma lui lo ignora e si rivolge a me. «Non sapevo che Cecilia avesse una cugina così bella. Le dispiace se le faccio una fotografia?»

«Affatto» dico sorridente. Patrice fa un passo indietro e infila una serie di scatti. «Assomiglia moltissimo a Cecilia, sa. Ma Cecilia detesta farsi fotografare. Non capisco proprio perché.»

«È... timida» spiego.

«Con me? Sono uno dei suoi più vecchi amici.»

«Davvero? Non mi ha mai fatto il suo nome, ma d'altra parte ho vissuto a Parigi negli ultimi cinque anni.»

«Conosco Cecilia da una vita. Ricordo quand'è arrivata a New York. Aveva i capelli lunghissimi. Frequentava l'Au Bar. Era scatenata. Non riesco a capacitarmi di quello che le è successo dopo. Cioè, ha sposato l'uomo ideale, no? Champagne?»

«Sì, un po', grazie.»

«Ooooh, signora Sneet» esclama Patrice al passaggio di una donna elegante sulla cinquantina. «Signora Sneet, vorrei presentarle Rebecca Kelly, la cugina di Cecilia Luxenstein. È stata a Parigi negli ultimi cinque anni per studiare... arte. Questa è Arlene Sneet, la presidentessa del comitato per il balletto.»

Tendo la mano. «È un vero piacere conoscerla. Che balletto meraviglioso. Credo di non averne mai visto uno più coinvolgente. Ero talmente colpita che ho dovuto rimanere al mio posto per dar modo alle emozioni di placarsi, e così ho fatto aspettare i miei commensali...»

«Mia cara, la capisco perfettamente. È così bello vedere volti nuovi al balletto. E devo dire che lei sta facendo sensazione, tutti si chiedono... chi sia, deve permettermi di presentarle qualche giovanotto adatto...»

«Sbaglio o ho sentito che lei ha studiato arte a Parigi?» chiede una voce alla mia destra.

Mi giro. «Sì, ha sentito bene, signor Tristam.»

«Ho sempre desiderato fare il pittore, ma poi sono stato catturato dall'ambiente del cinema.»

«Oh, certo. È un grande sacrificio, d'altronde capita spesso di dover sacrificare il proprio talento alle considerazioni di natura economica.»

«Dovrebbe vedere alcuni dei copioni che sono stato costretto ad accettare: spazzatura, ecco che cosa sono.»

«E pensare che lei è un attore così straordinario.»

«Crede davvero? Dovrei portarla con me al prossimo incontro con i miei produttori. Potrebbe ripetermi il suo nome?»

«Rebecca Kelly.»

«Rebecca Kelly. Sembra il nome di una diva del cinema. Be', Rebecca, devo confessarle che sono già un suo ammiratore.»

«Oh, signor Tristam...»

«Chiamami Maurice.»

«Sei troppo gentile. E chi è la tua deliziosa compagna? Ma sei proprio un uomo crudele. Hai portato tua *figlia*.»

«Non sono sua figlia» esclama la ragazza. Non ha più di diciott'anni, ma ha già un'espressione indurita e due evidentissime protesi al seno.

«Lei è Willie» dice Maurice Tristam con comprensibile imbarazzo. Si china verso di me e mi sussurra all'orecchio: «Non è la mia compagna. È la... coprotagonista del mio ultimo film».

Willie si intromette nella conversazione. «Lei è venuta con Miles?»

«Miles?» chiedo.

«Miles Hanson. L'uomo che l'ha accompagnata al tavolo.»

«Ah, intende dire quel bel ragazzo biondo. Si chiama Miles?»

Willie mi guarda come se fossi un'idiota. «Ha appena girato quel film, *Gigantic*. Dicono tutti che diventerà un grandissimo divo. Il nuovo Brad Pitt. Sono ore che cerco di convincere Maurice a presentarmelo...»

«Ti ho detto che non lo conosco» ribatte Maurice.

«...ma lui non vuole. Eppure sono convinta che sarebbe il fidanzato perfetto per me.»

«Champagne?» chiedo, e mi verso un altro bicchiere mentre arrivano le *quadrilles* di aragosta.

Quarantacinque minuti più tardi, l'orchestra suona la canzone *I Just Wanna Fly* e io sono piuttosto ubriaca e sto ballando scatenata con Miles; alzo gli occhi e vedo D.W. È fradicio, ha lo smoking bagnato e la testa zuppa, si scrolla la pioggia dai capelli e cerca di darsi un contegno. Ma è evidente che è arrabbiatissimo, furente. Appena mi vede, mi si avvicina e strilla: «Cecilia! Cosa stai facendo? Hubert e io ti abbiamo cercata per mezza Manhattan».

Miles si ferma. L'intera stanza sembra paralizzata. Patrice esclama: «Lo sapevo! Ho sempre saputo che era Cecilia». E improvvisamente uno sciame di fotografi mi accerchia e io sono in trappola, una mano nella mano di Miles, l'altra stretta intorno al collo di una bottiglia di champagne. Miles mi tira per un braccio e cominciamo a correre.

Scendiamo le scale in volata e raggiungiamo l'uscita. Sta diluviando, attraversiamo la piazza, scendiamo altri gradini e, schivando limousine e vigili urbani, puntiamo dritto verso Broadway. L'autobus numero 12 è pronto a partire, ma riusciamo a fermarlo urlando e, agitando le braccia, saliamo. Andiamo a sederci in fondo, ci guardiamo e scoppiamo a ridere, gli altri passeggeri ci fissano esterrefatti. A me viene il singhiozzo e Miles tranguggia un gran sorso dalla bottiglia di champagne. Poi le nostre mani intrecciate si sciolgono e voltiamo la testa, fissando le striature lasciate dalla pioggia sui vetri.

«Buon giorno.»

«Buon giorno.»

Hubert è seduto al tavolo della cucina, beve il caffè e legge «The Wall Street Journal».

«C'è del caffè?» domando.

«Nella caffettiera» dice lui senza alzare lo sguardo.

Io rovisto nei cassetti come una sonnambula e sbatto gli sportelli in cerca di una tazza.

«Prova nella lavastoviglie» dice lui.

«Grazie.»

Verso il caffè, mi siedo. «Ti sei alzata presto» osserva lui.

«Mmmmm-hmmm» mugugno. Lui mi mette davanti il «Post».

Bevo un sorso di caffè. Apro il giornale alla pagina della cronaca mondana.

Il titolo dice: «LA PRINCIPESSA AL BALLO».

E prosegue: «Sembra che sia il principe Hubert Lu-xenstein a tenere segregata l'affascinante consorte Ceci-lia, e non il contrario. Cecilia Kelly, un tempo gallerista, è vissuta appartata dal giorno delle nozze, celebrate due estati fa sul lago di Como, in Italia, nel castello avito di proprietà del padre dello sposo, il principe Heinrich Luxenstein. Ma la scorsa notte, alla festa per il cinquan-tesimo anniversario del balletto, la bellissima principes-sa, sfoggiando una nuova acconciatura sbarazzina e un abito di Bentley, è comparsa da sola e ha incantato gli ospiti... prima di compiere una clamorosa uscita di sce-na insieme al nuovo principe del grande schermo, Miles Hanson.»

Ripiego il giornale.

«Cecilia...»

«Mi ami ancora?»

«Cecilia...»

Sollevo una mano. «Non farlo, ti prego, non farlo» dico.

V

Caro diario,
comincio a sentirmi meglio.

Mi alzo dal letto, mi vesto, prendo una tazza di caffè e leggo i giornali lasciati da Hubert, poi guardo l'orologio. Sono le nove e improvvisamente mi rendo conto che oggi potrei fare qualcosa. È un'idea così nuova e spiazzante che sono tentata di prendere un paio di pastiglie di Xanax, ma poi capisco che per la prima volta da – da quanto, due anni? – non voglio pillole. È una sensazione incredibile. Decido di andare in centro e, *voilà*, di fare una visita a sorpresa a Hubert.

Dopo tutto, lui è mio marito, e cosa c'è di più naturale di una moglie che va a trovare il marito durante la pausa pranzo? Specialmente se sospetta che lui abbia una tresca (potrebbe averla), specialmente se teme che per pranzo lui abbia ben altri piani (molto probabilmente li ha). Messo alle strette, lui dovrà scegliere tra la moglie e i suddetti piani. La sua scelta rivelerà alla moglie ciò che le serve sapere, ovvero: a) se anteporrà il lavoro alla moglie, allora è una merda e non la ama; b) se opterà per la moglie, non è escluso che sia comunque una merda, ma forse la ama. In entrambi i casi, ho la sensazione che Hubert oggi avrà la peggio e voglio assistere alla sua sconfitta.

Chissà perché, mi metto un cappello blu e guanti a righe bianchi e blu. Così abbigliata raggiungo lo studio e picchietto l'accendino d'oro sulla scrivania della centralinista. «H.L., per favore» dico, ma la ragazza si limita a fissarmi e in tono seccato chiede: «Chi devo annunciare?». «Sua moglie» rispondo e allora lei mi squadra da capo a piedi e dice: «Solo un minuto». Per qualche oscura ragione, non mi ha riconosciuta: questo mi fa infuriare, mi fa venire voglia di UCCIDERLA, così ricomincio a picchiettare l'accendino sulla scrivania.

Poi ricordo a me stessa che oggi comincio a sentirmi meglio.

La centralinista solleva il telefono e chiede a qualcuno: «C'è H.?» e poi, come se fosse un problema, aggiunge: «C'è qui sua moglie». Riattacca. «Non è nel suo ufficio. Era a conoscenza della sua visita?»

«È ovvio.» Le cose si stanno mettendo male.

«Allora è probabile che si trovi sul set. Oggi Dianna Moon partecipa allo show.»

«Dovrebbe importarmi qualcosa di Dianna Moon?»

È come se la centralinista mi vedesse per la prima volta. Ha le unghie finte, con lo smalto a strisce. È il suo unico tratto distintivo.

«A molte persone importa di Dianna Moon.»

Tolgo i guanti, sfilando un dito alla volta. «Perché ha assassinato il marito?»

«È morto di overdose. E inoltre, Dianna Moon è una icona. Ci aspettiamo un forte incremento negli ascolti.»

Sbadiglio platealmente. «E cosa avrebbe mai fatto costei per diventare una celebrità?» Domanda inquietante. Anch'io non ho mai fatto niente, a parte sposare Hubert, uno degli scapoli più appetibili del pianeta.

La ragazza mi guarda storto. «Vado a vedere se riesco a trovarle H.»

In quell'istante, Constance DeWall varca la porta blindata.

«Cecilia» mi saluta tendendo la mano. «Che piacere rivederla. Sfortunatamente non è una buona giornata per una visita a sorpresa. Sul set abbiamo Dianna Moon e lei è... be', è Dianna Moon.»

«E io sono la principessa Cecilia Luxenstein,» dichiaro «e desidero vedere mio marito.»

«È urgente, principessa Luxenstein?» chiede Constance con malcelato sarcasmo. Gliela farò pagare a tempo debito, la farò licenziare. So che è pazzamente innamorata di mio marito (come tutte le altre oche laureate ad Harvard che affollano questo posto del resto), che cerca di portarselo a letto da quando ha iniziato a lavorare per lui, che è sinceramente convinta che Hubert sarebbe più felice con lei che con me.

«Ho bisogno di un motivo urgente per vedere mio marito?» chiedo con altrettanto sarcasmo.

«È solo che... è un giorno particolare. Vigono speciali norme di sicurezza.»

«Per proteggere Slater London da Dianna Moon, presumo.»

Constance e la centralinista si scambiano una rapida occhiata. La centralinista abbassa lo sguardo, fingendo di occuparsi dei messaggi telefonici.

«Posso farla accomodare nella sala verde» dice infine Constance. «Ma non posso garantirle niente.»

Alcuni minuti dopo sono seduta nella sala verde, fumo una sigaretta ignorando il divieto e guardo un monitor dove Dianna Moon, in abito da sera (una spallina le scivola come per caso scoprendo il bel decolleté), si sporge verso Slater London e con candore asserisce: «Io non mi guardo mai indietro. Sono stata fortunata e per questo» fissando direttamente la telecamera «ringrazio Gesù, ogni giorno». Poi si riappoggia allo schienale e accavalla le gambe. Fa una risatina.

Slater London, già idolo degli adolescenti, in seguito pizzicato in abiti femminili da un abile paparazzo, le rivolge una domanda provocatoria. «Dianna, è per caso diventata una fanatica religiosa?»

Dianna Moon è impassibile, poi, come se fosse incapace di trattenersi, sbotta: «Slater, cosa le ricordano le mutandine di pizzo rosa?».

Slater, colto di sorpresa, incassa il colpo passandosi una mano sui capelli biondi.

«Okay, gente. Il tempo a nostra disposizione è finito. Dianna, grazie mille per avere partecipato al nostro show, e buona fortuna per il suo prossimo film...» Poi sorride alla telecamera per pochi secondi prima di strapparsi via il microfono e urlare: «Spero che possiate tagliare l'ultima parte». I tecnici entrano nell'inquadratura per smontare la scenografia, seguiti da Hubert. Dianna lo abbraccia e intanto guarda Slater. Poi tutti escono e lo schermo diventa nero.

Improvvisamente mi dispiace per mio marito.

Non si rende conto che lo stanno USANDO? In cosa CONSISTE il suo lavoro? Prendere contatti con gli ospiti e assicurarsi che Slater non si faccia arrestare per corruzione di minorenne? Chi vorrebbe mai fare un lavoro del genere?

Hubert. Il primo giorno di lavoro venne fotografato mentre acquistava un sandwich in una rosticceria di fronte agli studi televisivi.

Nella foto saluta i fotografi agitando il sacchetto di carta marrone e sorride. «IL PRIMO GIORNO DI SCUOLA DEL PRINCIPE», titolò il «New York Post» il giorno dopo.

«Voglio fare qualcosa di normale. Come una persona qualunque» mi confidò Hubert. Lo capivo, eccome. «E a me piacerebbe passeggiare con te come una coppia qualsiasi e comprarmi un gelato» gli risposi, anche se io *odio* il gelato perché fa ingrassare.

«Anche a me, piccola, anche a me.»

Lo incoraggiai ad accettare un lavoro nel mondo dello spettacolo. Hubert aveva già lavorato nel settore bancario, ma l'esperimento si era risolto in un disastro. Non ha alcuna predisposizione per le cifre: le sue generosissime mance sono dovute più che altro alla sua incapacità di calcolare il venti per cento. A quei tempi, però, lo ignoravo.

A un tratto ho una folgorante intuizione: mio marito è affascinante, socievole e di belle maniere. Ma è anche, in un certo senso... un cretino.

La casa di produzione se ne approfitta, sfrutta le sue conoscenze.

Disgustata, mi accendo un'altra sigaretta e in quel preciso istante si apre la porta della sala verde (quella maledetta Constance probabilmente mi aveva chiusa dentro). Hubert entra insieme a Dianna Moon, che incomprensibilmente, si precipita verso di me e mi getta le braccia al collo come una bambina. Per poco non mi brucio con la sigaretta.

«Ho sempre desiderato conoscerti» proclama. Poi fa

una passo indietro e dichiara: «Sei proprio bella come dicono». Mi prende la mano. «Spero che diventeremo ottime amiche.»

Vorrei odiarla, ma non ci riesco, per lo meno non subito.

«Constance mi ha avvertito che eri qui» dice Hubert esitante. «E Dianna ha detto che voleva incontrarti.»

«Speravo che avresti avuto il tempo di pranzare con me» gli dico, ma ho la netta sensazione che lui sia particolarmente ostile.

«Pranziamo tutti insieme. In uno di quei posti per signore chic» propone Dianna. «Oggi mi sento molto signora.»

Hubert declina l'invito. «Non posso. Bob e io siamo sempre impegnati all'ora di pranzo, il mercoledì.»

«Oh, davvero?» faccio io.

«Se avessi telefonato prima di venire...»

«Ma chi sarà mai Bob? Scaricalo» dice Dianna. «Digli che devi pranzare con me. Sono certa che capirà.»

«Capirà, ma è pur sempre il presidente della rete televisiva.»

«Non vuoi pranzare con tua moglie?» Lo stupore di Dianna sembra autentico. «È così bella...»

«Ci vediamo a malapena» osservo io in tono neutro, infilandomi i guanti.

«Norman e io trascorrevamo ogni minuto insieme. Ogni minuto. Non ci stancavamo mai l'uno dell'altra. Eravamo ossessionati. Stavamo giorni interi a letto...» Fa una smorfia. «Mi manca. Mi manca tantissimo. Nessuno può capire quanto.» E poi comincia a piangere.

Hubert e io ci guardiamo allarmati. Hubert non fa nulla. Io tossicchio educatamente sul mio guanto.

«È stato il grande amore della mia vita. L'unico. Non credo che potrò mai stare con un altro uomo» prosegue Dianna; ma di sicuro frequenta un altro (il presidente di una casa cinematografica) e forse vive con lui (o per lo meno tiene tutte le sue cose a casa sua). È evidente che le lacrime fanno parte della sua piccola recita. Di colpo mi afferra una mano e dice: «Be', dovrai accontentarti della mia compagnia. Non potrei sopportare di pranzare da sola in questo momento».

Hubert sembra sollevato. «Perché non andate da Cipriani? Sarò lieto di pensare io al conto, naturalmente. Cecilia, assicurati solo di portarmi la ricevuta, okay?»

Lo fisso inorridita, come osa scaricarmi? Trattarmi come una specie di... IMPIEGATA? Mio Dio, non posso crederci.

«Constance provvederà a prenotare» dice. E proprio in quel momento Constance entra con l'aria di chi è pronta a "prendere in mano la situazione".

«Allora telefono a Giuseppe» dice, facendo un cenno di assenso a Hubert. «Lo avverto del vostro arrivo in modo che non dobbiate aspettare.»

«Io non devo mai aspettare, in nessun posto» le faccio presente, sbigottita da tanta sfacciataggine. Guardo Hubert in cerca di un segno d'intesa o di solidarietà, ma lui si limita a sorridere. È tutto quello che riesce a fare.

«Bene. Arrivederci allora» lo saluto fredda.

«Ci vediamo più tardi. A casa» mi congeda lui.

«Bene. Vado a telefonare» dice Constance, che guarda Hubert ma non si muove. «Oggi Slater ha fatto una figuraccia» continua, come se lei e Hubert fossero soli.

«Tutto a causa di quella maledetta Monique. Ecco cosa succede a farsela con una bambina. Solo che adesso è un problema nostro.» E poi, incredibile ma vero, gli tocca il braccio. Per l'esattezza, gli tocca il bicipite.

Avevo ragione: ha una storia con Constance.

«Chi era quella puttanella?» domanda Dianna appena entra nella limousine. «Cristo, se fossi in te l'avrei presa a sberle. Ascolta, tesoro, regola numero uno: non permettere a nessuna di fare la smorfiosa con il tuo uomo. Perché, garantito, quella sta dietro a Hubert. Se tu sapessi quante donne ho dovuto rimettere in riga... non ci crederesti.»

Invece ci credo. Le risse da bar di Dianna Moon sono leggendarie, ma in questo momento sono o troppo dispiaciuta o troppo educata o troppo arrabbiata con Hubert per dire qualsiasi cosa, così mi limito ad annuire. Mi accendo una sigaretta, ma Dianna me la strappa di mano e comincia a fumare, nervosa. «Ho quasi tagliato una tetta a una di quelle sciacquette, una volta, lo sapevi?»

«Veramente no» dico, accendendo un'altra sigaretta, pensando che nemmeno lei può riuscire a fumarne due contemporaneamente. «Proprio così» dice lei. «Quella avrebbe voluto farmi causa, ma Norman e io avevamo i migliori avvocati del mondo dello spettacolo.»

Si appoggia allo schienale in pelle grigia. La osservo. Il suo viso è bello e brutto allo stesso tempo: la parte brutta è l'originale e quella bella è il risultato di sofisticati interventi di chirurgia plastica. «Sì» dice. «Tutti amavano Norman. Proprio tutti. La prima volta che lo vidi sul set di quel film – giravamo nel deserto – capii che era Gesù Cristo. Ed era così per tutti gli altri.» Si gira verso di me e mi prende la mano. «È per questo che amo tanto Gesù, Cecilia. Lo amo perché l'ho *visto*. Qui sulla terra. C'è rimasto solo per un breve periodo, sufficiente a girare tre film che hanno incassato più di cento milioni di dollari. Ma ha colpito tutti, e dopo averlo fatto, ha capito che era tempo di tornare in cielo. Così ci ha lasciati.»

«Ma per Gesù il suicidio non è un *peccato*?» Mi chiedo quanto ancora riuscirò a resistere e se in questo momento Hubert e Constance stanno pranzando, magari nel loro nido d'amore e se Hubert le dice cose come: «Ti amo, ma mia moglie è pazza».

Dianna mi guarda dritto negli occhi. «Non si è suicidato, Cecilia. La morte di Norman è un mistero. Nessuno sa esattamente come sia morto. Non si conosce nemmeno l'*ora* della sua fine.»

«Ma senza dubbio la scienza moderna...»

«Oh no. La scienza moderna non è poi così moderna come crede la gente. Ci sono fenomeni che nemmeno i medici si sanno spiegare...»

Non posso evitare di pensare: "E tu sei proprio uno di quelli".

«Per esempio, il fatto che il suo corpo sia stato trovato solo dopo quattro giorni.»

Non riesco a tacere. «È vero che ne mancavano delle parti? Divorate da animali selvatici?»

Dianna guarda fuori dal finestrino prima di ricominciare a parlare. «È quello che credono tutti. Ma la verità è... che parti del suo corpo potrebbero essere state trafugate da... alcuni discepoli speciali.»

Oh, cielo.

«Sono quasi certa che mio marito abbia una storia» dico.

«E questi discepoli, in realtà sono...»

«Con Constance. Quella puttana.»

«...sono angeli. Mandati sulla terra per vegliare su di lui, ma...»

«E non so proprio cosa fare...»

«...il fatto è che molte persone, sul serio, molte persone, credono che questi discepoli siano degli...»

«Immagino che dovrei pensare al divorzio.»

«Alieni.»

La fisso.

Si sporge verso di me. «Ci credi che Norman era Gesù, vero Cecilia? Ti prego, di' di sì. Ti prego. Perché desidero davvero che diventiamo ottime amiche. Una vera amica in questa città mi sarebbe utile, sai?»

Fortunatamente a questo punto la limousine si ferma davanti al Cipriani.

Dopo la solita dose di salamelecchi, ci conducono a un tavolo accanto alla vetrina. Intorno a noi si solleva un certo brusio: «Quella principessa... Cecilia.... chi è l'altra donna... Oh, Dianna Moon... Norman Childs... Dianna Moon e... Luxenstein... il principe Hubert Luxenstein... morto, sai...». E so che saremo un argomento per le rubriche pettegole di domani, specialmente quando alzo gli occhi e vedo D.W., cinque tavoli più in là. Mi fissa, in attesa di un cenno: è con Juliette Morganz, la "ragazzina del Vermont" che alla fine dell'estate sposerà Richard Ally, quello dei cosmetici Ally, nella proprietà degli Ally negli Hamptons.

Arriva il cameriere e Dianna spiana il fucile quando

tenta di metterle il tovagliolo sulle ginocchia. La strage è scongiurata dall'apparizione di D.W., che si china verso di noi e ci riempie di complimenti. «Mia cara. Che enorme piacere vederti. Non riesco immaginare un incontro più gradito di questo. Ha dato un senso alla mia giornata.»

«Dianna Moon, D.W.»

Dianna solleva il viso per essere baciata e D.W. esegue, un bacio per guancia. «Ehi,» gli chiede «qual è il tuo nome completo?»

«Dwight Wainous» dico io.

«Sono stato il primo capo di Cecilia. Anni fa. Da allora lei e io siamo grandi, grandissimi amici.»

Io mi limito a guardarlo.

«E a quanto ho sentito le congratulazioni sono d'obbligo» prosegue lui rivolgendosi a Dianna.

«Già» dice Dianna, con assoluta indifferenza.

«Per il suo contratto con la Ally Cosmetics.»

«Non è incredibile? Io che vendo ombretti...»

«Gli Ally sono miei grandi, grandissimi amici. Pensi che sto appunto pranzando con Juliette Morganz, la fidanzata di Richard Ally.»

«Ah sì?» dice Dianna passando in rassegna la sala. «Quella cosina bruna?»

Juliette saluta con un'enfasi esagerata.

«Si aspetteranno che io vada al matrimonio, presumo.»

«Naturalmente anche Juliette è una mia cara, carissima amica» cinguetta D.W.

«Pare proprio che tutti in questa città siano dei suoi cari, carissimi amici... Forse dovrei cercare di conoscerla meglio.»

«Sarebbe un enorme piacere per me.»

«Buon Dio!» esclama Dianna mentre D.W. si allontana. «Quel tipo sembra riesumato da sotto una roccia di Palm Beach» e io comincio a ridere, anche se Palm Beach mi ricorda Hubert.

Ci eravamo appena fidanzati quando partimmo per una vacanza di due settimane. A Palm Beach fu subito evidente che le nostre aspettative riguardo al futuro erano molto diverse. Le mie comprendevano: valigie Louis Vuitton, una pettinatura sempre perfettamente in ordine, safari in Africa, tenute da equitazione, colonnati bianchi contro il cielo e il mare dei Caraibi, colline toscane color argilla, balli mascherati a Parigi, smeraldi, colazioni con il presidente, jet Lear, suite d'albergo, letti enormi con lenzuola bianche e cuscini di piuma, una spider, un marito che mi bacia di continuo, bigliettini nascosti nelle mie valigie con scritto «Ti amo», il vento che soffia tra i nostri capelli. Questo è ciò che ottenni: un "eccitante" viaggio attraverso l'America. Che iniziò a Palm Beach. Dove «l'affascinante coppia di neo fidanzati» fu ospite dei signori Masters. Brian Masters (zio di Hubert) è un vecchio ciccione con il cranio coperto di verruche. Durante un pranzo si piegò verso di me e mi disse: «In questa famiglia andava tutto bene prima che Wesley partisse per Hollywood e facesse tutti quei dollari» mentre un cameriere nero coi guanti bianchi ci serviva costolette di agnello. Sua moglie, Lucinda, originaria del Minnesota, simulava un leggero accento britannico e aveva maniere vaghe e sconcertanti. La ragione mi divenne chiara soltanto in seguito, dopo una frustrante partita di tennis nel corso della quale persi le staffe con Hubert.

«Vieni con me Cecilia» mi invitò Lucinda con una specie di mezzo sorriso. Io la seguii, strascicando i piedi fino alla sua stanza da bagno. Lei chiuse la porta e mi fece sedere su uno sgabello imbottito di seta gialla. «C'è solo un modo per sopravvivere quando si è sposati con un Masters.»

«Ma Hubert...»

«Sua madre era una Masters. E anche lui lo è» sussurrò Lucinda. Mi accorsi che era ancora piuttosto giovane e bella, forse sui quaranta. Mi era sembrata così vecchia in quell'enorme dimora, circondata da una schiera di ridicoli domestici in livrea... pensai: "Cosa ne sarà di me?".

«I miei alleati» annunciò, aprendo un armadietto che conteneva un'intera farmacia. Poi prese una bottiglietta marrone. «Prova queste. Sono completamente innocue. Come caramelle. Ti raddolciranno l'umore.»

«Non ho bisogno di pillole» le risposi. In realtà allora ero dipendente dalla cocaina e in valigia ne avevo una fialetta di cui nessuno sospettava, né avrebbe mai sospettato, l'esistenza. «Il mio matrimonio sarà un successo. Andrà tutto benissimo.»

«Oh, Cecilia» mi disse Lucinda porgendomi la bottiglietta. «Non farti illusioni.»

Dopo qualche giorno Hubert organizzò una "spedizione di pesca" nel Montana. Capelli arruffati, coperte sbrindellate, levatacce strazianti... Dopo tre giorni la magia era evaporata: Hubert e io non avevamo più nulla da dirci. Allora, per la prima volta, aprii quella bottiglietta di pillole e ne feci scendere una sul palmo della mano. Era piccola, bianca, ovale. La ingoiai. Poi ne ingoiai una seconda.

Mi sentii subito meglio.

E continuai a sentirmi bene, perfino quando camminammo sotto la pioggia per tre chilometri fino alla bettola che Hubert aveva scovato in non so quale guida. Lui ballava con una cameriera dalle tette cadenti (aveva solo venticinque anni), mentre io bevevo *margaritas*, facendo finta di niente.

Hubert se la bevve, si convinse di aver preso la decisione giusta chiedendomi di sposarlo.

Non è così che funziona il mondo?

«Bianco o giallo?» chiede Dianna. Io torno al presente. «Cosa?» Scoppiamo a ridere perché siamo al decimo Bellini o giù di lì.

«Lo Xanax.»

«Blu. Il giallo è per gli omosessuali.»

«Non immaginavo che esistesse anche blu» dice lei, coprendosi il viso con le mani e ridendo di gusto. «Ehi, indovina un po'. Io mangio anche il cibo per cani. L'ho fatto mangiare anche a Norman. A pensarci bene, l'ho costretto a fare un sacco di cose.»

«Non ricominciare a piangere, per favore.»

«Oh, Gesù mio. Norman» geme. «Perché te ne sei andato, lasciandomi centoventitré milioni di dollari?»

«Perché, Norman?» le faccio eco io.

Poi ci scappa la pipì, così saliamo faticosamente al piano di sopra. Juliette, "la ragazzina del Vermont", ci segue in bagno. Dianna si dà un'occhiata allo specchio, fa un salto indietro e strilla: «Devo truccarmi!». Detto fatto. Afferra la borsa di Juliette e ne rovescia il contenuto nel lavandino. Ne fuoriesce una caterva di cosmetici MAC, insieme a un tampax mini, a una spazzola per capelli e a un preservativo.

«Oh, Juliette!» esclamo. «Come mai non usi i cosmetici Ally?»

«Io li uso,» dichiara Dianna, applicandosi una generosa dose di rossetto sulle labbra «e da quando li ho scoperti non ho più l'aspetto di una tossicodipendente. Dovresti provarli anche tu.»

«Cecilia,» mi blandisce Juliette «verrai al mio matrimonio, vero?»

«Non me lo perderei per nulla al mondo. Anche se ti conosco a mala pena.»

«Ma non è questo il bello di New York? Non ha nessuna importanza. Cioè, tutti...»

Dianna la interrompe.

«Ho intenzione di conquistare questa città. Proprio come ho conquistato Los Angeles.»

«Al mio matrimonio verrai anche tu, non è vero?» le chiede Juliette.

«Rivolgiti al mio agente.»

«Be', anch'io ho un agente, cosa credi. È D.W.» sottolinea Juliette.

«Allora di' al tuo agente di chiamare il mio. Lasciamo che se la sbrighino fra di loro.» Con questo, usciamo dal bagno, lasciando Juliette a pulire il tubo del rossetto con una salvietta.

Quando varco la soglia del loft, il telefono sta squillando. Come immaginavo, è Dianna.

«Ciao, zuccherino. È così che chiamavo Norman, zuccherino.»

«Ciao. Salve Norman.»

«Ti senti sola, Cecilia? Io sì. Io mi sento terribilmente sola.»

«Credo che lo stesso valga per me.»

«Bene, è l'ultima volta. Perché diventeremo grandi amiche.»

«Giusto» dico io, mentre l'effetto dello champagne comincia a svanire.

«Ascolta, hai voglia di andare un po' in giro? Domani potremmo fare shopping insieme. Ho ancora la limousine e l'autista. Cavolo, ho sempre una limousine e un autista, ma qualche volta me ne dimentico, ci credi?»

Mio marito ha una relazione. Con Constance.

«Senti, Dianna» giù in strada un autobus proveniente dal Midwest scarica una mandria di turisti vocianti. «È vero quello che dicono? Che hai ucciso tuo marito?»

C'è una pausa, poi Dianna scoppia in una breve, fragorosa risata. «Dunque, mettiamola così: se non l'ho ucciso, questo non significa che non avrei potuto farlo, chiaro?»

«Davvero?»

«Be'... saprei come muovermi, diciamo. Se è questo che vuoi sapere. Tieni presente una cosa: è molto più economico di un divorzio.»

Ride ancora e riattacca.

VI

Sto per partire.

Sono seduta nello studio del dottor Q.: osservo le sue sporche tende di mussola mosse dal vento, e penso a yacht, star del cinema in abiti di satin e cappelliere Louis Vuitton come quella che ho appena acquistato per il mio viaggio, anche se non ho un cappello. Il dottor Q. interrompe le mie fantasticherie con una parola: «Allora?».

«I passanti ci possono vedere attraverso le finestre....»

Il dottor Q. posa il taccuino giallo e guarda fuori. «È un problema? Viene qui da... da quanto? Un anno e mezzo ormai, Cecilia, e non ha mai detto nulla.»

Come non ho mai detto nulla della relazione tra Hubert e Constance. Fino a un paio di giorni fa. Subito dopo avere detto a Hubert che sarei andata a Cannes per il festival del cinema insieme a Dianna.

«Forse sto diventando paranoica» dico, in un maldestro tentativo di fare dell'autoironia.

«Lei è paranoica» afferma il dottor Q. abbassando lo sguardo sul taccuino. «Per questo motivo si trova qui, lo sanno tutti.»

«Tutti? Chi sarebbero questi tutti? Cos'è, una specie di cospirazione?»

«Io, suo marito, la stampa, o forse dovrei dire "i media", e probabilmente D.W., che lei tira sempre in ballo... devo continuare?» La voce del dottor Q. sembra quasi annoiata, così io dico di no e dopo un attimo aggiungo: «Forse uso la mia paranoia come una sorta di arma. Ci ha mai pensato, dottore?».

«È così? Usa la paranoia come un'arma?»

Merda. Non lo so.

Il dottor Q. mi fissa. Anche Hubert mi ha fissata così quando gli ho annunciato la mia partenza (senza di lui). Ma non ha fatto commenti. Nel corso di un pomeriggio delirante ho comprato quattro valigie nuove, caterve di scarpe, borsette e abiti nuovi. Con me c'era Dianna, ed entrambe eravamo completamente sbronze. Ma Hubert non ha fiatato. «Ho bisogno di allontanarmi un po'» gli ho detto. «Devo riflettere.»

«Ho bisogno di allontanarmi un poco» dico al dottor Q.

«A cosa le servirà questo viaggio?»

«A niente. Ma mi terrà lontana da mio marito. Le ho detto che credo abbia un'amante?»

«Me l'ha detto...» il dottor Q. scorre le pagine del taccuino «mesi fa. Insieme alla storia della biografia non autorizzata.»

«E allora?»

«Allora il punto è... che probabilmente si tratta solo di fantasie.»

«Credo di saper distinguere tra fantasia e realtà.»

«Davvero?»

«L'ho visto insieme a lei.»

«Stavano...»

«Cosa? Facendo quello? No. Ma potrei giurarci. Dal modo in cui si comportavano.»

«Cosa dice suo marito?»

«Niente. Ma non nega.»

«Perché almeno non neghi?» avevo strillato.

«Cecilia,» aveva replicato lui freddamente «una simile accusa non merita nemmeno una risposta.»

Mio marito sa essere così glaciale. Dietro alle sue belle maniere c'è... il vuoto.

«Non c'è dubbio che abbia una relazione» aveva concluso Dianna. «Altrimenti avrebbe negato.»

Lo sanno tutti che funziona così, no?

Questa seduta non sta portando da nessuna parte, così cambio argomento piuttosto bruscamente. «Ho una nuova... amica.» La frase risulta patetica, proprio come quando avevo quattro anni e raccontavo a tutti che avevo un amico: era un amico immaginario di nome Winston. Fingevo di andare a giocare con lui, invece passavo il tempo accovacciata su una pozzanghera, a far galleggiare insetti sulle scatole dei fiammiferi.

«E questa amica...»

«Esiste,» attacco «cioè, credo che diventeremo grandi amiche. Lo siamo già, ma chi può sapere quanto durerà?»

«Le sue amicizie con *donne*... di solito finiscono in fretta?»

«Non lo so.» Sono esasperata. «Chi può dirlo? Non è questo il punto. Non vuole nemmeno sapere... chi è?»

«È importante? Chi è?»

«Il fatto è che non ho un'amica da molto tempo. Okay?» Lo fisso.

«E perché?»

«Non lo so. Perché sono sposata. Me lo dica lei.»

«Quindi questa amica...»

«Dianna...»

Il dottor Q. alza una mano. «Niente cognome, per favore.»

«Cos'è questa? Una riunione degli alcolisti anonimi?»

«È quello che lei vuole che sia, Cecilia. Dunque, vediamo. Dianna.» Il dottor Q. scrive il nome a lettere maiuscole e lo sottolinea.

«Sa PERFETTAMENTE di chi si tratta» grido. «Cristo. È Dianna Moon. Non legge le cronache mondane? Parlano di noi da almeno due settimane, di come andiamo insieme dappertutto.»

Il dottor Q. succhia l'estremità della penna. «Non leggo le cronache mondane» confessa, pensoso.

«Maledizione, dottore. Le leggono tutti» lo rimprovero, incrociando le braccia e dondolando un piede, fasciato in una Manolo Blahnik di seta beige, quattrocentocinquanta dollari di pura scomodità. Dianna ha insistito perché le prendessi. Ne abbiamo comprate un paio ciascuna, perché ormai siamo come "sorelle". Portiamo persino lo stesso numero.

«Ho buon gusto» dico improvvisamente. E il dottor Q., sollevato, mi dà ragione. «È vero. È una delle qualità che le vengono riconosciute, no? Il buon gusto. Probabilmente è uno dei motivi per cui Hubert l'ha sposata.»

Mi guarda. Io sostengo il suo sguardo, così continua a parlare. «Dopo tutto, è anche per questo che gli uomini come Hubert si sposano, no? Vogliono una moglie dotata di buon gusto, che indossi gli abiti adatti per i gala di beneficenza... che sappia decorare la casa negli Hamptons... mi correggo, mi dicono che gli Hamptons sono – come dite voi? – *over*.» Io mi appoggio allo schienale e chiudo gli occhi.

Penso a cosa farebbe Dianna in una situazione simile.

«Sa una cosa, dottor Q.?»

«Cosa?»

«Vada a farsi fottere.»

VII

Questa mattina mi alzo e chiedo a Hubert che è in bagno e si sta radendo: «Credi che sia legale portarsi in giro dello Xanax?». «Perché?» chiede lui.

«Perché non voglio provocare uno scandalo alla dogana. Quando andrò in Francia» dico io, per il gusto di girare il coltello nella piaga. Sul suo viso compare quell'espressione addolorata che ostenta con maggiore frequenza da quando gli ho annunciato che sto per partire. «Non credo che tu debba preoccupartene. Comunque, se ci fossero problemi, puoi sempre chiamare mio padre.»

«Che bello» dico, con una gioia assolutamente immotivata. «Adoro telefonare al castello.»

Mi passa accanto in fretta, alzando il mento per abbottonare la camicia e annodare una cravatta sotto il colletto. Studio quello sguardo ferito, come se la punta dei suoi occhi stesse scivolando all'ingiù. Per un minuto mi si forma un nodo allo stomaco, ma poi ricordo che è giusto che paghi.

È lui quello con l'amante.

Ma io non intendo tirare di nuovo in ballo questo argomento.

I fatti sono più eloquenti delle parole.

Prendo Mister Smith, che dorme ancora sul mio letto, lo bacio sulla testa e domando: «Pensi che Mister Smith sentirà la mia mancanza?».

«Credo di sì» risponde Hubert in tono neutro. Ma non aggiunge: "Anch'io sentirò la tua mancanza".

Mio Dio. Cosa succederà?

«A dopo» mi saluta. «Oggi giriamo due puntate, quindi credo che tornerò a casa tardi.»

«D'accordo.»

Mi fa il solito sorriso addolorato e improvvisamente sono trafitta da un pensiero: vuole divorziare.

Si sbarazzerà di me come si è sbarazzato della sua prima moglie. Anastasia.

Non riesco nemmeno a pronunciare il suo nome.

Anche lei era pazza.

Però, non è stato un vero e proprio divorzio. Il matrimonio è stato annullato. Erano giovani e tutti dicono che lei era impossibile. Una piccola aristocratica europea, prepotente e irascibile, che probabilmente ha frequentato la stessa scuola di perfezionamento in Svizzera delle sorelle S. e che viene ancora citata sui giornaletti scandalistici più dozzinali come "ex moglie del principe Hubert Luxenstein", anche se tecnicamente è sbagliato. Se il matrimonio è stato annullato allora non sono *mai stati sposati*, giusto?

Quando vedo una sua foto su qualche rotocalco mi arrabbio con Hubert. Gli punto il dito contro: «Non puoi fare niente per evitarlo?». E lui, scocciato, replica: «Ma se non la vedo mai. Sono sei anni che non ci parliamo più».

Ovviamente questo per me non è abbastanza, così

continuo a brontolare contro la maledetta Anastasia per ore. Oggi penso ancora a lei ed è una vera e propria tortura passare davanti alle vetrine di Ralph Lauren mentre vado all'appuntamento con D.W.

È proprio qui che ho visto Anastasia per la prima volta, circa sette anni fa. Al terzo piano di Ralph Lauren. Io, che schifo, all'epoca ci lavoravo, anche se ora mi sembra incredibile.

Ero una pessima commessa, ma non avevo un'altra scelta. Mia madre aveva ricominciato a dipingere e mio padre era impegnato a fare il gay a Parigi. Tutti si erano dimenticati di me, come avevo previsto, e la mia unica fonte di sostentamento era quel lavoro da Ralph Lauren. Lo stipendio era basso, ma potevo acquistare gli abiti scontati del settanta per cento.

Piegavo maglioni tutto il giorno, un'impresa per me quasi impossibile. Le altre ragazze tentavano di darmi delle dritte, per evitare che mi licenziassero. Come se me ne fregasse qualcosa. Un pomeriggio, mentre lottavo con un cachemire rosa, è comparsa Anastasia. Con un'amica. L'ho riconosciuta immediatamente. Era bruna e sottile, con enormi occhi scuri: era incredibilmente bella e sapeva di esserlo. Ha schioccato le dita, lo giuro, ed è venuta verso di me.

«Può aiutarmi, *prego*...»

Non era una domanda, bensì un ordine. Aveva un forte accento spagnolo e un palpabile disprezzo nei confronti dei "plebei".

Io ho proseguito per la mia strada senza reagire.

«Lei lavora qui, no?»

«Sì» ho detto impassibile.

«Voglio l'ultimo modello.»

«L'ultimo modello... di cosa?»

«Di tutto. Vestiti, scarpe, borsette...»

«Ma non ho idea di cosa le piaccia.»

Ha strabuzzato gli occhi e ha sospirato come una regina delle soap opera. «Mi porti gli abiti delle pubblicità, allora.»

«Molto bene.»

Sono tornata con un paio di scarpe. Uno solo. Lei era seduta in un camerino con l'amica. Parlavano di Hubert, anche se il matrimonio era stato annullato sei mesi prima. Perché lei era ancora a New York? «...questo fine settimana andrà a casa di sua zia» diceva, come se stesse confidando un segreto di stato. Le ho mostrato le scarpe; pensavo: "Sta cercando di riprenderselo puntando su un look più americano. Non funzionerà. È finita. Hubert sarà mio. Soltanto mio".

«Allora?»

«Sì...»

«Cosa aspetta?»

L'ho fissata con gli occhi stretti come due fessure. Ho tolto le scarpe dalla scatola.

«Me le metta ai piedi, prego.»

«Mi dispiace. Qui siamo in America. La schiavitù è stata abolita da un pezzo.» Mi sono precipitata fuori dal camerino scontrandomi con un uomo alto, attraente, assolutamente WASP, che ha detto: «Sto cercando qualcosa per mia moglie».

Gli ho risposto: «Sarebbe un problema MIO?».

E lui: «Sì, dal momento che lavora qui».

E io: «Si sbaglia, perché sto per essere licenziata».

«Davvero?»

Credetemi, sono scoppiata in singhiozzi.

«Conosco un famoso mercante d'arte che sta cercando un'assistente per la sua nuova galleria di SoHo» mi ha detto lo sconosciuto.

«Mi tratterà come una prostituta?»

«Le prostitute sono molto in voga, oggigiorno. Chiunque vorrebbe essere al loro posto. Alle donne non piace pagare per i propri Christian Lacroix.»

Naturalmente lo sconosciuto era D.W.

Che in questo momento è seduto a un tavolo all'aperto di La Goulue e armeggia col cellulare. M'infilo in una traballante sedia di metallo bianco e lo punzecchio: «Come diavolo ti sei vestito?».

«È Valentino. WASP italiano.»

«Oooooh. L'ultima moda, immagino.»

«In effetti, sì. Qual è il tuo problema? Non devi partire domani?»

«Puoi convincere Bentley a prestare a Dianna un vestito per il festival del cinema?»

«Dianna è della Florida.»

«Tu vai spesso in Florida.»

«Io vado a Palm Beach. Palm Beach non è la Florida.» D.W. fa una pausa mentre il cameriere ci versa l'acqua minerale. «Ho sentito che viene da un posto chiamato... Tallahassee, mi pare. Cioè, chi mai potrebbe essere di Tallahassee? Fra le persone che conosciamo, intendo.»

«Nessuno.»

«E perché poi Dianna vuole indossare un Bentley? Potrebbe mettersi qualcosa di Fredricks of Hollywood e l'effetto sarebbe lo stesso.»

«Questo è vero.»

«Non approvo questa tua amicizia con Dianna Moon.

Lo capisci, vero, che lei è esattamente come Amanda. Una versione di maggiore successo, ammesso che quello che fa possa definirsi "successo".»

«È un'attrice famosa...»

«La sua carriera, molto probabilmente, è destinata a concludersi presto. Per qualche bizzarro motivo, forse a causa di qualcosa che ha letto su "Vogue", questa piccola *parvenue* vuole diventare la reginetta della società newyorkese. E per riuscirci si servirà di te. Lei desidera essere te. Proprio come Amanda.»

«D.W., l'alta società è morta.»

Lui mi guarda e tace.

«Non vuole *essere* me. Forse sono io che voglio essere lei.»

«Oh, per favore.»

«È enormemente ricca. E non ha... un marito.»

«Perché lo ha ucciso.»

«È stato ucciso da... entità maligne. E parti del suo corpo sono state trafugate dagli alieni.»

«Perché frequenti un'esaltata come quella?» chiede D.W. con calma, facendo un cenno al cameriere.

Buona domanda. Perché mia madre è... strana?

«È controproducente per la tua immagine. Assai controproducente.»

Mia madre viene da una normalissima famiglia borghese, suo padre era avvocato a Boston, ma benché siano anni che ha lasciato la comune, rifiuta di tingersi i capelli e si ostina a portare sandali Birkenstock.

«Dianna Moon rischia di rovinare tutto.»

«Tua madre è così... affascinante» aveva detto Hubert dopo il loro primo incontro. Ma il messaggio implicito era: non vogliamo che la stampa la intervisti, vero cara? Non vogliamo che la stampa scavi nel tuo passato.

«Dianna Moon... mi piace» affermo.

D.W. mi guarda. «Almeno prometti di non sbarazzarti di Dianna nel modo in cui ti sei sbarazzata di Amanda. La gente potrebbe... insospettirsi.»

Chissà perché, la troviamo entrambi una battuta estremamente divertente.

VIII

Sono in automobile con Dianna e lei sta guidando a una velocità esagerata. Sento che sta per accadere qualcosa di brutto e infatti l'automobile esce dalla curva e precipita da una scarpata. Ci libriamo nell'aria per quella che sembra un'eternità e sotto di noi si spalanca una distesa di cemento. È un sogno, ma stiamo per morire e non riesco a credere di non essermi ancora svegliata.

Dianna si gira verso di me e dice: «Voglio solo che tu sappia che ti voglio davvero bene» poi mi afferra e mi abbraccia. Io non riesco a credere che sto sognando, che sto morendo in un maledetto sogno.

Le dico: «Ti voglio bene anch'io» chiedendomi cosa sentirò quando ci sfracelleremo sul cemento. Continuiamo a precipitare e io sto per morire in sogno: è un presagio di morte reale? Tocchiamo il cemento, ma non fa male come avevo immaginato, facciamo solo *splash* e poi ricadiamo in un altro luogo pieno di corridoi e luce azzurra.

Bene. Così adesso siamo morte, e dobbiamo decidere se tornare indietro o no.

Io non voglio.

«Io torno» annuncia Dianna.

«E io? Devo tornare anch'io?»

«Non lo farei se fossi in te, mia cara. Il tuo viso è un po'... malmesso.»

Ride.

Probabilmente sono le undici del mattino quando mi sveglio, rannicchiata in una posizione fetale, con addosso uno dei négligé di Dianna, la mia giacca di Gucci e niente slip. Dianna dorme nell'altra metà del letto, respira rumorosamente. Nel mezzo c'è un piccolo francese di nome, mi pare, Fabien, che abbiamo raccattato la notte scorsa sullo yacht di qualcuno. Sul tappeto c'è una bottiglia aperta di Dom Perignon. Rotolo fuori dal letto e incespicando raggiungo la bottiglia. Contiene ancora un po' di champagne, mi siedo sul pavimento e me la scolo, incurante delle gocce che mi bagnano il mento. Guardo il minuscolo francese, ma potrebbe anche essere svizzero. Mi accorgo che indossa dei boxer blu di Ralph Lauren e che ha il torace troppo villoso.

Penso: "Odio i francesi, quindi perché dovrei andare a Saint-Tropez?". Mi alzo in piedi, inciampo, dò un calcio a una valigetta, raggiungo il bagno e mi siedo sul cesso per un tempo interminabile. Neanche a dirlo, lo sciacquone non funziona e la mia cacca, marrone chiaro e a forma di sterco di mucca, rimane lì a sfidarmi.

«Fottiti» le dico. Mi guardo allo specchio e mi strappo alcune sopracciglia e penso che fra poco avrò bisogno di qualche iniezione di botulino. Mi chiedo se ho fatto qualcosa col francese, ma sono quasi certa di no, perché non è il genere di cosa che farei.

Finora ho avuto solo quattro fidanzati.

Ufficialmente.

Dianna, invece, va a letto con chiunque.

È un lato di lei che ignoravo.

Avrei preferito continuare a ignorarlo.

Perché sono su questo yacht? Qui o altrove, fa lo stesso. Ma perché?

Salgo sul ponte, c'è una la luce fortissima, barcollo. Avevo dimenticato quanto fosse abbagliante la luce nel sud della Francia, una luce che ti rivela ogni cosa, costringendoti sempre a stringere gli occhi. Il capitano si chiama Paul, è un australiano carino, sulla sua polo blu c'è il nome della barca: *Juniper Berry*. Sta trafficando con alcuni strumenti. «Buon giorno» mi saluta, come se fosse sorpreso di vedermi e pronto a ignorare tutto ciò che è accaduto durante la notte. «Oh, ha chiamato suo marito. Hubert, no? Dice che oggi non ce la fa, ma che cercherà di essere qui domani.»

Mio marito sta arrivando?

E io avrei dovuto saperlo?

Sono talmente confusa che posso solo assentire con il capo. Dopo un paio di secondi, riesco a balbettare: «Ci sono ancora sigarette?».

«Ha fumato l'ultima un'ora fa.»

Lo fisso e intuisco che si tratta di una specie di battuta stupida e incomprensibile.

«Credo che andrò a comprarle, allora.»

«Fuori ci sono dei paparazzi.»

«Paul» dico stancamente. «Fuori ci sono sempre dei paparazzi.»

Percorro la passerella in négligé, tengo ben stretto il mio portamonete e sono scalza. La mia giacca di Gucci è coperta di macchie misteriose: vino rosso, succo di mirtilli, magari vomito. Improvvisamente ricordo che non ho denaro, perché sono in Francia e la valuta straniera mi manda in confusione, così mi fermo e chiedo a uno dei fotografi. Sono tutti armati di enormi teleobiettivi, sperano di catturare un'immagine di Dianna Moon in topless (io non sono famosa quanto lei in Francia) per ricavarne *beaucoup d'argent*.

Sorrido debolmente e loro sono talmente stupiti che dimenticano di fotografarmi.

«*Comment?*» domanda uno di loro, basso, capelli grigi e brutti denti.

«*Pour fume*» spiego impacciata.

«*Ah, pour fume*» ripetono quelli, scambiandosi gomitate. Uno di loro mi dà dieci euro e mi strizza l'occhio, io indietreggio e scappo via. Corro sul tappeto rosso che copre la banchina del porto e penso: "Ogni giorno questo tappeto diventa sempre più sporco e io sempre più inquinata". Chissà perché Hubert arriva domani? Lo fa apposta. Ancora una volta.

Vago per le stradine di Cannes, sono piene di francesi, tutti con la sigaretta in bocca. Passo davanti a un piccolo caffè pieno di gay: portano i capelli lunghi e cercano disperatamente di sembrare donne. Non sono come i newyorkesi. Uno di loro mi guarda e dice: «*Bonjour*».

All'improvviso ho la sensazione di essere seguita.

Mi guardo intorno.

Una ragazzina si ferma e si volta a fissarmi. Ha tre rose rosse tra le mani.

La fulmino con gli occhi e proseguo.

Trovo un tabaccaio ed entro. Ancora francesi che fumano e ridono. Vicino all'ingresso, una donna mi dice qualcosa che non afferro, forse mi chiede se voglio un croissant o un panino al prosciutto forse... mi trincero dietro la frase «*Je ne parle pas français*». Poi chiedo un pacchetto di Marlboro Light e ne accendo una, destreggiandomi goffamente con gli scomodissimi fiammiferi francesi. Quando alzo lo sguardo, la ragazzina è davanti a me.

«Di nuovo.»

«Madame...»

«*Vous êtes un enfant terrible*» le dico. È tutto ciò che sono in grado di dire (in francese) a proposito di bambini.

Lei ribatte: «*Vous êtes très jolie*».

M'incammino in fretta verso la barca. «Madame, madame» mi rincorre.

«Cosa c'è?»

«Vuoi comprare una rosa? Una bella rosa rossa?»

«*Non. Je n'aime pas les fleurs*. Capito? Hai capito, mocciosa?» La mia cattiveria nei confronti della monella mi lascia di stucco.

«Madame, vieni con me...»

«No.»

Cerca di prendermi una mano. «Vieni con me, Madame. Devi venire con me.»

Scrollo la mano, tenendo la sigaretta stretta tra le labbra.

«Vieni, Madame. Vieni. Seguimi.»

«No» protesto debolmente. E comincio a piangere. A Cannes, in mezzo a una strada affollata, durante il festival del cinema, con un caldo terribile, comincio a piangere e a scuotere la testa. La bambina mi guarda e scappa via.

La sera del – quale? – terzo o quarto giorno nel sud della Francia, Dianna Moon e io siamo sul retro di una Mercedes con l'aria condizionata a palla e i Verve a tutto volume. Siamo state invitate a una cena con alcune personalità del cinema. Dianna non la smette di chiacchierare e io di pensare a Hubert. A come, quando di nascosto cominciammo a vederci, il mio telefono era già sotto controllo.

«Quello che nessuno,» farfuglia Dianna, «ma proprio nessuno capisce, è che nel mondo del cinema devi lavorare sodo. Sei la mia migliore amica, Cecilia, dunque sai che io non sono una stronza che si tira indietro quando c'è da far fatica, perché Dio sa, anzi, Gesù sa, che ho sudato tanto per diventare un'attrice e credo di essere una grande attrice, cazzo, anche se, come dicono, non è mai finita. Quindi gli altri dovrebbero capire perché ho bisogno del sesso. Far sesso per me è come... una mini vacanza. È l'unico modo in cui riesco a rilassarmi.» Beve un lungo sorso di champagne dalla bottiglia e io vorrei dirle di piantarla, perché sono già sbronza e sto per impazzire o per uccidere qualcuno.

«Cosa ne pensi di Fabien?» mi chiede.

«Oh, si chiama così?» Guardo i padiglioni bianchi del festival e la Mercedes rallenta a un incrocio.

«È adorabile. Ho sempre desiderato andare a letto con un francese.» In tema di amanti francesi Dianna è già a quota quattro o cinque, senza contare quello nel bagno del ristorante a Montecarlo. Ma preferisco glissare.

Dal finestrino, riconosco la ragazzina con le rose. Si è piazzata accanto all'auto.

«Mi chiedo se dovrei trascinarmelo dietro a L.A.»

dice Dianna ridendo forte, mentre la ragazzina batte sul finestrino con il mazzo di fiori.

«Madame» leggo sulle sue labbra. «Madame, devi venire con me.»

La Mercedes fa un balzo in avanti. Mi giro a fissarla, lei gesticola per salutarmi. Ha l'aria triste.

«Omioddio» dico.

Dianna mi degna di un momento di attenzione e io gliene sono grata, ne ho davvero bisogno. «Non posso credere che Hubert stia venendo qui. Te l'avevo detto che il mio piano avrebbe funzionato. Non appena sei partita, ha capito che era fottuto e adesso è disposto a tutto pur di recuperare la situazione. Non sei felice?»

Mi prende la mano e la bacia, mentre io abbasso il finestrino per fare uscire un po' di fumo.

Al bar dell'hotel du Cap, si ripete la stessa scena di ieri sera, dell'altro ieri, del pranzo del giorno prima e di quello prima ancora. Tutti sono ubriachi di champagne e cocktail. C'è il solito gruppo di donne sui venticinque, tutte alte, belle, in abito da sera, che trascorrono metà della serata al cesso e l'altra metà cercando di abbordare qualche vip. Registi inglesi emergenti malvestiti. Distributori cinematografici tedeschi dal look impeccabile. Kate Moss. Elizabeth Hurley (che odio più di ogni altra perché al momento è "sovraesposta"). E Comstock Dibble, il produttore cinematografico alto un metro e cinquantacinque, devastato dall'acne nonostante i suoi quarantacinque anni. È sul terrazzo, si sta passando un tovagliolo sul viso e urla ai camerieri di unire due tavoli e portare altre sedie. Dianna indossa un abito di Goth. Facciamo il nostro ingresso con la consueta noncuranza. Siamo "qualcuno", e lo saremo sempre, specialmente in posti come questo.

«Comstock! Caro! Tesoro!» urla Dianna, nel caso nessuno l'avesse notata. È già troppo ubriaca, trotterella malferma sui sandali neri finché trova un appiglio nella spalla di un perfetto sconosciuto. Il tipo le dà un buffetto sul braccio e alza gli occhi al cielo.

«Ciao, Dianna» dice Comstock. «Eri sui giornali stamattina.»

«Sono sui giornali ogni giorno. Se non sono sui giornali, non è un buon giorno.»

«Anche tu eri sui giornali» dice Comstock rivolto a me: è sudato anche se la temperatura è scesa vertiginosamente. «Ma tu odi apparire sui giornali.» Mi si accosta come se fossimo le uniche persone nel locale. «È questa la differenza tra te e Dianna.»

«Ah sì?» dico io, accendendomi la cinquantesima sigaretta della giornata. Improvvisamente arrivano al tavolo altre persone, nessuno presenta nessuno.

«Dicono che sei qui senza marito.»

«Deve lavorare.»

«Dovresti farti un amante. In Francia ce l'hanno tutti.»

«Ehi, Comstock. Mi dicono che stai cercando una amante» sbraita Dianna. «Pare che tu ci abbia provato con ogni attriccetta francese sotto i venticinque.»

«Sto facendo dei provini. Sai com'è» ribatte Comstock, e io stendo il tovagliolo sulle ginocchia chiedendomi cosa diavolo ci faccio qui.

Ma qui o altrove, che differenza fa?

«Lo sciupafemmine è Tanner» dice Comstock.

Alzo gli occhi e vedo che è proprio lui, Tanner Hart,

il mio Tanner. I miracoli della chirurgia plastica lo hanno preservato. È identico a cinque anni fa, quando «People» lo proclamò una delle dieci persone più belle del mondo. Si siede, alza un mano e dice: «Non scocciarmi, baby». Io lo fisso, in preda a una specie di shock da alcol.

«Prendi un Bellini» mi incita lui, spingendo un bicchiere verso di me.

«Tanner sarà il grande vincitore di questo festival. Abbiamo venduto *Gagged* in tutto il mondo. Prevedo cinque nomination. Miglior attore. Miglior film...»

«Ehi, Comstock» interviene Dianna. «Come mai con me non ti sei fatto avanti?»

«Perché tu fai parte di una setta e io sono un bravo ragazzo polacco.»

«Potrei convertirti.»

«Piccola, sei una stella. Lo sanno tutti. Non è vero Tanner?»

Ma lui non lo sta ascoltando. Mi fissa intensamente e so il perché. Dopo la nostra rottura, m'intrufolai di nascosto nel suo appartamento per fare sesso con lui.

Senza staccarmi gli occhi di dosso, mi chiede: «A proposito, più tardi qualcuno va a Saint Tropez?».

C'è la luna piena e io mi allontano, con la scusa di andare in bagno. Invece mi affretto a scendere la lunga scalinata di marmo. L'estate in cui morì, Amanda aveva deciso di «entrare nel mondo del cinema» ed era venuta qui con un caratterista di mezza età che la rispedì a casa dopo che lei rimase fuori tutta la notte con un giovane sceneggiatore. Era proprio nello stile di Amanda, rovinare tutto alla prima occasione.

Giro a sinistra e mi trovo in un piccolo giardino con una fontana con dentro le tartarughe. Mi siedo su una panchina.

Non passa nemmeno un minuto e Tanner appare, ha uno spinello tra le dita. «Hai l'aria di averne bisogno» mi dice.

«Ho un aspetto così terribile?»

«Hai l'aspetto di una persona... che non si diverte per niente.»

«Infatti è così.»

«Come stai, piccola?» chiede, sedendosi a gambe larghe. Maneggia lo spinello con delicatezza e inspira profondamente.

«Te l'avevo detto di non sposare quell'imbecille. Ricordi? Ti avevo detto che ti avrebbe resa infelice. Avresti dovuto scappare con me.»

«Hai ragione» dico con tono sconfortato e ripenso a quando dopo il sesso, Tanner e io ci addormentavamo sfiniti e doloranti come dopo una lunga corsa.

Tanner mi afferra un polso e dichiara: «Sono ancora pazzo di te, piccola. Mi piaci sempre moltissimo».

«È un complimento?»

«È la verità.»

«Devo andarmene da questo posto.» Risalgo di corsa il sentiero, con la coda dell'occhio controllo se mi sta seguendo.

Non mi segue e non so se questo mi faccia piacere o no. Attraverso l'atrio e raggiungo la porta principale, dove trovo Dianna che strilla.

Poco dopo siamo di nuovo sulla Mercedes, ubriache e fumate, dirette verso Cannes, al nostro yacht. Con noi ci sono altre persone, per la maggior parte uomini, che non ho mai visto prima e non desidero rivedere mai più.

Ce n'è uno con i capelli a punta e una T-shirt nera che continua a piegarsi verso di me canticchiando: «Sono arrivato e non vorrei tornare indietro». Credo che sia un verso che ha letto in un romanzo di Bret Easton Ellis, ammesso che sappia leggere. Io gli rispondo: «Non so perché sono qui, immagino perché Dianna mi ha invitata».

«Io sono una fottutissima STAR!» grida Dianna.

E poi succede qualcosa che non so descrivere esattamente: mi sento come se tutto intorno a me si stesse dilatando e contraendo allo stesso tempo. Grido: «Fermate l'auto» e tutti si girano e mi guardano come se fossi pazza, ma del resto è quello che si aspettano da me. L'automobile si ferma nel centro di Cannes, io scavalco tre uomini, sguscio fuori dall'auto e mi mescolo alla folla sul marciapiede. Mi volto a guardare la Mercedes e mi libero dei tacchi alti. Tenendo i sandali in mano, comincio a correre nella calca verso l'Hotel Majestic, dove c'è uno sciame di fotografi e riflettori. Svolto in una stradina laterale, passo davanti a un bar per gay dove c'è un uomo in tutù e finisco contro la ragazzina con le rose rosse. Lei è lì, ferma, mi prende una mano e dice: «Madame, vieni con me».

E questa volta vado.

È mattina presto e io sto tornando a piedi allo yacht, mi sento più sbronza e fatta di quanto non mi sia mai sentita in tutta la vita, fatta qualche eccezione... Quando stavo con Tanner, passavo il fine settimana a sniffare e a bere vodka. Il lunedì, telefonavo al lavoro per dire che ero malata, ma la passavo sempre liscia perché tutti sapevano che frequentavo un divo del cinema e tanto bastava. Soprattutto quando Tanner passava a prendermi al lavoro. All'inizio era ossessionato da me e si fermava spesso davanti alla galleria solo per assicurarsi che non ci fossero altri uomini pronti a corteggiarmi. Immancabilmente, queste sortite di Tanner venivano enfatizzate dai giornali (anche se il mio nome non appariva mai, perché allora non ero "qualcuno") e costituivano un'ottima pubblicità per la galleria. Pubblicità gratuita. Tutti erano disgustosamente gentili con me e si comportavano come se io piacessi davvero, ma del resto non avevano altra scelta. Perfino allora, venivo usata dagli altri per la mia capacità di sedurre. Non me lo sono mai domandato prima, ma adesso lo faccio: avrei mai concluso qualcosa senza gli uomini?

Davanti allo yacht si ferma un taxi.

Un uomo alto e bello, in polo e jeans scende e si gira verso di me.

È mio marito.

Il sole splende, deve essere più tardi di quanto pensassi. Comincio a percepire le voci, i suoni, i rumori del porto: i marinai che lavano i ponti, una giovane donna con la spesa, i giornalisti con gli accrediti al collo, e mentre Hubert si avvicina, reggendo la sua valigia di pelle logora, lo vedo. Per la prima volta lo vedo. E lo riconosco: è un mediocre. Le sue origini, il suo aspetto, la sua famiglia... tutto fumo! Hubert non è che un tipo come tanti.

«Ehi» mi saluta. «Cosa ti è successo?»

«In che senso?» chiedo io.

«Sanguini. Hai le mani sporche di sangue.» Abbassa

lo sguardo. «E anche i piedi. E macchie di inchiostro. Cos'è successo alle tue scarpe?»

«Non lo so.»

«Be', in ogni caso, come stai? Hai ricevuto il mio messaggio?»

«A proposito del tuo arrivo?»

«No, a proposito dell'affitto di un motoscafo. Pensavo che sarebbe divertente trascorrere la giornata facendo sci d'acqua.»

Sci d'acqua?

Hubert porta la valigia sullo yacht. «Marc De Belond ha una casa qui. Potremmo aggregarci a lui.»

Aggregarci?

«Ehi, piccola, qual è il problema? Non ti piace Marc De Belond?»

Mi giro e sollevo le mani insanguinate.

«Un gay mi ha rubato le scarpe.»

IX

Caro Diario,
non mi crederai, ma sono ancora su questa maledetta
barca che naviga lungo la Riviera ligure.

E Hubert è ancora qui.

Okay. Ecco il problema. Numero uno: credo di stare
diventando pazza. Forse perché sono stufa marcia di
stare su questa barca con Hubert e Dianna, o forse perché sono davvero "fuori di testa", come dicono tutti.

Problema numero due: sono stata vista l'altra sera in
quel café con la ragazzina. E i suoi amichetti. E quegli
strani gay che cercavano di prendersi il mio vestito
– forse volevano copiarlo e poi restituirmelo – ma
non c'era abbastanza tempo. E tutti quei bicchieri di
cognac. E il bicchiere rotto sul pavimento. E ovviamente questo "ennesimo, imbarazzante incidente" è stato
riportato su «Paris Match».

«Non credo che riuscirò mai a cambiare» dico a Hubert, quasi con sfida. Ha appena letto il giornale e senza
fare alcun commento esprime il suo disappunto sollevando un sopracciglio. Dianna mi difende. «Gesù,
Hub, io sono stata accusata di avere ucciso mio marito.
Gli alieni si sono portati via metà del suo corpo. E tu

sei sconvolto perché tua moglie è stata sorpresa in compagnia di un branco di minorenni e una coppia di gay travestiti?»

Intervengo io, con una frase astuta. «Tutto quello che volevo era un po' d'attenzione.»

È la verità. È tutto ciò che voglio. Perché continuo a non sentirmi amata, anche se è pazzesco. Lui è venuto fin qui per stare con me, ma a me non basta che lui sia qui.

Quando sono con Hubert, non mi sento... come dire... importante. Voglio essere tutto per lui. Voglio essere fondamentale. Voglio che non riesca a vivere senza di me, ma come posso ottenere tutto questo, se lui non me lo permette?

E se lui non me lo permette, cosa devo fare di me, della mia vita?

Naturalmente questi pensieri si traducono in un'orribile espressione sulla mia faccia. O almeno credo. Perché stamattina, mentre ero a letto, Hubert è entrato nella cabina a caccia di una crema solare, poi si è girato verso di me e con tono inequivocabilmente sgarbato mi ha chiesto: «Qual è il tuo problema?».

So che avrei dovuto rispondere: «Niente, caro» ma ero stufa di compiacerlo. Allora ho replicato: «Come sarebbe, qual è il mio problema. Dimmi qual è il tuo piuttosto» e mi sono girata dall'altra parte.

«Accidenti. Forse dovresti provare a riaddormentarti e poi svegliarti di nuovo.»

«Già. Forse dovrei.»

Hubert è uscito.

Dio, quanto lo ho odiato!

Indosso il costume da bagno ed esco sul ponte.

Dianna è già qui, beve caffè e si dà lo smalto alle unghie, anche se sa benissimo che lo smalto è tabù sulla barca, perché potrebbe rovesciarsi e rovinare il ponte di tek. Ma Dianna se ne frega; ha già provocato danni per migliaia di dollari camminando su e giù con i tacchi a spillo, ungendosi il corpo e lasciando impronte indelebili dappertutto. «Ehi, potrei comprarla questa barca, se volessi» ripete imperturbabile. Ma il punto è che la gente come Dianna non fa mai quello che dice.

Senza guardarmi, mi dà il benvenuto. «Ciao, tesoruccio. Un po' di caffè?»

«Il caffè mi fa vomitare. A pensarci, tutto mi fa vomitare.»

Mi accosto al parapetto. Il vento mi arruffa i capelli. La vicinanza di Dianna Moon, il suo egocentrismo, la sua sbalorditiva insicurezza, stanno diventando troppo pesanti.

«Ti sembro grassa?» mi chiede, e io rispondo automaticamente di no, ma non è la verità. A trentacinque anni sembra già una matrona, nonostante la dieta e la ginnastica.

«Andrai a casa della zia di Hubert oggi?»

Merda. La principessa Ursula. Me ne ero completamente dimenticata! Annuisco tetra, ricordando quanto lei mi odi. Una volta, a un funerale, è venuta da me e mi ha detto: «Oh, Cecilia, i funerali ti si addicono perché hai sempre quell'espressione addolorata sul viso».

E questi sarebbero i miei parenti?

«Credi,» chiede Dianna esaminandosi l'alluce, «che ci sarà anche Lil'Bit Parsons?»

È una domanda talmente inaspettata, così fuori luogo, che non rispondo; ho la terribile sensazione che gli altri sappiano qualcosa che io non so. È come se il sole si oscurasse.

«Lil'Bit Parsons?» biascico.

«Non voglio turbarti, ma ho letto su "Star" che è in Europa. In vacanza con i suoi due bambini.» Dianna fa una faccia allarmata mentre io comincio a boccheggiare e a barcollare per il ponte. Sto per vomitare. «C'era una foto di lei a... Saint Tropez, mi pare.»

«Maledetto bastardo» dico, ma riprendo in qualche modo il controllo e scendo di corsa sotto coperta. Paul, il capitano, sta parlando sottovoce al cuoco.

«Dov'è mio marito?»

Paul e il cuoco si guardano. «A poppa, credo. Si sta preparando per un'immersione.»

«Be', dovrà cambiare programma» scatto e mi dirigo sul retro della barca, dove Hubert sta indossando una muta.

«Ciao» mi saluta disinvolto.

«Cosa stai facendo?» gli chiedo freddamente.

«Mi preparo per un'immersione qui al porto. Penso che sarà divertente.»

«Proprio un'idea geniale» commento sarcastica. «Magari finirai maciullato da un'elica.»

«Per l'amor del cielo» dice lui, strabuzzando gli occhi.

«Non te ne frega un cazzo di me, vero?»

«Lasciami in pace, d'accordo?» mi ingiunge, sistemandosi la muta sulle spalle.

«Sono stanca delle tue stronzate» urlo, avventandomi su di lui e colpendolo fino a quando non mi afferra per i polsi e mi scaraventa lontano. «Sei diventata pazza?»

Indietreggio sbalordita. Ma mi riprendo subito e riesco a dire: «Voglio parlare con te».

«Ah sì? Be', io non ho tempo.»

«Devo parlarti. Subito.»

«Proprio non capisci, vero?» dice lui, infilando i piedi in un paio di pinne.

«Che cosa?» chiedo.

«Che sono stufo marcio della tua smania di controllarmi. Lasciami respirare. Lasciami fare le mie cose, okay?»

«Le tue cose? Ma se non fai altro.»

Tace per un momento. Ci guardiamo carichi d'odio. Poi domanda: «Cosa vuoi da me, Cecilia?».

Voglio che tu mi ami, vorrei dire, ma non ci riesco.

«Sono venuto qui per te. Volevi trascorrere una vacanza in barca con Dianna Moon ed eccoci qui. Sono qui. Ti lamenti sempre che non facciamo quello che vuoi tu. E quando lo facciamo, non è comunque abbastanza.»

«E allora mi spieghi come mai andiamo dalla principessa Ursula oggi pomeriggio? Facciamo sempre quello che vuoi tu.»

«La principessa Ursula è parte della mia famiglia, chiaro? Credi di riuscire a capire questo concetto?»

«Non è questo...»

«Ah, davvero? Allora cos'è? Perché comincio a essere decisamente stanco del tuo atteggiamento.»

Mio Dio, perché queste discussioni non portano mai a niente? Cosa devo fare per farmi ascoltare?

«Rivedrai Lil'Bit Parsons, non è così?» lo sfido.

Lui ammutolisce. «Co-cosa...» comincia a balbettare, ma non riesce ad andare oltre e abbassa lo sguardo.

Io so di averlo in pugno. «Concedimi una tregua» supplica.

«Vi frequentate. So tutto. È in Europa, in vacanza con i suoi figli. Era a Saint Tropez.»

«E allora?»

«E allora la vedi di nascosto» dico, ma non ho alcuna prova.

«Smettila.»

«L'hai vista. Sei colpevole.»

«Non ho intenzione di discuterne, Cecilia.»

«Non ne hai intenzione perché sai che ho ragione. L'hai rivista. Perché non lo ammetti e basta?»

«Ti ho detto che non intendo discuterne.»

«Lascia che ti ricordi un piccolo dettaglio, amico. L'ultima volta che non volevi discuterne, il giorno dopo era su... tutti i giornali» strillo. Grido talmente forte che la testa minaccia di esplodermi.

Hubert mi guarda (con tristezza, mi pare), poi si tuffa in acqua. Io mi giro e passo accanto a Paul e al cuoco, che mi rivolgono un sorrisetto molle come se niente fosse. Mi chiedo come riesco a sopportare questa vita. Salgo sul ponte, dove, grazie al cielo, c'è Dianna. E mi siedo tenendomi la testa tra le mani.

«Ci sono i fotografi» dice lei. «Presto vedremo una foto a piena pagina di Hubert che ti strattona. Una copertina perfetta per "Star".»

«Non ce la faccio più.»

«Lil'Bit non rinuncerà mai, lo sai. È una diva del cinema. E i divi del cinema non sopportano di essere respinti. Non si capacita che Hubert ti abbia preferita a lei. Gli darà la caccia fino a quando non sarà sotto terra, piccola. E perfino allora ti prenderà a spintoni al funerale. Proprio come Paula Yates.» Sbadigliando, si gira su un fianco e rovescia la boccetta dello smalto sul ponte.

Una delle cose che s'imparano a proposito del matrimonio è che non devi per forza continuare ogni battaglia fino alla morte. Ti puoi concedere qualche pausa. Fingere che non sia accaduto niente. Ho scoperto che questo sistema funziona con Hubert, lui è un tipo che si fa confondere facilmente. Per questo stava con Lil'Bit Parsons. Lei lo manipolava alla grande.

Quando torna sulla barca (la muta rivela tutti i suoi muscoli, compresi gli addominali perfettamente scolpiti), Dianna e io siamo lì, a ridere e a bere champagne come due sceme.

Gli verso un bicchiere e lui si rilassa, perché pensa che forse la guerra è finita.

Ma non è così.

Rompo la tregua quando siamo sul taxi, diretti alla villa di sir Ernie e della principessa Ursula, sulle colline di Porto Ercole.

«Perché la lasciasti?» chiedo con innocenza. Hubert mi tiene la mano e osserva i vigneti fuori dal finestrino, si gira e chiede: «Chi?». Nella sua voce avverto una sottile incrinatura, come se sospettasse cosa sta per accadere.

«Lil'Bit.»

«Oh. Lo sai. Ho incontrato te.»

Ovviamente questa non è una risposta soddisfacente, o per lo meno non lo è abbastanza, così incalzo: «Lil'Bit non è ospite della principessa Ursula ogni anno a settembre?».

«Non ricordo. Sono amiche. Si conoscono da quando Lil'Bit frequentava il liceo in Svizzera.»

«Liceo in Svizzera. Che graziosa espressione» commento acidamente.

Lui replica: «Cos'ha che non va?».

«Andavi anche tu con lei? A Porto Ercole? Ogni estate, da tua zia?»

«Ci andavo, okay? Te l'ho raccontato, mi pare.»

«Chissà che atmosfera piacevole. Tutti d'amore e d'accordo, tutti amici...»

«Non era male.»

«Non è colpa mia se Ursula mi odia.»

«Ursula non ti odia. Però è convinta che tu mi tratti male.» È una scoperta stupefacente, ma decido di sorvolare. Sbadiglio teatralmente e dico: «Non ho mai conosciuto nessuno che abbia avuto la vita facile come quella di Lil'Bit Parsons».

«Non è vero. Il suo fidanzato la picchiava.»

«Oh, sai che tragedia. Il suo fidanzato la picchiava. Si è ritrovata con un paio di lividi. Se era così orribile, perché non l'ha lasciato?»

«Non è quel genere di persona, okay?»

«Il suo paparino era ricco, a diciassette anni ha iniziato a fare la modella e a diciannove ha ottenuto la prima parte come attrice. Povera creatura!»

«Solo perché non è cresciuta in una comune, non significa che non abbia avuto una vita difficile.»

«Stronzate. Sono tutte stronzate. Non ci arrivi a capirlo?»

«No. E non capisco nemmeno te.»

Cala un silenzio di tomba.

La principessa Ursula ci attende in piscina, costume

da bagno e sarong annodato in vita (ha cinquantacinque anni, ma crede ancora di avere un fisico impeccabile e lo esibisce a ogni occasione). Ci accenna come "per caso" che la cara Lil'Bit Parsons è a Porto Ercole, dove ha affittato una villa per due settimane e... sta per venire a pranzo. Non è una sorpresa meravigliosa?

Hubert mi guarda ma io non reagisco (più o meno come farebbe un prigioniero in un campo nemico), allora lui si avvicina e mi prende la mano. «È buffo. Cecilia e io stavamo giusto parlando della possibilità che Lil'Bit fosse qui. Cecilia ne era sicura.»

Zia Ursula mi guarda come se mi vedesse per la prima volta. «Allora Cecilia deve essere una medium. Deve avere talenti nascosti che nessuno di noi immagina.»

È un'osservazione così tagliente... Ma Hubert naturalmente non coglie il sarcasmo nella voce della zietta e io decido di tacere. La mia risposta è un sorriso arrogante e annoiato. Ursula continua: «Spero che non ti dispiaccia per Lil'Bit. Siete amiche?».

«Non l'ho mai conosciuta» dico con indifferenza. «A dire il vero, Hubert non ne parla mai.»

«Ti piacerà moltissimo» proclama lei. E proprio in quel momento, arriva sir Ernie Munchnot, a petto nudo. Devo ammettere che non è male per un uomo sui sessanta. Abbraccia Hubert e poi me. Ridacchio forte quando è il mio turno e guardo zia Ursula, che osserva la scena palesemente contrariata. Esclamo: «Oh, zio Ernie. Che piacere vederti. Accidenti, sei davvero in gran forma». E lui: «Come sta la mia nipote preferita? Dico sempre a Hubert che se non ti avesse sposata lui, ti avrei sposata io». Mi circonda la vita con un braccio e insieme camminiamo verso il patio. «Ehi,» dice zio Ernie «riesco ancora a nuotare per sei chilometri. Tutti i giorni. L'esercizio fisico è il segreto per una vita lunga. Non faccio che ripeterlo ai miei figli, ma non mi danno retta.»

La principessa fa una smorfia e scuote la testa. Poi gira il coltello nella piaga, non può farne a meno. «Sta per arrivare Lil'Bit, pranzerà con noi» dice al marito.

«Lil'Bit? Ah... bene» è il commento di zio Ernie. «Ecco una ragazza che ha bisogno di rinsavire. Continuo a dirle di smetterla di girare come una trottola e di cominciare a pensare al futuro, ma credo che da quando Hubert l'ha lasciata non si sia più ripresa.» La principessa Ursula gli lancia un'occhiata carica di disapprovazione.

«Lil'Bit è assolutamente deliziosa. Solo che non è una persona come tutte le altre.» E rivolgendosi a me: «Dico sempre che è una delle creature più incantevoli della Terra».

Un'automobile avanza lungo il viale e tutti ci giriamo verso i nuovi arrivati: l'incantevole creatura scende per prima, seguita dai due figli bastardi, una tata, un passeggino e pannolini vari.

Lil'Bit indossa – tenetevi forte – un sari indiano. Prende in braccio un bambino e per mano l'altro. Poi, la personificazione dell'abnegazione materna alza lo sguardo e saluta impacciata come una ragazzina.

«Ma guardatela!» esclama zia Ursula. «Non per niente dico sempre che è la donna più elegante che conosco.»

«Venite a vedere Kirby» chiama Lil'Bit, rivolgendosi a nessuno, cioè a Hubert. La sua voce è morbida, dolce, quasi un sussurro. Ha lunghi capelli biondi che le ricadono sul viso. Buon Dio. Anch'io ero così, timida e innocente. È questo che gli piace. Che fa effetto su di lui. Mi sento male.

Vorrei saltarle addosso e strapparle gli occhi, ma ricordo a me stessa che la vincitrice sono io. Sono io che l'ho sposato, non lei. Perché io sono stata più furba. Ho giocato un gioco completamente diverso. Ero sfuggente, misteriosa. Lei invece faceva la vittima e alla lunga lui si è annoiato. Ma è stata la noia il vero motivo? O il fatto che Hubert non era disposto a sorbirsi i figli di un altro?

«Ciao» mi saluta, tendendo una lunga mano ossuta. «Tu devi essere Cecilia.»

Per un istante i nostri occhi si incontrano. Poi lei passa la "piccolina" – una bimba di due anni – alla principessa Ursula, che comincia a tubare in maniera disgustosa, e spinge Kirby, un bambino imbronciato, verso Hubert.

«Ehi, Kirby» dice Hubert sollevando il bambino e scuotendolo un poco. «Ti ricordi di me?»

Il bambino risponde di no ("È intelligente" penso), ma lui non se la prende, ride fragorosamente e insiste. «Non ti ricordi di quando abbiamo giocato a baseball?»

Lo fa dondolare come un pendolo e lui inizia a strillare. Così, finalmente, i due piccoli rompiscatole vengono allontanati e ammansiti con qualche pappetta in cucina.

«E voi? Ancora niente figli?» stuzzica Lil'Bit guardando Hubert attraverso la frangia, come se fosse un loro gioco privato.

Poi, senza alcuna logica, corre in mezzo al piccolo

giardino roccioso e comincia a girare su se stessa fino a quando non cade a terra.

Vorrei urlare che questa donna è una deficiente, una povera pazza, ma visto che apparentemente sono l'unica a pensarla così (gli altri ridono deliziati, come se stessero assistendo a una performance di Marcel Marceau), tengo a freno la lingua e ingoio la mia disapprovazione mordendomi le labbra.

Segue un lungo, noiosissimo pranzo interamente monopolizzato da Lil'Bit. Ci parla del suo guru (anche lei diventerà una guru, lo è già stata in una vita precedente), dell'importanza dei diritti degli animali, dei danni della caffeina e di come abbia deciso di aprire un sito Internet e (purtroppo) di trasferirsi a New York.

In tutto questo, praticamente mi ignora e nonostante sia chiaro che questa donna è una idiota, io mi sento sempre più piccina, mi pento di aver permesso che mi tagliassero i capelli, penso che mi servirebbero abiti nuovi, più appariscenti. E intanto sto seduta dritta e maneggio le posate *comme il faut*, parlando pochissimo e concedendo alle mie labbra solo un sorriso di tanto in tanto.

«E tu... Cecilia, giusto?» indaga Lil'Bit alla fine del pranzo, «tu lavori, che cosa fai?»

«Cecilia si occupa di beneficenza» afferma Hubert, anche se io non ho mai espresso alcun interesse per questo genere di attività, né ho alcuna intenzione di interessarmene.

«Ah davvero? E di che tipo?»

«Bambini encefalitici» dico. «Sai, quei bambini con la testa enorme?»

«Non dovresti scherzare su cose come queste...» disapprova la principessa Ursula scuotendo la testa.

«Oh, ho qualcosa per te» dice Lil'Bit a Hubert, frugando nella borsa ed estraendone un mazzo di carte. «Sono tarocchi degli indiani d'America.» Risatina. «Un ricordo di quando vivevo in una riserva del Montana, per difendere i loro diritti.»

Hubert la ringrazia.

«Davvero?» dico io. «Non sapevo che t'interessasse il paranormale.»

«Dianna Moon è in vacanza con noi e dice che parti del cadavere di suo marito sono state trafugate dagli alieni» spiega Hubert con un certo disagio.

Lil'Bit mescola le carte: «È vero, sapete. Non credo che troveranno mai la sua milza».

«Questa conversazione sta avvenendo davvero?» dico, a nessuno in particolare.

«Dianna Moon è la tua migliore amica» dice Hubert.

«Dopo di te, tesoro» lo correggo, toccandogli il braccio e sfoggiando un sorriso ipocrita alla volta di Lil'Bit.

«Hubert, lascia che ti legga le carte» propone Lil'Bit con voce sexy. «Voglio conoscere il tuo futuro.»

Non se ne andrà mai?

Lil'Bit scruta le carte di Hubert. Gli prende una mano. «Oh, mio caro» esclama, agitata. «Devi essere... prudente. Non fare niente di... pericoloso.»

Questo è davvero troppo per me. «Non essere ridicola» sbotto. Tutti mi guardano. «Lascia che ci provi io. Fammi leggere le tue carte, Lil'Bit.»

«Oh, ma... ma devi essere... esperta.»

«Cosa ti dice che io non lo sia?»

Spingo Hubert via dalla sedia e mi accomodo di fronte a lei.

«Ma conosco *già* il mio futuro» protesta. «Mi faccio le carte ogni giorno.»

«Davvero? Ne sei proprio sicura?»

«Devi stenderle sul tavolo.»

«Prima le devi toccare.»

«Be',» sospira Lil'Bit guardando Hubert «potrebbe essere... divertente.»

Mette le carte sul tavolo. E, proprio come avevo sospettato, sono tutte capovolte.

«Interessante» commento.

Lil'Bit annaspa. Mi guarda. I miei occhi trapassano i suoi. Sento che soffre, è in mio potere, ma non può farci niente.

«Sapete cosa significa questo, no?» chiedo. Hubert è in piedi all'altro capo del tavolo, piuttosto a disagio. La principessa Ursula si aggiusta la scollatura cadente, lo zio Ernie si pulisce le unghie col coltello credendo che nessuno lo osservi. «Significa che Lil'Bit è in malafede.»

In effetti, vorrei gridare: "Tutti voi lo siete".

Ma non lo faccio.

Sorrido e raccolgo le carte. «Il gioco è finito» annuncio.

X

Mi accendo una sigaretta.

Indosso un abito di Bentley azzurro chiaro. La ghiaia del viale scricchiola sotto i miei piedi e Hubert mi segue. Saliamo sulla Mercedes SL500 per andare al matrimonio di Juliette Morganz, la "ragazzina del Vermont" e intanto rifletto: "Perché non siamo normali? Forse con un po' di impegno potremmo riuscirci".

Ma m'importa sul serio?

Hubert oggi sembra di buon umore. Guida con sicurezza lungo Appogoque Lane, con i Dire Straits a tutto volume, e ogni tanto mi lancia un'occhiata. Improvvisamente un pensiero mi attraversa la mente: "Chi è davvero quest'uomo? Chi è? Sono sposata con lui da due anni, lo frequento da quattro, e in realtà non lo conosco affatto".

E lui non conosce me.

Affatto.

Questa constatazione è talmente deprimente che mi accascio sul sedile e incrocio le braccia. Tutte le emozioni positive si dissolvono come neve al sole.

Lui mi guarda di nuovo e sento che il suo umore è cambiato.

So che è tutta colpa mia. «Cosa c'è che non va?» mi chiede.

«Niente.»

«Qualcosa non va.» La sua voce esprime noia, perfino disgusto. «Di nuovo.»

«Non è niente» ripeto, ma mi pare tutto così inutile, noi non siamo una coppia affiatata e probabilmente non lo saremo mai. Fuori dal finestrino c'è un campo di patate inaridito.

«Perché dobbiamo sempre scontrarci?» chiede.

«Non ne ho idea» rispondo, giocherellando col mio vestito trasparente. «È importante?»

«Sono stanco.»

«Anch'io.» Distolgo lo sguardo e mi accorgo che stiamo oltrepassando lo stagno dell'"incidente". Un'altra cosa della quale preferiamo non parlare.

Il resto del viaggio prosegue senza una parola.

Vorrei piangere perché provo compassione per me stessa, ma non posso.

Siamo arrivati alla chiesa, circondata da una folla di automobili e persone.

Un valletto apre la portiera e io sguscio fuori con eleganza. Hubert fa il giro dell'auto per mettersi al mio fianco e i nostri occhi s'incontrano. E poi, come facciamo sempre in pubblico, fingiamo che tutto funzioni... a meraviglia.

Mentre camminiamo, lui tiene una mano in tasca e un braccio intorno alla mia vita; siamo belli, eleganti e disinvolti, dotati di una grazia speciale, che ormai non vuol dire più nulla. I fotografi ci notano e uno di loro grida: «Ecco la coppia felice». I flash lampeggiano all'impazzata e noi ci fermiamo sul sagrato e sorridiamo, abbracciati. Uno dei fotografi esclama: «Hubert! Le dispiace se fotografiamo sua moglie da sola? Senza offesa». Hubert si fa galantemente da parte e tutti ridono e riattaccano con gli scatti.

Rimango immobile, con le mani dietro la schiena, la testa eretta, sorridente, una gamba davanti all'altra. Quando sbircio il portale della chiesa, vedo Hubert che mi osserva orgoglioso.

D.W. ha ragione.

È tutta apparenza.

Più tardi, al ricevimento, percorriamo insieme il salone dal pavimento cosparso di petali di rosa.

Io sono stretta a lui e lui è stretto a me, come ai vecchi tempi.

Lui tiene una mano sui miei fianchi, la mia gli accarezza il collo e la gente ci guarda con invidia e io mi domando per quanto ancora riuscirò a fingere.

Fortunatamente m'imbatto in Dianna quasi subito. Lei è la buona scusa che permette a me e a Hubert di separarci senza destare sospetti.

Dianna sta chiacchierando con Raymond Ally, presidente della Ally cosmetici. Raymond, che ha almeno novant'anni, è sulla sedia a rotelle e Dianna sta fumando una Marlboro, apparentemente inconsapevole del fatto che il suo il fisico non è adatto all'abito che indossa: un Bentley di raso rosa, perfetto per chi ha poco seno, ma non per Dianna, che ha le tette rifatte. In fotografia riesce a sembrare bella, ma di persona è innegabilmente volgare. Raymond, tuttavia, sembra apprezzarla.

«Guarda questa ragazza» mi dice riferendosi a Dianna, che mi ha cinto il collo con le braccia. «È diventata una vera signora.» Io lo osservo chiedendomi se sia scemo o se stia facendo del sarcasmo. Mi rendo conto, con un certo orrore, che è completamente sincero.

«Proprio così» mento.

«Voi due siete amiche, vero?»

«Le migliori del mondo» conferma giuliva Dianna e mi bacia.

Raymond mi dà un colpetto sul braccio. «Allora lascia che ti sveli un segreto. La tua amica Dianna è molto, molto intelligente. Giurerei che è più intelligente dei miei nipoti, che sono tutti laureati ad Harvard. E pensate che non ha nemmeno finito il college!»

«Grazie, Raymond. Non è un amore?»

Raymond prosegue: «La maggior parte della gente lo ignora, ma ogni donna che ce la fa da sola è intelligente. Deve avere queste,» dice, additando il petto di Dianna «ma anche questo» toccandosi la testa.

«E queste si possono comprare» dico io indicando il torace del vegliardo.

«Oh, agli uomini non importa se sono vere o false, basta che ci siano. E se non ne hai, compratele, altrimenti sarai una perdente. Ma questo,» e si tocca di nuovo la testa «questo non puoi comprarlo; ce l'hai o non ce l'hai. E questa ragazza ce l'ha.»

A un tratto la sua mano avvizzita afferra quella di Dianna, se la porta alle labbra e la bacia con cupidigia. «Ecco» esclama. «E ora, mie care, andate a divertirvi. Non vorrete perdere altro tempo con un vecchio come me. Via, sciò!»

Ci allontaniamo e lei scrolla le spalle. «Gli uomini anziani mi adorano. Ripensandoci, tutti gli uomini mi adorano. Ehi, farei un pompino a quel vecchietto, se servisse a qualcosa. Ma gli uomini non mi interessano, Cecilia. M'interessi solo tu.»

«Per me è lo stesso.» Potrebbe essere vero oppure no, ma non ha alcuna importanza in questo momento. Ci inoltriamo fra la folla, facendo cenni con la testa e sorridendo meccanicamente.

«Ti ho mai detto che a letto sono la migliore?» mi chiede Dianna, prendendo un bicchiere di champagne da un vassoio.

«Sì» rispondo e rido un po' a disagio, perché è esattamente la stessa cosa che Amanda diceva di sé. Credo che le sue esatte parole fossero: «Posso avere qualsiasi uomo perché so come comportarmi tra le lenzuola».

E a me veniva voglia di urlare: "Sarà, ma di certo non sei capace di tenerteli".

E guardate cosa ne è stato di lei.

Dianna probabilmente è ancora più pazza e sballata di Amanda: probabilmente un giorno perderà la testa come Amanda e cercherà di farmi qualcosa di terribile, ma per il momento, tutto questo deve ancora accadere.

Si avvicina D.W. con Juliette Morganz, in un abito tutto perle, pizzi e fiocchi (indubbiamente non un Bentley). La sposina ci sommerge di complimenti e ci trascina verso i fotografi, insieme a sua madre e a una quindicina di parenti assortiti.

Sorrido e basta.

Non ho l'energia per oppormi.

Comincio ad annoiarmi, così quando Sandi Sandi, la cantante più in voga del momento, si esibisce e tutti ballano e bevono, io vagabondo per la villa, salgo in un bagno al secondo piano e sniffo un po' in onore dei vecchi tempi. Poi ritorno da basso, attraverso il padiglione delle danze ed esco all'aperto. M'incammino lungo un viale che porta a un laghetto, raggiungo un pontile bianco e mi accendo una sigaretta.

Dianna Moon mi segue.

«Ehi, ehi» mi chiama. È ubriaca e malferma sulle gambe. «Andiamocene di qui.»

Saliamo su una vecchia barchetta a remi. Rischiamo di capovolgerla, ma alla fine riusciamo a sederci e proviamo a remare. C'è corrente e ci allontaniamo dal molo.

«Ehi» dice Dianna. «Devo dirti una cosa.»

«Non su Gesù, d'accordo?»

«Oh, Cecilia. Qualcuno mi ha raccontato che hai ucciso la tua migliore amica.»

«Chi?»

«Nevil Mouse.»

«Nevil Mouse è uno... stupido.»

«Credo che ti odi.»

«Mi odia perché non ho voluto uscire con lui. Anni fa.»

«Dice che non sei quella che sembri. Gli ho detto di andare a farsi fottere.»

«Cosa ti ha raccontato?»

«Che hai ucciso... Amanda! La tua migliore amica. Che le hai messo qualcosa nel bicchiere.»

Mio Dio. Dove vanno a prenderle certe bugie? «È stato molto tempo fa» dico, come se la cosa non mi toccasse, come se non fosse importante. E mi sembra davvero che sia passato tanto tempo, anche se sono trascorsi solo quattro anni.

«Si è uccisa» dico.

«Gesù l'ha presa con sé.»

283

«No.» Scuoto la testa. «Era ubriaca e in più aveva esagerato con la coca. Salì in macchina, finì in uno stagno e annegò.»

Andava a casa di Hubert. Di nascosto.

«Cazzo. Pensi che gli abbia creduto? La gente dice che io ho ucciso mio marito.»

Nell'acqua galleggiano delle ninfee. Immergo le dita. Guardiamo entrambe verso riva, dove la festa ha raggiunto l'apice.

«Quello che mi piace di te,» dice Dianna «è che anche tu sei una fuori dal branco; né tu né io siamo a nostro agio nell'altà società.»

«L'alta società è morta» proclamo, se non sbaglio per la terza o quarta volta in un anno.

«Mia madre era una prostituta. Non sa nemmeno chi sia il mio vero padre.»

«Il matrimonio è una forma di prostituzione.»

«Ma mia madre... non era sposata.»

«E con questo? Mia madre era tossicodipendente.»

«Voglio nuotare» decide Dianna. Cade praticamente dalla barca e si agita nell'acqua annaspando, per un istante mi chiedo se dovrò salvarla. Per fortuna il laghetto non è profondo, così raggiunge la riva con le sue gambe.

Rimango sola.

Comincio a remare per riportare al molo la vecchia barchetta. Ho una sigaretta fra le labbra e sono consapevole dei miei capelli bianchi e corti, delle mie guance lievemente rosate e delle mie spalle nude.

E quando sto quasi per toccare riva, Patrice grida: «Ehi, Cecilia». Io mi giro e lui scatta una foto dopo l'altra.

La settimana dopo, faccio il giro del mondo. La mia espressione è un po' aggrottata, come sorpresa; sono giovane e indosso un abito trasparente di Bentley che mette in risalto la mia figura impeccabile. La didascalia recita: «Ricca, bella e indipendente. La principessa Cecilia Luxenstein è la regina dell'alta società del nuovo millennio».

E io mi rendo conto che questa è la mia vita.

Sorrido.

«NIENTE SESSO. SIAMO INGLESI»

I

A New York abbiamo un detto: le ragazze inglesi che a Londra sono considerate belle, qui da noi sono a mala pena "carine"; mentre le americane "attraenti" a New York, a Londra sono bellissime.

Questa è la principale differenza tra la *vita* a New York e la *vita* a Londra. A Londra, se sei piacente, dotata di una certa personalità e un buon lavoro, puoi incontrare un uomo, uscire con lui per qualche tempo e poi, se vuoi, sposarlo. A New York, anche se sei uno schianto, con un fisico alla Cindy Crawford e una carriera brillante, non riesci a beccarne uno neanche a morire.

A causa di questa capacità d'incastrare gli uomini, (anche con i capelli arruffati, le unghie senza smalto e le cosce flaccide) le inglesi possono risultare piuttosto irritanti. Incontro una di queste tipe a New York. È seduta di fronte a me, mangia un tramezzino al salmone affumicato e tenta d'intervistarmi (la mia vita non mi è mai sembrata così deprimente). Inevitabilmente punto gli occhi sul suo anello di fidanzamento, corredato di fede nuziale tempestata di zaffiri.

La odio. Mio malgrado.

«Mi dica» esordisce, controllando il registratore. «C'è un uomo nella sua vita in questo momento?»

«No» dichiaro io. Anche se ho appena rotto con un bastardo che non faceva sul serio. Le sue ultime parole sono state: «Voglio senz'altro sposarmi, un giorno, ma non voglio farlo con te».

Okay, forse ho esagerato nel mettergli fretta. Ma lui aveva l'abitudine di rimanere a casa la sera per guardare film di kung fu e quando tentavo di parlargli, mi zittiva. «*Shhhhh*. Guarda e impara. Il venerabile maestro sta per esibirsi in una mossa speciale.» Alla lunga, ho effettivamente imparato qualcosa: dopo una certa età, non esiste alcuna ragione per restare con un uomo che guarda film sulle arti marziali. A meno che non sia tuo marito.

Ma non ho voglia di raccontare queste faccende alla giornalista inglese.

«Interessante...» commenta lei. «Io sono sposata da sei anni.»

Bevo d'un fiato il mio Bloody Mary, decisa a ubriacarmi. «Beh, se vivesse a New York non lo sarebbe. Se vivesse a New York, probabilmente abiterebbe in un monolocale e spasimerebbe per un imbecille con cui è stata a letto tre volte. Perché lui non vuole legami. E neppure "timbrare il cartellino".»

Ordino un altro Bloody Mary.

«Gli uomini inglesi... beh, sono migliori di quelli americani. Sono...» E qui la sua faccia assume una espressione disgustosa, quasi sognante. «Sono... affidabili. Prendono sul serio la vita di coppia. L'apprezzano. Gli inglesi sono... mansueti.»

«Cioè sono come dei... cuccioli?»

Per tutta risposta la tipa mi rivolge un sorriso di superiorità. «Dunque, andiamo avanti. Quanti anni ha?»

«Quaranta» sussurro.

«Bene, che effetto le fa sapere che rimarrà da sola per il resto dei suoi giorni?»

Ricevuto. Devo darmi una mossa: come tante eroine americane prima di me, volerò in Inghilterra in cerca di un marito.

Ovviamente questo è il mio piano segreto. Ma ho bisogno di un buon pretesto. E lo trovo: un importante giornale inglese mi assicura una cifra esagerata per un'indagine sui costumi sessuali londinesi. Meglio di così! Mi toccherà frequentare molti bar e ingurgitare dosi massicce di alcol. Attività nelle quali posso vantare una certa esperienza. Due cose, tuttavia, mi preoccupano: la Morte e il Sesso.

Anni fa ho frequentato un paio d'inglesi. Sfortunatamente, entrambi hanno cercato di uccidermi. Uno costringendomi a praticare lo wave-jumping su un'imbarcazione che alla fine si è schiantata nel porto (lui era al timone, completamente ubriaco); l'altro soffocandomi con un cuscino (da sobrio).

Quando chiamo Gerald il Soffocatore per dirgli del mio viaggio in Inghilterra, la sua risposta è: «Ottimo. Così potrò completare l'opera».

La mia paura numero due è naturalmente... il sesso. Si sentono dire cose tremende sulle doti amatorie degli inglesi. La saggezza popolare li vuole del tutto carenti in tre settori fondamentali: primo, i loro gioielli hanno dimensioni modestissime; secondo, non conoscono il significato della parola "preliminari"; terzo, vengono in circa due minuti. Sono un popolo di eiaculatori precoci. Evidentemente ignorano l'esistenza delle pomate a effetto ritardante. O magari il sesso non li interessa più di tanto.

Decido di iniziare le mie "ricerche" alloggiando nella casa di un uomo noto come Il Volpone. Il Volpone è uno dei più influenti registi teatrali londinesi e il più famigerato donnaiolo della città. Anni fa, la moglie del Volpone, soprannominata la Santa, ha chiesto il divorzio per adulterio reiterato e comportamento oltraggioso. Il Volpone, infatti, era tornato a casa alle quattro del mattino, completamente nudo, con una carta di credito a coprirgli gli attributi.

Arrivo a casa sua il martedì pomeriggio, con tre valigie di Louis Vuitton stracolme di abiti da sera di Prada, Gucci e Dolce & Gabbana, più un paio di pantaloni militari. Il Volpone non c'è, ma la sua governante sì. Da una serie di gesti, capisco che le stanze da letto sono soltanto due e che quella degli ospiti è già occupata da un uomo molto grande e da una cassa di vino. Morale della favola: io dividerò il letto col Volpone.

Ah.

Mentre, per superare l'imbarazzo, tento di aprire una bottiglia, arriva l'assistente del Volpone, Jason. Venticinque anni, carino e di nazionalità indefinita. Lo interrogo sulla "questione letto" e lui afferrandomi per un braccio mi fa: «Non fare sesso col Volpone. Fallo con me, invece. A letto sono sicuramente molto meglio di lui».

«Jason» gli chiedo con calma. «Hai mai avuto una fidanzata?»

«Beh, in effetti sono nel mezzo di una crisi sentimentale» confida.

Si è innamorato di una lesbica.

Ha fatto sesso con lei solo una volta, nove mesi fa, in un motel. Lei l'ha ammanettato al letto e gli ha fatto cose "stupefacenti".

È stracotto. Nessuna donna prima di lei gli ha mai fatto quest'effetto. Ormai le altre non gli interessano, anche se lei non lo vuole più e ha cambiato numero di cellulare.

«Cosa dovrei fare secondo te?»

Io lo fisso a lungo, penso che sia pazzo. Poi, con dolcezza gli dico: «Jason, è stata la storia di una notte. Non ci s'innamora di una lesbica sadica dopo un'unica notte di sesso».

«Davvero?»

«Davvero.»

«Perché no?»

Sto per spiegargli un paio di cosette quando... la porta si spalanca ed entra il Volpone in persona. Sembra stravolto.

«Sei in ritardo, capo» osserva Jason.

«In ritardo? Ah sì? Altro che ritardo, la mia vita è un incubo. Perché nessuno lo capisce? Miranda ha ricominciato a seguirmi. Ho dovuto fare il giro di Piccadilly Circus di corsa per togliermela dai piedi.»

Volpone è perseguitato da un'ex fidanzata, una certa Miranda, protagonista di una delle sue commedie.

«Guardate questo!» dice, brandendo un foglio stropicciato. «È un fax che mi ha inviato lei stamattina. Minaccia di farmi arrestare se non obbedisco entro mezzanotte.»

Gli strappo il foglio di mano e lo esamino. È una lista di oggetti che lei ha lasciato nell'appartamento di lui e di cui reclama la restituzione. Comprende, fra gli altri: il lavello della cucina, sette lampadine, la collezione completa dei film di Julia Roberts.

«Come se me ne fregasse qualcosa di quei fottutissimi video... Lo sa benissimo che non la sopporto, Julia Roberts...»

«Lampadine?» chiedo. «Non può ricomprarsele?»

«E quel che dico io!» mi risponde esultante il Volpone. «Finalmente qualcuno che mi capisce.»

L'inglese loquace

Quella sera vado al Titanic per la festa di compleanno del Volpone e imparo la lezione numero uno sugli uomini inglesi: non stanno mai zitti. Il Titanic è il tipico ristorante londinese: rumoroso, pieno di avventori ubriachi, e talmente grande che si è costretti a strillare per intrattenere una conversazione. Naturalmente questo non è un problema per i maschi locali. Mi spiego: a New York, sono le donne ad "attaccare discorso", altrimenti l'uomo in questione: a) rimane passivamente in silenzio; b) parla dei propri problemi psicologici; c) parla solamente della sua carriera.

Gli uomini inglesi parlano sempre, non importa di cosa né con chi.

D'altra parte, gli americani sono formidabili a letto, mentre gli inglesi, a quanto si dice, sono patetici. In effetti sono convinta che parlare troppo ed essere pessimi amanti siano due difetti strettamente correlati.

Al bar faccio conoscenza con un tizio di nome Sonny Snoot, un parrucchiere molto attraente.

«Colore straordinario» mi fa. Io non capisco e lui insiste: «I tuoi capelli... Devi essere americana. Di New York. Sono gli unici a sapere come si ottiene questo fantastico biondo cenere.»

«Spero solo di non perderli tutti, a furia di ridurli in cenere» rispondo. E poi scoppio a ridere, e lui anche, e senza alcun bisogno d'introdurre l'argomento, iniziamo a parlare di sesso.

«Te lo spiego io come funzionano le cose qui. Se il sesso è al primo posto in Italia, a Londra è al settimo. Se non va come vogliamo, lasciamo perdere e passiamo ad altro. Però parliamo continuamente di sesso. Uno dei motivi per cui facciamo sesso è per poterne parlare il giorno dopo. Svisceriamo i minimi dettagli, confezionando storie davvero molto interessanti. Qualche volta si prova l'impulso di parlarne mentre lo si fa; per esempio, se la posizione è particolare, vien voglia di telefonare agli amici e chiedere "Indovina cosa sto facendo in questo momento?"»

«E il sesso orale?» indago.

«Oh, no» Sonny scuote la testa. «Gli americani sono sempre arrapati. Ma da noi non si usa.»

A cena siedo accanto a Peter, redattore di una rivista. Ha appena iniziato a convivere con la sua ragazza. «Naturalmente ci conosciamo da dieci anni. Una mattina, al momento di tornare nel suo appartamento, mi ha detto semplicemente che voleva vivere con me. Io ho sentito subito che i tempi erano maturi. Così abbiamo comprato casa. Gli uomini inglesi non sono per principio contrari al fidanzamento o al matrimonio, come gli uomini americani. È molto facile creare un legame stabile da queste parti.»

Già, se hai dieci anni di tempo a disposizione.

«Naturalmente, non so cosa succederebbe con una donna americana» riprende. «Sai, le americane sono nevrotiche a causa del lavoro, le donne inglesi invece solo a causa del sesso.» Da come lo dice, sembra una cosa positiva. «Alle donne inglesi non piace. Be', magari potrebbero anche gradirlo, ma sono convinte che gli uomini vogliano solo quella cosa lì.» Sarà l'effetto dello champagne, ma Peter sembra avere, per così dire... il "dente avvelenato". «Le donne inglesi soffrono dei postumi di un femminismo mal digerito. Credono di essere molto aperte in materia di sesso, ma gratta gratta, ahimè, scopri che hanno le stesse fobie delle loro madri.»

«Forse hanno i loro buoni motivi» azzardo. «Forse se voi la smetteste di parlare...»

Peter m'interrompe. «Le donne qui credono che tutto quello che si fa in un letto sia esclusivamente finalizzato al piacere maschile!» esclama.

La loquacità del maschio inglese non offre possibilità di scampo.

Neppure nella saletta marocchina del China White, dove cerco rifugio insieme alla mia amica Sophie. Mi sistemo sui cuscini con una bottiglia di vodka e noto un uomo alto e bruno, bellissimo.

Anche se queste cose di solito a Londra non accadono, il tipo si avvicina e mi si siede accanto. E poi – e questo sarebbe il "riserbo inglese" – si lancia in una conversazione sul sesso.

«Tutti pensano che sia colpa dell'uomo se la donna non raggiunge l'orgasmo. Dico io, perché non potete provare piacere come... come fanno gli uomini?».

«A dire il vero, possiamo» preciso, incredula.

"Forse", mi dico, ci sta provando.

«Oh, certo, dite tutte così, ma quando sei a letto con una donna si comporta come se ti stesse facendo un favore...»

«Al mio paese non è così. Gli anni Cinquanta sono finiti da un pezzo» sono pronta a combattere ma Sophie s'intromette.

«Ti prego, non ascoltarlo; la prima cosa che un inglese fa a letto è cercare di metterti in posizione prona. Perché loro sono abituati così. E accusano le donne inglesi di non essere abili nella *fellatio*. Ma è solo perché sono abituati con i ragazzi!»

Sophie e l'affascinante uomo bruno iniziano a fissarsi in cagnesco e io rimango intrappolata tra loro due, rassegnata a ricevere un pugno destinato a un altro. Fortunatamente spunta il Volpone.

«Oh. Salve, Simon» dice strizzando gli occhi. «È da un po' che non ti si vede in giro.»

«È vero. Be', è che sto... sto per avere un bambino.»

«Buon per te. Così magari la smetterai d'importunare la mia ragazza!» Il Volpone mi afferra la mano e mi trascina fuori. «Ascolta, io trascorro la maggior parte della mia vita tra persone che sanno solo blaterare stronzate e che meriterebbero di esser picchiate a morte. Gentaglia dall'esistenza inutile!»

Il Volpone va avanti su questo tono per un bel po', fino a quando rientriamo a casa. Poi pretende che io rimanga in piedi fino alle sei del mattino ad ascoltare musica country con lui. Ma io ho solo un disperato bisogno di dormire e l'unico modo per farlo smettere di parlare è drogarlo.

Lascio cadere due pasticche di Xanax nel suo bicchiere di vino. Sfortunatamente, sono io a ingurgitarle, in un momento di distrazione.

Al mio risveglio, il pomeriggio dopo, trovo un biglietto in fondo al letto. «*Tesoro, sono stracotto. Ancora pazzo di te dopo tutte queste ore. Con Amore, il Volpone. P.S. Non ti ho neppure sfiorata...*»

Gli uomini inglesi sono così... dolci.

Sesso occasionale? No grazie

Dopo pochi giorni trascorsi tra pranzi, cene e locali notturni, realizzo con mio grande stupore che a Londra, nessuno lavora sul serio. Si siedono a tavola a mezzogiorno e si alzano alle quattro e di solito il pranzo include svariati cocktail e un paio di bottiglie di vino... Come possono lavorare?

Poi Miranda s'intrufola nell'appartamento del Volpone e gli ruba tutte le lampadine. Così adesso quando devo cambiarmi per uscire la sera, devo farlo a tentoni.

A un tratto scompare anche l'acqua calda. Infine mi ricordo che sono qui per un motivo preciso: lavorare. Così telefono a Claire.

Claire è una decoratrice di interni. Da quando suo marito è scappato con la sua migliore amica, è l'unica donna londinese di mia conoscenza a essere davvero single; da tre anni non ha un fidanzato, cosa che praticamente la rende una newyorkese onoraria. Ma diversamente dalle newyorkesi, Claire è già stata sposata due volte. E ha solo trentasette anni. Secondo me non ha il diritto di lamentarsi. Invece lo fa. «Mettiamola così.

Non faccio sesso con un uomo nuovo da più di un anno. Vado a letto solo con qualche ex fidanzato e quelli, come tutti sanno, non contano.»

Ci diamo appuntamento alla Soho House, uno di quei club privati che la gente preferisce ai soliti bar.

Mi guardo intorno, sbircio i gruppetti di uomini e donne, tutti tra i trenta e i quaranta, tutti vestiti in grigio o in nero; i loro abiti sembrano appena usciti dal cesto della biancheria sporca. Il mio abbigliamento non è adatto all'occasione: un cappotto Dolce & Gabbana con un collo di pelo color mirtillo. Tutti bevono e ridono, ma nessuno ha l'aria di voler cuccare. «Dio» dico. «Sono una single senza speranza.»

Claire mi scocca un'occhiata cupa. «Smettila. Non dirlo nemmeno. A Londra le donne non sono mai disperate. Qui è inconcepibile. Siamo serie, impegnate, se non abbiamo un uomo è perché non lo vogliamo.»

«Ah sì?»

«Sì.» Indica il mio cappotto. «E togliti questa roba, o ti prenderanno per una prostituta. Solo le prostitute indossano capi firmati bordati di pelliccia.»

Ricevuto. «Un cocktail?»

«Ah, a proposito. Ho deciso di diventare una donna di casa. Ma senza marito e senza bambini. Ti ho raccontato della fantastica lucidatrice che ho scovato? Di seconda mano, una vera bomba. Non credo se ne trovino più tanto facilmente...»

Incappiamo in Hamish e Giles, due conoscenti di Claire che lavorano nella comunicazione. Hamish ha un viso dolce, da ragazzino, ed è tormentato da un dilemma sentimentale: non sa se vuole sposarsi o no.

Giles, invece, sta contemplando la possibilità di rinunciare al sesso occasionale, perché continua a incontrare donne con cui è stato a letto e la sua vita rischia di diventare "complicata".

Sesso occasionale. L'argomento promette bene.

«La cosa peggiore del sesso occasionale sono i gatti» dice Giles. «Tutte le donne single hanno almeno un gatto.»

«Possiamo parlare della mia ragazza?» chiede Hamish. «Non so proprio cosa fare. Minaccia di lasciarmi...»

«I gatti mi azzerano la libido» prosegue imperterrito Giles, che evidentemente è stufo marcio dei problemi di Hamish. «Una volta Hamish mi chiama e mi fa: "Non essere ridicolo. Ha un gatto". Non è tanto per i gatti in sé, quanto per il modo in cui le donne ne parlano. "Ooooh guarda che amore, il mio Pussy Pussy." È disgustoso.» Giles beve un sorso di vodka. «Non sono pronto per una relazione seria, ma mi piacerebbe avere una ragazza. A Londra gli appuntamenti non usano. Si esce insieme e basta. Qui da noi un bacetto equivale all'antipasto. Una volta che attacchi coi baci, è fatta. A New York non è così.»

Mi dichiaro d'accordo e preciso che a New York è del tutto normale baciare qualcuno e poi dire «Ci vediamo» e non vedersi mai più. O se ci si rivede, fingere che il bacio non ci sia mai stato. Questa regola vale anche se ci si spinge oltre il bacio e si passa al sesso.

«Qui sopravvive una forma fasulla di cavalleria» continua Giles, come se questo lo contrariasse un po'. «La mattina dopo, l'uomo dice: "Grazie mille. È stato bello", ma queste parole non significano niente.»

«Ti racconto io tutto ciò che c'è da sapere sul sesso,

a patto che dopo qualcuno mi dica cosa devo fare con la mia ragazza» implora Hamish.

Lo guardiamo tutti.

«È vero che gli uomini inglesi a letto non sono granché.» Dal tono della voce, intuisco un certo rammarico. «Ma io ritengo che stiamo migliorando. Cerchiamo di darci da fare con i preliminari e non dubito che presto o tardi arriveremo anche al sesso orale. Personalmente mi impegno parecchio. Per capire cosa vi piace leggo persino le riviste femminili di mia madre.»

«Già, ma non ci sono illustrazioni di una clitoride!» Fa notare Giles.

È un'osservazione così penosa che preferisco sorvolare.

«Io sono un po' carente nella fase post-post-coitale» dice Hamish. «Cosa dovrei fare dopo? Telefonare? E cosa devo dire se telefono?»

«Pregare che ci sia una segreteria telefonica» ironizza Giles.

«La verità è che dopo sono terrorizzato» confessa Hamish. «Non sono capace di restare amico di una donna, anche se so che è stupido, perché se rimanessimo amici, dopo tre o quattro mesi potrebbe scapparci un'altra scopata.»

«È tutto dannatamente complicato» ammette Giles. «Al momento sto cercando di fare sesso solo con ragazze che mi piacciono sul serio. È importante essere selettivi. Inoltre, voglio avere dei figli. Farei di tutto per averne. Li desidero da quando avevo sedici anni.»

«Questo mi fa venire in mente che devo andare a casa. Dalla mia ragazza» conclude Hamish.

«Cos'è questa storia del matrimonio e dei bambini?»

«Che ne so?» dice Giles. «Gli uomini inglesi sono fatti così. Non siamo particolarmente analitici, noi. Non andiamo dallo strizzacervelli.» Fa una pausa, poi guarda Claire. «Ehi, tu hai un gatto, vero?»

Ce ne andiamo.

«Hai capito cosa intendevo?» dice Claire. «Londra è semplicemente impossibile. Verrei a stare a New York, se non avessi paura di volare. Perché non sali per il bicchiere della staffa?»

E poi ricevo la telefonata di una certa Judy, presunta redattrice del giornale che mi paga per scrivere questa stupida storia. Devo pranzare con lei il giorno dopo. Judy mi appare come la "tipica" donna inglese. Capelli scuri, lunghi e radi, faccia pallida senza trucco. Tamburella le unghie semi rosicchiate sul tavolo. È impaziente e concreta.

«Bene,» dice «cosa ha scoperto a proposito del sesso a Londra?»

«Ecco... le andrebbe un aperitivo?» chiedo speranzosa.

Fa un cenno al cameriere. «Allora?» insiste.

«Francamente, mi ha colpito quanto i due sessi si disprezzino a vicenda.»

«Cioè?»

«Oh, è solo che...» La guardo e penso: "Accidenti". «È solo che gli uomini inglesi dicono che le donne inglesi a letto sono terribili, e viceversa.»

«Davvero? Secondo gli uomini inglesi le donne inglesi non sono brave a letto?»

Annuisco. «Soprattutto in tema di sesso orale.» Mi studio le unghie dalla forma perfetta. «Come mai avete questa ossessione per il sesso orale?»

302

«Le scuole private.»

«I maschi di qui dicono che... le donne inglesi sono pelose e non curano il proprio aspetto.»

Judy si appoggia allo schienale, incrocia le braccia e mi fissa. Quasi mi mette paura. Non è un caso che gli uomini inglesi siano una massa di cuccioloni remissivi.

«Le inglesi non sono come le americane, è vero. Non ci preoccupiamo di cose come la tinta dei capelli. O delle unghie. Qui non abbiamo tempo di pensare alla manicure. Siamo troppo impegnate.»

"Oh" penso. "E le donne americane non lo sono?"

«Gli uomini e le donne qui si comprendono a vicenda.» Fa una risatina. «Gli uomini capiscono che siamo tutto quello che hanno. In altre parole, dipendono da noi. E se la cosa non va loro giù, allora niente sesso.»

«Potrebbe essere un vantaggio. Per voi, intendo.»

Si accende una sigaretta. Soffia il fumo dal naso. «Ho l'impressione che lei non abbia svolto una ricerca molto approfondita.»

«Mi stia a sentire. Io ci ho provato con tutta la mia buona volontà ma...»

«Non basta. Deve trovare un uomo inglese, un vero inglese e andare a letto con lui. E non mi chiami fino a quando non sarà accaduto, intesi?»

Mio Dio. Povero il mio fondoschiena!

II

Innamorarmi non fa parte dei miei piani. Va bene, ci spero, ma non credo che possa accadere sul serio. Incontro dozzine di uomini, tutti molto affascinanti e divertenti e in grado di parlare di cose impensabili per un newyorkese, come per esempio un romanzo. Ma di certo non mi basta per andarci a letto!

A essere sincera, mi sembrano tutti un po'... sporchi. Come se sotto i vestiti nascondessero qualche sgradevole sorpresina.

Inoltre, a furia di tirare l'alba e di ubriacarmi, l'incarico rischia di farmi uscire di senno. Attendo con ansia che tutti spariscano per il fine settimana di Pasqua. Pregusto lunghe passeggiate tra i ciliegi e gli edifici bianchi. Sto bene, anche senza un uomo. Londra è una città romantica. A differenza di New York, si vede il cielo e la notte c'è la luna piena. Camminando per le strade, la gente nei bar sembra interessante, e alla paninoteca all'angolo, la cassiera mi dice che le piacciono le mie scarpe. Entra un ragazzo con dei fiori e lei ne compra un bel mazzo. Guardiamo fuori dalla vetrina e in quel momento passa un'automobile strana, a forma di barca, che, mi dicono, è in grado di galleggiare.

"Può succedere qualsiasi cosa" penso.

Ma intanto devo portare a termine questo stupido incarico.

«Non ho nitrito»

Vado a una festa al ristorante MoMo. Il Volpone mi promette un ambiente informale, non troppo esclusivo. Meglio. Appena entrata mi imbatto in Tom Jones, il cantante, con le sue guardie del corpo.

Una ragazza carina con gli occhi piccoli e un vestito corto a fiori si avvicina. Sonny Snoot la marca stretto. «È così divertente vedere una signorina bene che cerca di seguire la moda. Le ragazze del suo ambiente non sanno che cosa sia lo stile. Non conoscono nemmeno Prada. Ma sai chi è ancora peggio?»

«Chi?» chiedo io.

«Gli uomini dell'alta società. Non sanno niente di donne. Non hanno idea di come vadano trattate.»

«In pratica, più il nome è lungo e meno ne sanno» proclama il Volpone.

«Specie in fatto di sesso» chiosa Sonny.

Sono costretta a una domanda inevitabile. «È vero che non si tolgono i calzini?»

«Solo a Chelsea» fa il Volpone.

Arriva Claire. «Odio gli aristocratici e odio pure i proletari. Mi piace solo la classe media.»

«Io odio chiunque abiti a Notting Hill» dice Sonny. «Anche se ci abito anch'io.»

Tutto questo è troppo per me, così me ne vado a Notting Hill, in un piccolo club chiamato World, dove ci sono dei rasta e un inglese dall'aspetto davvero molto ma molto sporco, che balla da solo. C'è anche il mio vecchio fidanzato, Gerald il Soffocatore, e il suo amico Crispin. I due bevono vodka da tazzine di plastica.

«Pupa!» urla Gerald. «Cosa ci facevi a una festa a Soho!?! Notting Hill è la zona giusta. O meglio ancora Sheperd's Bush. Sheperd's Bush è davvero l'ombelico del mondo. Noi siamo la nuova *bush-ghesia*.»

«Non sopporto la gente di Notting Hill» fa Crispin acidamente. «Vivono come scapestrati e dichiarano di non volersi sposare, ma alla fine capitolano e mettono la testa a posto. Fingono di essere al verde, e intanto guidano Mercedes.»

«Scusa, ma non stai per sposarti anche tu?» chiedo.

«Lui vive a Sheperd's Bush, quindi è okay» spiega Gerald.

«Fai qualsiasi cosa, ma non uscire con uno di quei tipi di Chelsea» dice Crispin. «Sono tutti di buona famiglia e praticano il sesso gotico.»

Sesso gotico???

«Una volta sono stato con un'aristocratica. Riusciva a venire solo se fingevo di essere il suo cavallo.» Mentre parla, Crispin finisce il mio cocktail. «Non ho nitrito né ho permesso che mi frustasse, ma mi sono dovuto adeguare.»

«Be', dato che devo fare sesso con qualcuno, tanto vale che lo faccia con uno di Chelsea.»

«Ce l'hanno tutti piccolo e per di più sono impotenti» dice Crispin. «È colpa dell'acqua. L'intero acquedotto di Londra è inquinato da ormoni femminili.»

«Ah!» esclamo. «Ecco perché gli uomini parlano tanto.»

Ed è per questo, suppongo, che vago a piedi per Chelsea il Venerdì Santo. Cerco un inglese di Chelsea: un uomo che fa sesso con i calzini, ha un pene microscopico e raggiunge l'orgasmo in due minuti. O anche meno.

Sono davanti al Joe's café quando m'imbatto in Charlie, un tipo conosciuto un paio di giorni fa al bar Eclipse. Sempre a Chelsea. Charlie è uno di quegli inglesi che, pur essendo divorziati, portano ancora la fede.

«Sono giorni che cerco di mettermi in contatto con te» mi fa. «Devi venire a pranzo con me, ci sarà il Dalmata,» (il Dalmata non è un cane, ma un essere umano, uno stravagante e lentigginoso lord inglese) «e forse anche Rory Saint John Cunningsnot-Bedwards.»

«Accidenti che nome!»

«È molto, molto simpatico. Molto inglese. Non lo conosco benissimo, a dire il vero l'ho incontrato per la prima volta l'altra sera al China White, ma è un tipo divertente. Perfetto per la tua indagine. È davvero inglese, vedrai.»

«Grazie non sto nella pelle» dico, figurandomi l'orrendo Saint John Cunningsnot-Bedwards come un individuo basso, grasso, calvo e sulla cinquantina.

Mi sbaglio solo a metà.

Charlie, il Dalmata e io siamo seduti a bere Bloody Mary e a fumare quando Rory fa il suo ingresso trionfale nel ristorante. È sui trenta, snello, indossa jeans e una costosa giacca di camoscio. È un po' calvo, bello come solo gli inglesi sanno essere. Okay, è maledettamente attraente. E insieme un po' ripugnante.

«Tu devi essere l'americana» esordisce.

«E tu l'inglese» ribatto.

Si siede. «Di cosa stavate parlando?» chiede accendendosi una sigaretta con un Bic d'argento. Fuma con molta concentrazione.

«Secondo te?»

«Non ne ho la più pallida idea.»

«Di sesso» dico.

«Il passatempo più sopravvalutato del mondo. Parlo sul serio. Trovo che il sesso sia noioso. Ripetitivo. Dentro. Fuori. Dentro. Fuori. Dopo due minuti, ti vien voglia di dormire. Naturalmente sono famoso per essere un pessimo amante. Ho un pene minuscolo, circa la metà del mio mignolo e vengo immediatamente. A volte prima ancora di dire ciao.»

«Sei perfetto» rispondo.

«Lo penso anch'io, ma non capisco come faccia a saperlo anche tu.»

Sorrido.

«Ho sentito che stai conducendo un'indagine sugli uomini inglesi. Ti dirò io tutto quello che ti serve sapere. Gli inglesi sono un'antica razza guerriera...»

«Non sapevo che gli inglesi fossero propriamente una razza.»

«Credo che voi due dovreste cenare insieme» chiosa Charlie.

«Sei gay!»

Dopo pranzo, il Dalmata si offre di accompagnarmi con la sua auto dalla mia amica Lucinda. Rory si unisce a noi. L'auto è una due posti.

«Sono costretta a sedermi sulle tue ginocchia. Spero che non ti dispiaccia» gli dico.

«Affatto. Anzi, mi piacerà moltissimo.»

Mi sistemo per benino e lui mi cinge la vita con un braccio. Con gli inglesi, specie quelli come Rory, non sai mai a che punto stai. «Se vuoi, puoi appoggiare la testa alla mia spalla. Starai più comoda.» E comincia ad accarezzarmi i capelli.

Poi mi sussurra all'orecchio: «Quello che mi piace di te è che sei un'osservatrice. Come me».

Lucinda abita a Chelsea. Salto giù dall'auto e faccio di corsa i gradini che portano a casa sua. Tremo un po'. «Cara!» la saluto.

«Oh *cara*» dice Lucinda. Si è appena sposata con un paleontologo e sta arredando la casa. Al momento è indaffarata con dei campioni di tessuto.

«Credo di avere conosciuto un uomo» le confido.

«Cara. È meraviglioso. Come si chiama?»

Glielo dico.

«Oh, è carino, cara» ripete Lucinda fissandomi. «Ho sentito che a letto è un disastro.»

«Lo so. È la prima cosa che mi ha detto.»

«Beh, se te l'ha detto lui, allora non c'è problema.» Mi abbraccia. «Sono tanto felice per te. E non preoccuparti. Tutti gli uomini inglesi sono un disastro a letto.»

Vado a cena da Rory. Non trovo una *mise* che mi soddisfi, così finisco per indossare i pantaloni militari. Sono nervosa. E chi può biasimarmi? Non ho mai fatto sesso deliberatamente con un uomo che ha il pene delle dimensioni di un dito mignolo.

«Calmati» mi tranquillizza lui in tono leggero. «Andrà tutto benissimo.»

«Mi piace il tuo appartamento» gli dico.

È pieno zeppo di divani imbottiti, poltrone, oggetti di antiquariato.

C'è un caminetto. E anche parecchio cinz. Ma lì per lì non ne sono colpita; tutti gli inglesi che vivono a Chelsea hanno la casa stracolma di cinz.

«Oh sì. È terribilmente... *intimo* vero?», replica lui. Beviamo champagne. Gli uomini americani non lo bevono quasi mai, perché lo ritengono una bevanda da effeminati. Poi accendiamo lo stereo e balliamo appassionatamente. Gli uomini americani non ballano. E a questo punto capisco.

"Omioddio" voglio urlare. "Sei gay!"

Naturalmente. Lo champagne, il ballo, il cinz... gli uomini così a New York sono tutti... gay.

Abbasso il volume della musica. «Ascolta» dico. «Devo parlarti di una cosa importante.»

«Sì?»

«Forse tu non ne sei pienamente consapevole... tuttavia, è probabile che tu ti sia chiesto come mai non ti piace far sesso con le donne... onestamente, io credo che tu sia gay. Credo anche che dovresti ammetterlo. Cioè, non saresti molto più felice se uscissi allo scoperto?»

«Ho preso in considerazione questa possibilità» fa lui, imperturbabile. «E sono giunto alla conclusione che... non sono gay.»

«Sei gay.»

«No.»

«Sii onesto. Non ti piace il sesso. Con le donne. Non ti piace fare sesso con le donne. Guarda in faccia la realtà. Cosa ti dice questo? Naturalmente per me non

310

è un problema. Mi piaci, sei una persona molto carina, e...»

«Non sono gay. So che adesso vorresti baciarmi.»

«Non voglio baciarti.»

«Vuoi baciarmi e lo farai. È soltanto questione di tempo.»

Dopo di che finiamo a letto.

Ci restiamo per tre giorni.

Dolcetti per bambini

Vado a trovare Sophie a Notting Hill. È prossima al matrimonio e infila le partecipazioni nelle buste. «Sto con un uomo di Chelsea» le dico. «Da cinque giorni. Facciamo il bagno insieme e cantiamo.»

Sophie sospira. «È sempre così con gli inglesi, all'inizio. A letto com'è?»

«Fantastico.»

«Be', all'inizio di solito ci danno dentro. È il loro modo di farti la corte. Ma poi perdono interesse. Una mia amica dice che con suo marito è solo dentro e fuori, dentro e fuori, finché lui non viene.»

«Vedremo.»

«Magari tu sarai più fortunata. Ma in generale gli uomini londinesi non sono un buon affare. Io mi sposo solo perché conosco il mio fidanzato da dieci anni. D'altro canto qui sono gli uomini che vogliono sposarsi, non le donne. È un vantaggio di gran lunga maggiore per loro che per noi.»

Sophie prepara due vodka tonic. «Gli inglesi non prendono iniziative. Sono pigri. Non fanno assolutamente alcuno sforzo. Devono fare tutto le donne. E pagare la metà di tutto. Casa, automobile, cibo... Ai maschi interessa solo cazzeggiare.»

«Guardano, ehm... video sul kung fu?»

«Mio Dio, no. Non sono così stupidi. Ma si aspettano che tu prepari loro del cibo per bambini.»

«Cibo per bambini? Vuoi dire... pappette?»

«No. Lo sai. Dolci. Frittelle di mele.»

Oh.

Torno da lui. «Vuoi che ti cucini dolcetti per bambini?» gli chiedo.

«Cosa sono i dolcetti per bambini?»

«Lo sai. Frittelle di mele.»

«Be', perché no? Mi piacciono le frittelle di mele. Vuoi cucinarle per me?»

«No!»

«Okay. Che ne dici di un uovo?»

Passiamo insieme due settimane. Andiamo in giro per Londra con la sua Vespa e la notte restiamo svegli a chiacchierare fino alle quattro del mattino. Mi racconta dei suoi anni a Eton e di quando tentava di chiudere la tata nell'armadio dei giocattoli.

«Sono confuso» dice. «Ho la testa piena di parole come "desiderio" e "amore".»

Ho voglia di rispondergli: "Bene, allora datti una mossa e deciditi, ma qui non siamo a New York".

«Ti va di conoscere i miei amici?» mi chiede.

I suoi amici si chiamano Mary e Harold Winters, e vivono in una grande casa in campagna. La loro vita è il sogno di tutte le newyorkesi disperate: casa spaziosa, cani, bambini, Mercedes e marito adorabile.

Al nostro arrivo, troviamo due bambini dai capelli color stoppa che sbucciano piselli in cucina. «Sono così felice che siate potuti venire» dice Mary. «Siete arrivati proprio al momento giusto. Ci stiamo godendo un po' di calma.»

Immediatamente dopo si scatena l'inferno.

Il resto dei figli (quattro in tutto), irrompe gridando nella stanza. Il cane fa la cacca sul tappeto. La tata si taglia un dito e va a finire all'ospedale.

«Ti dispiacerebbe fare il bagno a Lucretia?» mi chiede Mary.

«Qual è?» domando. I bambini hanno nomi come Tyrolean e Philomena, ed è difficile distinguerli l'uno dall'altro.

«La più piccola. Quella con la faccia tutta impiastricciata.»

«Certo. Sono bravissima con i bambini.»

È una sporca bugia.

«Vieni con me» dico alla creaturina che mi fissa minacciosa.

«Assicurati che si lavi i capelli. E mettile il balsamo» si raccomanda Mary.

In qualche maniera riesco ad acciuffarla e a trascinarla fino al bagno. Si toglie il vestito abbastanza spontaneamente, ma poi cominciano i guai.

«Non toccarmi i capelli» strilla.

«Non vuoi che siano belli puliti?»

«Chi sei?» ribatte. È una domanda piuttosto sensata e dimostra una certa intelligenza, dal momento che si ritrova nuda davanti a una perfetta sconosciuta.

«Un'amica della tua mamma.»

«Come mai non ti ho mai vista prima?»

«Perché non sono mai stata qui prima.»

«Non mi piaci.»

«Nemmeno tu. Ma devo comunque lavarti i capelli.»

«No!»

«Acoltami bene, bambina» sbotto. «Adesso ti laverai i capelli, punto e basta. Capito?»

Le spremo lo shampo sulla testa e lei comincia a urlare e a dimenarsi come un'ossessa.

Sul più bello, entra Rory.

«Non è uno spasso? Ti stai divertendo, vero?» mi fa.

«Certo» dico.

«Ciao, pulce» fa lui salutando la bambina.

La creatura strilla ancora più forte.

«Bene. Ci vediamo giù, allora.»

«Rory? Non potresti darmi una mano?»

«Spiacente. Fare il bagno ai bambini è un lavoro da donne. Io scendo e apro una bottiglia di champagne. Il vero macho si vede in cucina, come si suol dire.»

«Sai, ti ammiro veramente» mi dice Mary dopo cena, mentre laviamo i piatti. «Sei così brillante. Hai scelto di avere una carriera e non ti sei fatta prendere dalla smania di sposarti. Ci vuole coraggio, lo sai?»

«Oh Mary» replico. Mary è il genere di bellezza inglese di cui i britannici vanno fieri: un bel viso ovale, pelle delicata e luminosa, occhi blu. «Al mio paese, le vere conquiste sono quelle che hai fatto tu. Un marito, una casa e quattro... adorabili... bambini. È ciò che ogni donna vorrebbe.»

«Sei molto gentile, anche se stai mentendo.»

«Ma i tuoi figli...»

«Naturalmente amo mio marito e i miei figli, eppure... mi sento invisibile. Se mi accadesse qualcosa, mi sorprenderebbe se sentissero la mia mancanza!»

«Forse esageri...»

«No. Sai, è tutta un'illusione. Da giovane volevo diventare pittrice. Ma avevo anche un altro grande sogno, il matrimonio. È diventato realtà. Poi, quasi subito, l'immagine da rosa è diventata nera. Nessuno ti avvisa della seconda parte.»

«Nera?»

«Pensavo di essere l'unica,» continua asciugandosi le mani su uno strofinaccio «fino a quando non ho parlato con altre donne sposate. Tutte hanno la stessa fantasia ricorrente: vedono se stesse, ancora giovani, vestite a lutto, con un cappello nero e un tubino elegante, mentre camminano dietro alla bara del proprio marito.»

«O cielo.»

«Proprio così. Immagini la morte di tuo marito. Hai i tuoi figli, sei ancora giovane, ma sei... libera.»

«Capisco.»

Rory e Harold entrano in cucina. «Possiamo aiutare?» chiedono.

«Tutto finito» risponde Mary affabilmente.

Rory e io prendiamo il treno per Londra. Io devo partire. È arrivato il momento di tornare a New York.

«Ascolta, tesoro» mi dice. «Ci comporteremo da adulti o ci saranno lacrime?»

«Tu cosa ne pensi?»

«Addio, tesoro.»

«Addio.»

«Ti amo. Vai, adesso. È meglio che tu vada.»

I fiori dei ciliegi hanno già perduto i petali, disseminati sui marciapiedi. Li calpesto e li schiaccio sul cemento.

"Mio Dio" penso. "Cosa faccio adesso?"

E mi rispondo: "Sii saggia".

Prendo un taxi e vado all'aeroporto.

Ma cosa voglio veramente?

Salgo sull'aereo e raggiungo il mio posto. Mi tolgo le scarpe.

Un uomo si siede accanto a me. È alto, bruno e snello e indossa pantaloni Prada. Ha tutti i capelli e un viso intelligente, interessante. Apre una rivista. «Forbes».

"È il mio tipo" penso.

Dio, come sono volubile. Ho appena lasciato Rory e sto già pensando a un altro.

Che cosa voglio?

La fiaba

Voglio la fiaba. La classica, romantica storia di una single in carriera che va a Londra per lavoro, incontra l'uomo dei suoi sogni e lo sposa. Ottiene un anello, una grande casa, dei bambini adorabili e vive felice e contenta. Ma le fiabe non sono la realtà, i desideri raramente si avverano.

E dopo tutto va bene così.

In una zona all'incirca sopra Newfoundland, a due ore dall'aeroporto di New York, il passeggero accanto a me si decide finalmente a parlare.

«Mi scusi» dice. «Scusi se la disturbo, ma lei ha un'aria familiare. Mi permette di chiederle quale lavoro fa?»

«Sono una scrittrice» rispondo.

«Ah, certo. Adesso la riconosco. È quella famosa autrice single che scrive di donne e di, ehm...»

«Sesso» dico.

«Giusto.» Apre un'altra rivista. Sembra un po' timido.

«Mi scusi» dico io. «Ma anche lei ha un'aria familiare. Che cosa fa?»

«Oh, sono un uomo d'affari.»

«Questo l'avevo capito.»

«Davvero? Da cosa?»

«Dalle sue letture.»

Continuiamo a parlare e facciamo due scoperte sorprendenti: siamo nati nello stesso giorno e cresciuti in due città dal nome identico – Glastonbury – anche se la sua si trova in Inghilterra e la mia nel Connecticut.

«Bene» commenta lui. «Forse non è una base sufficientemente solida per una relazione, ma è comunque un buon inizio. Verresti a cena con me stasera?»

Ceniamo insieme. E poi una cosa tira l'altra. Oggi posso dire che i miei amici sono molto felici per me e che mia madre continua a tormentarmi a proposito delle bomboniere.

Ma questa è un'altra storia.

IL NUOVO ATTESISSIMO ROMANZO
DELL'AUTRICE DI *SEX* & *THE CITY*
DA CUI VERRÀ PRESTO TRATTA
UNA NUOVA SERIE TV

Nico, Wendy e Victory: tre nuove protagoniste,
tre amiche belle e ambiziose si destreggiano
tra lacrime e risate nella giungla di Manhattan.

*"Chiunque voglia immergersi nel mondo glamour
di New York legga questo libro:
sarà pienamente accontentato."*
Booklist